因为爱 所以坚持 2

中国渐冻人的自我书写

主编 ◎ 葛敏

光明日报出版社

图书在版编目（CIP）数据

因为爱，所以坚持. 2 / 葛敏主编. --北京：光明日报出版社，2022.7

ISBN 978-7-5194-6618-3

Ⅰ.①因… Ⅱ.①葛… Ⅲ.①散文集－中国－当代 Ⅳ.①I267

中国版本图书馆CIP数据核字（2022）第092510号

因为爱，所以坚持（2）

YINWEI AI, SUOYI JIANCHI (2)

主　　编：葛　敏

责任编辑：谢　香　徐　蔚　　　　责任校对：傅泉泽
封面设计：李尘工作室　　　　　　责任印制：曹　净

出版发行：光明日报出版社
地　　址：北京市西城区永安路106号，100050
电　　话：010-63169890（咨询），010-63131930（邮购）
传　　真：010-63131930
网　　址：http://book.gmw.cn
E － mail：gmrbcbs@gmw.cn
法律顾问：北京兰台律师事务所龚柳方律师

印　　刷：北京华联印刷有限公司
装　　订：北京华联印刷有限公司
本书如有破损、缺页、装订错误，请与本社联系调换，电话：010-63131930

开　　本：170mm×240mm
字　　数：293千字　　　　　　　印　张：19.5
版　　次：2022年7月第1版　　　印　次：2022年7月第1次印刷
书　　号：ISBN 978-7-5194-6618-3

定　　价：58.00元

版权所有　　翻印必究

陌尘摄影作品

陈君（陌尘），毕业于皖南医学院临床医疗系。曾任北京市公安局强制隔离戒毒所政委，渐冻症患者，"冰语阁"创建者之一，摄影爱好者。2016年4月被诊断为肌萎缩性脊髓侧索硬化综合征，2020年1月去世，享年49岁。

坚信渐冻的身躯冰封不住思想的火花，残缺的生命依然可以绽放出绚丽的色彩。

目录

推荐语 / 1

序辑

无尽的期待与温暖的爱	蔡 磊	/ 2
爱的力量最强大	刘 伟	/ 4
爱是奔向目标的力量	樊东升	/ 7
活着,就有希望	崔丽英	/ 9
春天必将到来	黄旭升	/ 11
我与葛敏有个约	卢新华	/ 13
冰冻的微笑——致"冰语阁"	徐 刚	/ 19
一片抱团取暖的精神花园	晨 雾	/ 22
人生就是一场解冻的旅程	许 锐	/ 24
用心灵感悟生命	墨 香	/ 26

"冰语阁"经典语录　　　　　　　　　/ 1

辑一

电影院里的酸甜苦辣	暖禾	/ 2
渐冻于我是一场人生修行	暖禾	/ 5
爬楼记	暖禾	/ 9
被冰封的美人	阿黑胖纸	/ 12
一个渐冻症患者的自白	不忘初心	/ 15

渐冻语录	潮潮 / 21
因为爱，所以坚持	芊芊若涵 / 23
我的八年抗战	君男 / 25
我是渐冻人	李英 / 31
解梦	米乐 / 33
2020这一年	墨香 / 36
致所有人：健康是福，别辜负	乔儿 / 38
我的渐冻散记	石头 / 42
我的病程	吴志明 / 50
我的八年抗战	絮絮 / 58
初夏，一吻定情	墨香 / 61
冬日，唯爱而暖	墨香 / 63
SPA那点事儿	暖禾 / 65

辑二

赠予儿子的精神礼物	暖禾 / 68
如果有下辈子	MCY / 73
父亲节，感恩你	不忘初心 / 75
逆风奔跑的少年	墨香 / 78
陪我一生颠沛，许我一世情深	墨香 / 80
吾家有子小升初	墨香 / 82
生命的延续	佩佩 / 84
老婆，你辛苦了	全心全意 / 89
姥爷的小拐棍儿	全心全意 / 94
北国江南	沙漠钓鱼 / 96
怀念父亲	沙漠钓鱼 / 98
一场渐行渐远的修行	小乔 / 101
给儿子的寄语	心灵 / 104
假如我的生命可以重新来过	徐亚洲 / 108

我和仇先生	雨涵 /	110

辑三

渐冻人生命中的浪漫	暖禾 /	116
夏末秋至	墨香 /	120
修心	墨香 /	122
最有趣的女子,千百年来,仅此一个	墨香 /	124
窗外	穿过窗棂的光 /	128
我存在的时间	黄宇 /	130
听雨	可可 /	133
我记忆中的银川!银川!	可可 /	136
年愈近,情愈怯	墨香 /	141
人比黄花瘦	墨香 /	143
人间四月,愿你依然愿意深爱	墨香 /	145
听雨	墨香 /	147
二维空间的霍金,走向霍金的你和我	蒲文波 /	149
世界上最遥远的距离	蒲文波 /	152
这世界我来过	乔儿 /	154
慢下来的时光	小乔 /	156
被"神经病"的故事	雨涵 /	160
秋思	在水一方 /	163
活着	墨香 /	166
接纳,才是最好的救赎	墨香 /	169
九月,愿你安然,我亦无恙	墨香 /	171

辑四

让爱汇成一条河	暖禾 /	174
陷于困境时不妨读书吧	暖禾 /	179

感谢生命中有你	冰冻 / 181
致同学	祖鸿宾 / 183
渐冻人生活秘籍总结	潮潮 / 185
大病失能患者与志愿者服务构建对接新模式的畅想	佳明 / 188
渐冻症病友应该过的五关	佳明 / 189
生活不易 安之以美	墨香 / 192
渐冻人如何挑选和培训新保姆	暖禾 / 194
您的爱心温暖我心	佩佩 / 198
让生命创造奇迹	求佛 / 202
身在地狱,心在天堂	石头 / 205
正能量问候语	岁月的梦 / 209
告别2019	王彦华 / 211
奉献自己,成全别人	心灵 / 213
清明时节话感恩	徐亚洲 / 216
"舞"者人生,爱不停步	在水一方 / 220

辑五

阳光如你	光 / 224
念在秋	光 / 227
沁园春	还我健康之体 / 229
何时共相依,再品人间苦与甜	君男 / 230
夜	墨香 / 231
阳光伴我坚强	求佛 / 233
渐冻诗	上善若水 / 235
携手解冻	小铃铛 / 240
我等到芳华尽消,你依然没有回来	墨香 / 241
活着	岁月的梦 / 244

辑六

父亲	阿幽 /	246
注射这件小事	阿幽 /	249
父亲母亲的爱情	东方慕蓉 /	252
这个病带给我们的……	宽宽 /	255
做他人生路上的戏精	宽宽 /	257
愿来生，还是你	萧前学 /	259

致谢　　　　　　　　　　葛敏　/　261

推荐语

从舞蹈家到渐冻人，这是多么不可思议的坠落。但是，你又以另一种方式起舞，你的人生依然精彩。如同一个美丽的精灵，你降落在渐冻人群体之中，带领大家排演世上最动人的舞剧，剧名就是《因为爱，所以坚持》。

——周国平
著名作家

渐冻者被渐冻症渐冻着，他们没有陷入惧怕与退缩，没有耽于颓丧与怨怼，他们选择了疾书高歌，奋笔寄情。他们是时间的警示者，是尊严的捍卫者，是向死而生勇敢的探路人，是灵魂崛起、精神站立的现实典范，他们值得所有敬畏生命的人仰望并效法。

——沈培艺
中央戏剧学院舞剧系主任

葛敏告诉我，她和朋友们的新书即将发行，真为此而感到高兴！相信书中的每一篇文章都能使读者们更了解、更关注渐冻症患者们的生活日常与情感表达，并通过阅读他们发自内心的言语感悟，而强烈地体会到他们对生活的无限热爱和强大的生命力！

——黄豆豆
中国舞蹈家协会副主席

世间的无常面对淡定显得苍白；
生命的美好因为坚持绽放花蕾。
舞者葛敏以灵魂之美在舞台上
展现舞蹈艺术的无限魅力；
智者葛敏以精神之力在生活中
演绎曲折人生的大爱意境。
祝福葛敏与渐冻人群体！

——何建华

上海社会科学院原副院长、研究员，上海文化研究中心首席专家

序辑

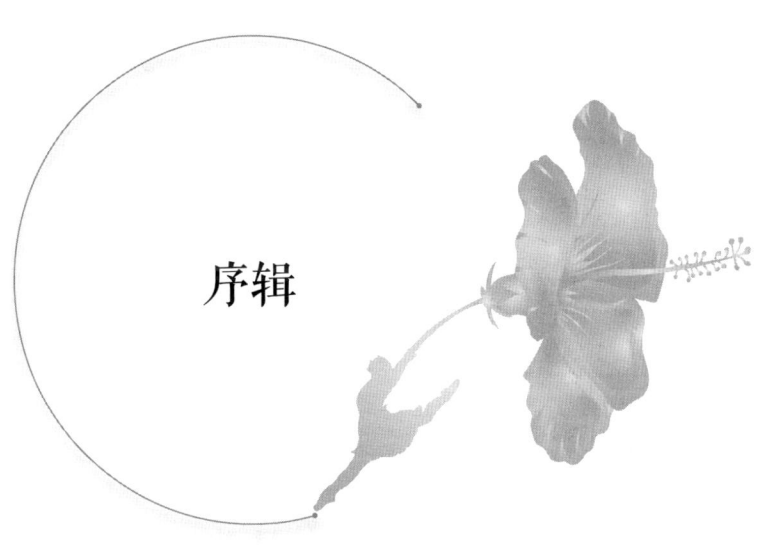

他们是那和煦的春风

吹走冬日的阴霾

他们是那温暖的阳光

让我们听到坚冰融化的声音

看到万物复苏、欣欣向荣的景象

无尽的期待与温暖的爱

蔡 磊

《因为爱,所以坚持(2)》集合了几十位渐冻症(ALS)患者及其亲友的生命感悟,记录着他们与病痛抗争的点滴历程,每一页都蕴藏着无尽的期待与伟大的爱。

那么,此刻,打开本书的您是否真的了解渐冻症(ALS)呢?就让同样在与病痛斗争的我为您简单介绍一下吧。

渐冻症(ALS)是肌萎缩性脊髓侧索硬化症的俗称,是世界卫生组织公认的人类五大绝症之一。因为迄今为止还未有有效的治疗手段,我们的身体在逐渐丧失各部分运动机能(包括言语功能)后,呼吸障碍将成为活下去的最大挑战,而在这个过程中,我们的生命期大多被限定在短短的3—5年内。其实,比病痛折磨更残忍的是,被时间无情地推搡、不断地逼近生命终点时,我们有口难言,我们束手无策。

当得知病痛将伴随我度过屈指可数的年月时,我真切地认识到人的生命只有一次。我想我们都是一样的,面对病痛和死亡都会沮丧、害怕,会把最糟的情绪瞬间放大,我们会经历辗转难眠,从难以置信到愤恨不平、从黯然神伤到安然若素,在这个过程中,悉心照顾着我们的唯有家人,暖心陪伴着我们的还有朋友,鼓励和祝福我们的会有许多好心人。父母的恩情、爱人和孩子的深情,我们实在无法割舍,所以,我努力坚持着每一天都与时间赛跑,而每一天的坚持都是对生命的敬畏、对世情的珍重。

《沉思录》中有言:人生中难免遇到苦难,面对苦难,我们要学会思考。苦难总是能唤醒我们内心沉睡的那部分,使我们在不断的自我反省与思考中找到自己的力量之源。您即将看到的书中文章是病友及照顾陪伴

他们的亲友们在他们共同与病痛斗争时写下的心灵感悟、往事随想，或是琐事闲谈等，这些朴实的言语编织着他们的生命状态，也向您讲述着他们的思考。这些文章均来自公众号"冰语阁"，它背后是一个为关注和关爱渐冻症患者而坚持近四年的民间公益团队，他们的"一米阳光"微信群，让全国数千名ALS病友在这里共同取暖、砥砺前行。同时值得一提的是，"冰语阁"公众平台里收到的打赏和资助，都分配给了此刻最需要帮助的病友。我有幸受到"冰语阁"的嘱托和信任，在此为病友及社会再尽一点力量。此外，我得知团队创始人葛敏女士也是渐冻症患者，这些年做慈善，帮助困难病友；拍摄护理片，指导病友科学锻炼与康复；为了实现病友出版作品的心愿，更是劳心费力。在这里，允许我对葛敏女士的坚强、无私和坚持致以崇高的敬意。

朋友，关注渐冻症患者和日夜照顾我们的家人，看我们因为爱而坚持，我相信，您的生命也会充满力量！

蔡磊，渐冻症患者，京东集团副总裁，"互联网 + 财税"联盟会长，改革开放40周年"中国改革贡献人物"。

爱的力量最强大

刘 伟

　　秋分那天，收到"葛大妈"发来的微信，她请我给《因为爱，所以坚持(2)》作序。

　　"葛大妈"是葛敏的微信名，她曾是一位美丽的舞蹈者，因患上渐冻症，失去自主活动能力，但她由外在到内心，仍然保持美丽，保持着魅力，保持着对生活的热爱，成为著名的公益活动家。

　　两年前的初夏，光明日报出版社社长潘剑凯跟我说，出版社出版了一本书《因为爱，所以坚持》，内容是若干渐冻人写自己的生活及感受，作家卢新华作序，葛敏主编。"什么是渐冻人？"我问，潘剑凯说："渐冻人是世界五大绝症之一。发病原因不明，身体四肢一点一点僵硬，可以用嘴含笔写字及用目光与人交流。世界著名的物理学家霍金就是渐冻人。"

　　很快，卢新华给我来信息，约去江苏南通参加一个公益活动，即由南通市委宣传部、南通市慈善总会、光明日报出版社联合举办的《因为爱，所以坚持》一书的阅读分享会。我欣然而往。

　　我在光明日报社副总编辑任上时，曾约过卢新华一篇演讲稿《读三本书，走归零的路》，由此而相识。该文刊登在 2015 年 12 月 10 日《光明日报》讲坛版，2017 年还被列为高考浙江卷作文命题材料："有位作家说，人要读三本大书，一本是有字之书，一本是无字之书，一本是心灵之书。对此你有怎样的思考？"

　　当然，之前他的大名我也是如雷贯耳。改革开放初期，卢新华在复旦大学读书时，发表了短篇小说《伤痕》，成为二十世纪八十年代名噪一时"伤痕文学"流派之代表。

到了南通，才知道，卢新华是南通人，葛敏也是南通人，南通是清代著名的实业家、教育家和慈善家张謇的故乡。文化和精神往往是一脉相承的，所以，该书的阅读分享会放在南通是很有意义的。南通市的领导来了，南通民政局的领导来了，南通慈善会的领导来了，南通知名的企业家来了，一些学校的老师和学生也来了。出版社带来的数百本葛敏主编的书，被当地各界人士以公益赞助形式抢购一空。我真切地感受到：小小一本书，浓浓的大爱。

那天，葛敏是坐着轮椅到会场的。她四肢已基本僵硬，面容清秀，眼光清澈，她用仅可活动的两指点击手机，给我留了微信，我关注了她创办的渐冻人公众号"冰语阁"。之后，我得空也翻看"冰语阁"公众号里的文章。

"年少不知父母恩，懂时已是病人。我还没有报答父母对我的养育之恩，还没有完成陪伴三个女儿的责任，我已是一个需要家人照顾的病人了。也许这是命运吧！不抱怨，不自暴自弃。人生要学会自愈，把所有不愉快的心情和脾气设成静音模式，让它们随风而去，然后不动声色地打理自己，过好每一天。"

"现在加入一个病友群'冰语阁'，大家互相鼓励，相互传授经验，一起抱团取暖，看见那么多病友，有好多比我严重的都在坚持，还有很多被家有嫌弃的，想想自己还能说话，正常呼吸，还有亲人照顾，亲朋好友的关心，我还是幸运的，我一定会加油。希望能坚持到解冻那一天。"

……

这是一个社会上鲜为人知的群体！

这是一个身残志坚的群体！

这是一个令人肃然起敬的群体！

这是一个值得社会各界人士关注关爱的群体！

我用什么语言来描述这个群体呢？他们的文章是内心真情的表露，对一些四肢健全、精神病态的人，是一剂洗涤心灵的良药；起码对我来说，看了这些文章，是感到震撼的，对照自己一些俗不可耐的行为和思想，甚至还有些许羞耻。

还是引用葛敏发给我的关于此书的一段文字介绍吧。

"本书是渐冻人群体的集体书写，收录了几十位ALS（渐冻症）患者的原创文章,均为来自公众号'冰语阁'的肌萎缩性脊髓侧索硬化症(俗称'渐冻症',ALS)病友及亲属的真实生活与心声。残酷的疾病剥夺了他们所有的活动能力,他们最后只能用呼吸机辅助呼吸,用眼控仪来与外界沟通和表达自己。即便如此,他们也没有放弃人生和希望,他们希望自己面对病痛的勇气与坚韧能给更多处在困境中的人们带来力量与鼓舞;希望自己用生命换来的体悟与思考可以警醒人们要全然而鲜活地活在当下;希望自己与亲人、朋友之间的真诚与大爱可以给这世界注入一股暖流。

这些渐冻症患者的文字是用眼控仪一个字一个字敲出来的,他们书写与疾病的抗争过程、温情故事、人生感悟和生命反思,反映了他们在直面人生终点时的勇气、意志和智慧。他们也会脆弱、绝望,但即便如此,他们依然选择坚持和乐观,让自己在苦涩中活出甘甜,在黑夜里活出光芒。所有文字都配有朗读音频,可以直观地感受这群人的情感力量。全书文字质朴感人,每一个文字都闪耀着希望的光芒,充满正能量。"

就在前几天,葛敏在给我的微信中说:"继'冰语阁'第一本书顺利出版以后,给很多国内渐冻人带来了精神力量!今年我们将出版《因为爱,所以坚持》的第二本渐冻人自我书写的书籍。"我回复说,是否请卢新华或者潘剑凯作序。因为他们对"葛大妈"比我更了解。她说:"我们渐冻人希望能邀请您作序。"我回复:"恭敬不如从命。"

是为序。

2021 年 9 月 28 日于北京

刘伟,中华慈善总会副会长、光明日报社原副总编辑。

爱是奔向目标的力量

樊东升

自 2019 年年初《因为爱，所以坚持》出版发行以来，一晃不觉已经过去近三年了。

这三年里，不仅发生了遍布全球数十亿人口、时至今日仍深刻影响我们每日生活且注定将改变人类历史进程的新冠疫情大流行，也有一系列与我们这个群体密切相关的大事件次第发生，比如自 2018 年 5 月 11 日渐冻症（ALS/MND）被纳入国家卫生健康委员会等 5 部门联合发布的中国第一批罕见病目录之后，2019 年 3 月 28 日国家药品监督管理局药品评审中心将国外批准的新治疗用药依达拉奉迅速纳入"第二批临床急需境外新药目录"，2020 年 8 月 18 日国家药品监督管理局批准国产依达拉奉治疗渐冻症新适应症，2021 年中国医学科学院新闻中心发布北京大学首次揭示中国渐冻症发病率和患病率研究入选中国 2020 年度重要医学进展之一，等等，都极大地体现和促进了渐冻症患者群体总体境况的改善、提高，以及全社会对渐冻症患者群体的关注和重视。

另一方面，随着中美在科技领域的竞争和冲突日益加剧，国家对科技创新能力的需求和支持力度也在不断增强。在医疗领域，包括渐冻症在内的罕见病的药物研发从基础到临床转化，都迎来了一个万马奔腾的崭新时代。一批与渐冻症相关的治疗新药正在或即将开启全国多中心临床试验，长期以来渐冻症治疗乏药甚至无药可用的境况，在未来或将被根本改变。

与此同时，关注渐冻人及其家庭的心理、照护、康养等方面的工作也已提上日程。2019 年 10 月 20 日，由本书主编葛敏女士发起、投资并亲自与北京的渐冻症患者王甲一起共同出演、北京大学第三医院神经内科护理团队倾情协作完成的国内首部渐冻人家庭护理片《渐冻症患者的家庭护理》正式对外发布；一年以后的2020年9月26日，由中国残疾人联合会张海迪主席亲自作序的首部《运动神经元病康复护理指导手册》在京正式发布，都大大促进了这一重要工作的迅速发展。

  三年左右，前后共1000多天，时间不算长也不算短。2021年2月25日，习近平总书记在全国脱贫攻坚总结表彰大会上发表重要讲话，庄严宣告：我国脱贫攻坚战取得了全面胜利。中国渐冻症患者群体在党和政府以及全社会的高度关怀和重视下，已经取得了阶段性的胜利。但是，作为一个世纪顽症，我们与攻坚克难、战胜渐冻症这一恶疾的终极目标还相距很远。在这个需要持续不懈的过程中，支撑我们共同坚持下去的，依然是爱！因此，在《因为爱，所以坚持（2）》即将出版发行之际，谨以诗人叶子在罹患本病时写下的诗句，来祝福我们坚强的渐冻症患者群体，期盼攻克疾病的那一天早日到来！

  酝着春意，刻着浮生
  一串冰融的虚词
  与春天有关，与你们有关
  与春水或桃花有关
  哪怕与我无关
  我也要用最美的诗句
  为你 长久地吟唱

2021年中秋

  樊东升，北京大学第三医院神经内科主任，北京大学医学部神经病学系主任。国家卫健委突出贡献专家。主要研究领域为运动神经元病。所主持北京大学《神经病学》获"国家精品课程"。现任国家干细胞临床研究专家委员会委员、中华医学会神经病学会副主任委员、中华医学会神经病学会北京分会候任主任委员、中华预防医学会自由基医学分会主任委员、中国心胸血管麻醉学会脑与血管分会主任委员。

活着，就有希望

崔丽英

《因为爱，所以坚持（2）》是肌萎缩性脊髓侧索硬化症（英文缩写ALS，俗称"渐冻症"）患者这个值得敬佩的特殊群体写的第二本书。共汇集了几十位患者的80多篇文章，他们用淳朴的语言描述了就医的历程、对疾病的陌生、对疾病的恐惧、对美好生活的依恋和憧憬以及对家人的愧疚和感恩等，拜读中始终让我泪眼蒙眬，感同身受，每篇文章都从不同的角度体现了书名的"七个字"，因为有"爱"，所以坚持。真的，没有爱，任何人都难以坚持。

病友佳明描述患病后经历的"五关"心得和经验，值得病友、医者和社会深思。自身树立战胜疾病的信念非常重要，是任何他人和药物无法替代的，药物可以改善抑郁的情绪、焦虑的心态，但是信念要靠自身，很多病友在心路历程中都体现了这一点。有的病友病程10年以上，20年以上，30年以上，虽然由多种因素决定，但是没有坚定的信念是难以实现的。面对家人，有的病友感到愧疚和难过，有的病友为了孩子全力活着，做孩子的天和地，这是人之常情。或许病友们还有年迈的父母，我要说的是："只要我们勇敢地活着，才能看看孩子的成长，才能为他们拦风挡雨，才有报恩父母、感恩所有爱你们的人的机会。"

看到有的病友就医的坎坷经历，作为医者，我心里非常难过，可能原因比较复杂，但是现在有各种解决的方式，通过医院的各种挂号方式和病友群等，另外全国各地都有很多从事"渐冻人"诊断和治疗的医生，病友们在医院的网站也是可以查到的。我们还能做的是在病友群里尽量多地解决很多不需要到医院就诊的问题。近年来国家对罕见病非常重视，治疗渐冻症的药物早就纳入了国家医保,尽管没有特效药物,但是早期诊断、早期治疗对延缓疾病的进展是非常重要的。"有病乱投医"或许是我们上当和产生高额费用的主要原因。病友暖禾写道:"陷于困境时不妨读书吧。"鼓励病友互相搀扶、抱团取暖,相互交流经验,科学地护理和照料,这些都是可取的。

敬佩"冰语阁"的阁主葛敏,感谢您让我阅读这部书的初稿,您不愧是生命的强者,在"渐冻症"人群与疾病的抗争中仍是婀娜多姿的领舞者。

最后还是想用病友的话作为我读后感的结尾,"只要留得青山在,不怕绝路临深渊,活着,就有希望"。

2021 年 7 月 6 日

崔丽英,教授,北京协和医院神经病学系主任,中华医学会神经病学分会主任委员,中国医师协会神经内科分会副会长,北京医师协会神经病学分会会长。世界神经病学联盟 ALS 研究组委员(WFN Research Group for ALS/MND)。

春天必将到来

黄旭升

2014年,美国波士顿学院前棒球运动员 Pete Frates 发起 ALS 冰桶挑战,旨在让更多人了解被称为"渐冻症"的这一罕见病并帮助"渐冻症"患者。"渐冻症",即运动神经元病,随着病情进展,患者逐渐丧失身体各部分的运动功能,并累及呼吸肌,出现呼吸困难、呼吸衰竭等,多数患者最终故于呼吸衰竭或其他并发症。

多年来,我一直致力于运动神经元病的诊治。几年前,一名年轻女性因言语不清到门诊就诊,最终被诊断为运动神经元病。患者是一名优秀的舞蹈演员,罹患这一疾病,意味着她的舞蹈生涯即将进入尾声。然而,她在坚守舞蹈培训岗位的同时,还做了很多关于"渐冻症"的公益活动,团结和帮助了许多运动神经元病患者。她就是"冰语阁"的创始者和本书的主要策划者——葛敏。疾病冻结了她灵动的舞步,却无法禁锢她舞动的灵魂。

《因为爱,所以坚持(2)》这部书收集了运动神经元病患者的原创文章,在这本书中,有他们想与家人一起"喂马、劈柴、周游世界,关心粮食和蔬菜"的朴素愿望;有他们想与爱人一起"愿有岁月可回首,且以深情共白头"的长相厮守的美好憧憬;有他们想要欣赏"会当凌绝顶,一览众山小"的旖旎风光的无限希冀;有他们秉承"落红不是无情物,化作春泥更护花"的精神,去温暖、帮助他人的钻石品质……

读完这本书,我不禁想到诗人海子的一句诗:"活在这珍贵的人间,太阳强烈,水波温柔。"这些运动神经元病患者,在病魔笼罩的漫漫黑夜中,始终不放弃对生活的希望,始终不放弃对美好生活的追求。他们是那和煦的春风,吹走冬日的阴霾;他们是那温暖的阳光,让我们听到坚冰融化的声音，看到万物复苏、欣欣向荣的景象。

  作为一名运动神经元病领域的医生，这一疾病目前尚无逆转的方法，对此我深感遗憾。然而，目前国内外关于运动神经元病的研究如雨后春笋般涌现而出，有致病机制的相关研究，有新基因的发掘，有不同药物的临床试验……对于运动神经元病患者来说，你们在披荆斩棘的路上并不是踽踽独行，在大海的航程中并不是一叶孤舟。诗人汪国真曾说："纵使黑夜吞噬了一切，太阳还可以重新回来；纵使深陷茫茫沙漠，还有希望的绿洲存在，冬雪终会悄悄融化，春雷定将滚滚而来。"我相信，在不久的将来，在国内外致力于运动神经元病研究的科学家和医生的努力下，运动神经元病患者定将迎来属于他们的春天！

  是为序。

  黄旭升，解放军总医院第一医学中心神经内科主任医师、教授、博士研究生导师。担任中华医学会神经病学分会委员、肌电图与临床神经生理学组副组长、神经遗传学组委员、肌萎缩侧索硬化协作组副组长、周围神经病协作组副组长；中国医师协会神经内科医师分会肌电图与神经电生理专业委员会副主任委员；北京医学会神经病学分会常委等学术职务。主要研究方向为神经肌肉病、运动神经元疾病、神经系统遗传病及临床神经电生理。主持多项国家、北京市及军队科研课题。

我与葛敏有个约

卢新华

《因为爱,所以坚持》就要出第二本了。我知道,这不仅仅是因为爱,还因为作为主编的葛敏的择善执着和坚持。有一次,她曾诙谐地对我说:"我总得让自己不停地做些事,也让病友们一直有事可做。这样,也许就会或多或少地忘记自己的病了。"

第一次听到葛敏这个名字,是在菲律宾马尼拉的一辆旅游大巴上。

当时,旅游大巴满载着来自世界各地的华文作家,驰骋在相较于中国显得有些简陋的高速公路上。

中途停车休息时,坐在身后座位上的光明日报出版社编辑谢香女士忽然凑近我耳边对我说:"卢老师,我们要出一本渐冻人自己书写的书籍,知道你经常参与慈善公益活动,可否请你帮助写个序?"

这些年,我的确参加过不少慈善公益活动,至今还是两家慈善公益组织的高级顾问。于是,我便慨然应允了。但也忍不住问:"什么是渐冻人?"

谢香女士马上告诉我,刚去世不久的英国著名物理学家霍金就是渐冻人。接着又说:"我发几个微信和几篇文章给你看看吧,多数都是关于葛敏的,她是这本书的主编,原是个很出色的舞蹈演员和舞蹈老师,很遗憾,三十四五岁的年纪就得了这个病……"

就这样,我在异国他乡的土地上,第一次与葛敏这个名字不期而遇,并很快了解到葛敏还是我的南通小老乡。

我是1977年的3月份由部队退伍分配到南通地区农机厂(后改名南通柴油机厂)做一名油漆工的。虽然不到一年的时间,便因考上复旦大学中文系而离开了南通,但心中一直还是对故乡南通念念不忘的。故乍一听到葛敏是自己的同乡时,心里更添一份关切和同情之情。

渐冻症是世界五大绝症之一。患者发病初期通常喉咙不舒服,身上肉跳,渐渐地就不能说话,四肢则一点点僵硬,最后只能用目光和人交流。身体尽管不能动了,思维却一点不受影响,甚至比生病前还要敏锐。多数人的存活期只有三到五年。谢香传我的微信中有一位是电影导演,她说她认识葛敏,"源于美花同学,了解渐冻人,源于葛敏创办的公众号——'冰语阁'。看着眼前这位端庄美丽却只能用两个手指打字的美女,心总是被残忍地撕扯着。曾经是用舞蹈诠释生命的舞者,现在只能用眼神,用打字和人交流,这是怎样的困囿,怎样的无奈?!……看葛敏写关于老爸和儿子的文章,我的心是闷钝的,我的泪水流不出来,心却已是泪流成河!……我常常想,上帝究竟是怎么啦?让一个舞动的精灵失去了肌肉的力量,除了让人心疼,让人扼腕叹息,它究竟想表达什么……我很多时候会回避与葛敏的接触,因为每一次,心都似被钝刀割肉般闷痛,越是看到她的乐观、平静、祥和,这种感觉就越是明显……"

后来,我也读到了葛敏写她父亲的文章:"……曾经的老爸胸无大志,好逸恶劳,除了老实善良,一无是处,还经常扮演着成事不足败事有余的角色。他和我妈仿佛是两个世界的人。一个精明能干,好胜心强;一个得过且过,安于现状。就这样两个不同性格和追求的人在一个屋檐下吵闹了一辈子……然而这位既当妈又当爸还经常保护老爸免遭别人欺负的女汉子,却在 2008 年突然倒下了……老天有意让他们互换了角色,老爸开始义无反顾、任劳任怨地撑起了这个家。购物、做饭、洒扫、伺候妈妈起居、服药,等等,不惮繁杂,不辞劳苦。我病倒后,更加重了老爸的负担。我比妈妈还难伺候,除了举手投足更加困难外,脾气也更加暴躁。如今的老爸不仅是我和妈妈的精神支柱,还在我的生活中扮演着三种角色:出气筒、保镖和保姆……朱自清对父爱深沉的感受凝聚在父亲攀爬站台的背影上,我则对老爸不拘时间和环境,得空便能熟睡的身影格外动情……鲁迅曾说:有谁从小康人家而坠入困顿的么,我以为在这途路中,大概可以看见世人的真面目。三年的病程,从舞步曼妙坠入步履维艰,也让我看清了很多。很多花前月下,烛光晚餐上的誓言,在你倒下时,旋即灰飞烟灭;也有吵闹大半生的夫妻却在危难时刻给彼此传递了最坚定的信念和力量。从老爸身上,我对亲子关系、夫妻关系有了新的理解……"

那一刻,我不仅被葛敏所叙述的关于老爸的故事而且也被她生动活泼、诙谐睿智的文字打动了。为了写好这篇序,我就向谢香女士要来葛敏的微信号并征得葛敏本人的同意,决意去采访一下她了。

我是在一个细雨蒙蒙的天气里,由上海驾车前往南通与葛敏相见的。虽然她已经口不能言,和我面对面沟通也必须借助微信,走路也只能在老父亲或保姆的细心搀扶下一点点往前挪动,但她看上去依然很干练:衣服很整洁,头发纹丝不乱,目光中不仅透露出病人少有的坚韧、热情、洒脱、睿智,甚至还有一种视死如归的淡定。她可以听我讲话,但她回应我时,除了间或地点点头或以眼神作答外,便须低下头去,用两只尚可活动的手指去艰难地敲击手机键盘……

此情此景忽然让我想起十几年前有一次在张海迪家中做客时的情景。当时,我握住她的手,竟然发现她两手手背的关节处都长着厚厚的老茧,忍不住问她:"这是怎么回事?"海迪却轻描淡写地告诉我:"写作时坐久了,就要撑着轮椅的扶手直一直身子,久而久之,手背就成这样了。"

我至今还能清晰地记得她当时说这些话时那一脸气定神闲的灿烂的微笑。而这同样的微笑,此刻却也正从葛敏的脸上、身上、目光中,甚至每一个毛孔里散发出来……那得一种怎样的毅力和心态才能发出这样的微笑啊!再想到在常人眼中已是自顾不暇的她,现在还一心扑在"冰语阁"上,忘我地点亮自己,照耀别人,为他人取暖……我顿时既感佩,又有一种难言的心痛。

从南通回到上海后,我一有空便在电脑上埋头阅读出版社编辑给我发来的由葛敏和她的"冰语阁"朋友们共同完成的第一本书稿——《因为爱,所以坚持》,通过这些饱蘸着泪水和汗水的文字,我认识了它们中的一个个作者……

而现在,我又读到了第二本《因为爱,所以坚持》的书稿。我为葛敏感到高兴,也为她和她的病友们所作出的共同努力感到欣慰。

人总是要死的。尽管有人长命百岁,有人幼年早夭,在微观的时间刻度上似乎有所不同。但相对于浩瀚的宇宙长河而言,都不过是倏忽的一瞬。我曾经目睹过自己的父亲在罹患肺癌后,在一年的积极治疗过程中,

怎样迅速地走向形销骨立,嘴歪鼻斜,身不能动,喉不能咽,口不能言的。而即便健康的人类,在最终拥抱死亡之前,通常也都会肌肉一点点萎缩,骨头一点点僵硬的。从这个角度想,我忽然觉得 ALS 这种病其实并非绝症,而只不过是将人类死亡的进程凝缩了给我们看而已。故而,葛敏和她的病友们在这新的一本《因为爱,所以坚持》的书中所展现的彷徨、沮丧、希望和绝望、爱和抱团取暖,也正向我们展示出一幅人类在死亡的漫漫路途中所经历的种种困惑和上下求索的画卷。

佛教的创始人释迦牟尼传说中是在走过都城东西南北四个城门,分别看到人的生老病死后才决意出家寻求解脱之道的。故古今的佛教徒们通常都是把"了生脱死"作为学佛的第一要务。因此,恍惚间,我也觉得本书的作者们多少都带有了一种先知的意涵,弘法和布道的意蕴。他们的所作所为,所思所想,也给了我们一种"明白人"的印象。什么是"明白人"?人什么时候最"明白"?有一个比较被认可的说法是:人在倒霉的时候最明白,人在大病后最明白,人在退休后最明白,人在分开后最明白,人在临终前最明白。渐冻症患者们基本上可以说无一遗漏地经历了人生的这些艰难时刻,所以他们应该也肯定是这世界上最明白的人。

因为是明白人,葛敏才会在她的文章中一遍遍提道:"生活中总有些东西是我们无论多努力都抓不住的。知取舍,懂进退,方能有所成。放弃一些东西,不是为了停靠,而是为了更远的航行。"她也说:"人人都有一本难念的经,每个人都有自己的苦和难,或是疾病,或是纠缠不清的情感,或是童年挥之不去的阴霾。学会和苦难和解,与苦难共处是我们每个人都该有的生存之道……应该面对它,接受它甚至调侃它。苦难不再带来单纯的痛苦体验,它成为对手,也成为谈话的对象,成为一个老朋友。三年来,我在这样的苦难中日渐凋零,也在这样的苦难中一步步强大。"又说:"人都有一死,需坦然面对。我赞成,死亡并不可惜,可怕的是不敢担当,不敢面对,不负责任,甚至自暴自弃……我不怕一切牛鬼蛇神、劫难、噩运甚至死亡,因为已经最坏,还能怎样!"

读着这些好似警世恒言的智慧之语,真让人有醍醐灌顶之感。我也很想说:相较于全中国二十多万病理学意义上的渐冻症患者而言,我看到的更多的还是社会学意义上的精神的、文化的、道德的"渐冻症患者"。这些人的四肢是健全的,精神的神经元却在快速丢失,道德的肌肉却在快速萎缩,文化的触角也在一点点僵硬。他们贪财、贪色、贪名、贪食、贪睡,眼睛里只有个人的利益,小家庭的利益,小集团的利益,只有膨胀的物欲和无止境的享受。他们的思想虽然也可以自由自在地驰骋,却失去了任何行动的愿望和能力。他们虽然活着,其实早已死去。或者,他们虽然看上去气宇轩昂,打扮得花枝招展,其实只不过是些行尸走肉而已。

这样,我再看面前的这部书稿,展现在我眼前的已不再是一群简单的医学意义上的渐冻症患者,而是上天赐给人类的一个包含了造物主的良苦用心的隐喻或象征。因为实实在在地讲,只要人类逃不脱一死,那从广义上而言,我们每个人就都是渐冻症患者。三年和五年,九十年和一百年的时间刻度,在宇宙的长河中都不过是刹那的一瞬。

所以,人类在面对死亡这座无法逾越的沟坎时,才需要爱,才需要互相支持,互相激励,互相尊重,互相奉献;而因为爱,人类才平等,才自由,才富足和幸福。

因此,葛敏们也才会用文字一遍遍地说:因为爱,所以坚持!

行文至此,我也忽然回忆起 2019 年 5 月 9 日由南通市委宣传部、光明日报出版社、南通慈善总会等单位联合举办的一次《因为爱,所以坚持》的阅读分享会。葛敏那次是在参加了儿子的庆生活动后,连夜坐火车赶回家乡参加这次活动的,早晨 8 点半才到南通。她在微信中对我说:"我本可以早一些赶回来的,但不想错过儿子今年的生日,因为我还不知道自己明年这个时候会在哪里……"

我当时听了这话,心特别地痛。

然而,今天我却感到特别欣慰:因为不仅葛敏和她的绝大部分病友们还都继续与我们一起共享着同一片蓝天,而且,新冠肺炎肆虐快两年了,对渐冻症患者生活的影响却似乎微乎其微。它虽然成功地阻止和滞缓了人类行进的步伐,却未能成功地阻挠葛敏们第二本《因为爱,所以坚持》的出版和发行。

故而,我要真诚地祝贺他们!

我也要特别感谢葛敏,感谢你乘愿而来,感谢你如约而至,感谢你始终牢记着我们曾有的约定。

以真诚的心向体外探测,这世界是会有感应的。

是为序。

卢新华,1982年2月毕业于复旦大学中文系。大学一年级时,曾在上海《文汇报》发表短篇小说《伤痕》,后获1978年全国优秀短篇小说奖,是新时期"伤痕文学"的开山之作,并被翻译成英、法、德、俄、日、西等十几国文字。1979年加入中国作家协会,曾为全国第四次文代会代表,上海市青年联合会常委,上海作协理事,《文汇报》记者。1986年自费赴美国加州大学洛杉矶分校东亚语言文化系就读,获文学硕士学位。现以自由撰稿人身份往返于中美两地,其主要作品有短篇小说《伤痕》《典型》《表叔》《爱之咎》《梦中人》等,中篇小说《魔》,长篇小说《森林之梦》《细节》《紫禁女》《伤魂》,长篇思想随笔《财富如水》《三本书主义》等。

冰冻的微笑——致"冰语阁"*

徐 刚

翻开《因为爱,所以坚持》,我被一群渐冻症患者的自我书写所打动,也由此得知了公众号"冰语阁"。在"冰语阁"中,冰与火是相容的——冰期待着火,冰总是在一次次失望之后心生希望。他们深信,期待总是美好的,火,或许正走在路上。

"冰语阁"的发起者葛敏——一个曾经的舞者,集芭蕾、民族、现代舞于一身,假如有人为舞蹈而生,那就是葛敏。然而,她眼看曾经拥有的一切美好都在和自己说再见。葛敏这样描述渐冻者的生存状态:"渐冻者每天醒来,都能清晰地感受到,身体被病魔悄无声息地拿走本该属于自己的一样样功能……"冻结生命的顺序是这样的:"先是双手,接着双腿,然后声音,再后吞咽,最后是呼吸,只给你留一双能眨的眼睛,一对能听的耳朵,以及可以随时感受到整个肌体被吞噬过程的大脑。"葛敏就这样眼睁睁地、思维清晰地感觉着身体一点一点地被冻结,一点一点地萎缩、僵硬、弯曲、枯萎、凋谢。

"我真的一无所有了吗?"多少次自问自答,葛敏得出的结论是,她还有爱,家人朋友的爱,渐冻人群体的爱,这爱有光亮、有温度,哪怕这光亮与温度是微弱的,也是渐冻人在尚未全部冻结之前的余温,是他们的生命之火。葛敏爱听复旦大学陈果的讲座,一句"再微弱的生命都有发光的机会"使葛敏感动,于是开始付诸行动。"冰语阁"公众号诞生了,葛敏统筹,并且有了笔名:"暖禾"——能生出火花的禾,可以温暖别人的禾。

---

* 本文为《因为爱,所以坚持》书评,原载于《光明日报》2020年1月3日15版。

病友天堂鸟任管理员,用眼控仪为新老病友答疑5年,只是,"不久前,他真的被派往了天堂"。杭州陈炳旗老中医自己治病抗病20多年,自创了一套渐冻人锻炼法,如今花甲之年仍奔赴各地。陌尘的右手已经"冻结"了,便用左手艰难地爬格子,为病友查资料、剪视频、找音乐、改文章。爱,渐冻症病人仅剩的可以奉献的爱,微小绵薄到他人可以忽略不计的爱,因为真诚因为集结因为坚持,能放出光来,成为火,化作信念。信念使葛敏实现了只身一人北上看望孩子的心愿,信念让秋月熬过了被"冰冻"的7年,信念使墨香、水一方、勇锅、刘春和等病友坦然地面对"冰冻",面对残疾,面对死亡,决不轻言放弃,等待解药等待火。

　　葛敏的美,"冰语阁"的美,是沉重的美,是让人心碎的美,是随时都有可能被"冻结"之前,火、光、信念、正能量的传输。在"冰语阁","你能感受平等、关切的目光,享受轻松无碍的交流,重获真挚的尊重和赞美。"他们谈论死亡,他们无惧死亡,他们学会了"与痛苦和解,和苦难共处","疾病面前人人平等,唯一不同的是你想用什么姿态告别世界"。

　　葛敏经常因为沉浸在做事的投入中而忽略了病魔的可怕,她不仅是智者,并且有着哲人的思想:"我对自己奄奄一息的生命充满了自信……我甚至想这不仅是次灾难,是上天还要降大任于我。""我坚信人的精神力量,是医学乃至科学无法预估和解释的,与其坐着等待遥遥无期的解药,不如此刻行动起来,尽力完成自己的心愿。……无论什么结果,只求在奄奄一息的那一刻可以微笑地闭上双眼,然后告诉所有人,我幸福地度过了一生。"

　　我想告诉葛敏,你的关于信念和精神力量的叙述,"冰语阁"人情感的真诚美丽,和历史上的某些伟人相遇了,梁启超说:"心力是宇宙间最伟大的东西,而且含有不可思议的神秘性。"他在《人生观与科学》中直言:"人类生活,固然离不了理智,但不能说理智包括尽人类生活的全部内容。此外还有极重要的一部分——或者可以说是生活的原动力,就是情感。情感表现出来的方向很多,内中最少有两件的的确确带有神秘性的,就是爱和美。"爱和美,人生倘能得其一便属幸运,可是在葛敏及"冰语阁"中人身上,却兼而有之了!

　　中国人忌言死亡,渐冻人却时刻面对着死亡。《因为爱,所以坚持》

中，有墨香的散文《致我未来的儿媳妇》。已经卧床手指僵硬的墨香"把手机支在床上，侧着身，用小拇指艰难地书写文字，虽肩膀剧痛却感觉无比的幸福"，"我仿佛看到你穿着婚纱的样子，忘却了所有的病痛折磨。"她告诉未来的儿媳，她发病时儿子刚9岁，却承担起了一个男子汉的责任，"你爸爸不在家时，他帮我按摩捶背上厕所，晚上坚持陪我睡，给我盖被子，帮我翻身。"结尾是"我只能远远地祝福你们"，落款是"不曾谋面的妈妈"。正是源于爱的力量，她写下了这封写给未来的信，带着微笑的信。

那是期待火光的微笑，向往美好的微笑，直面人生的微笑，冰冻的微笑，冰清玉洁的微笑。

徐刚，1945年出生于上海崇明岛，20世纪70年代毕业于北京大学中文系，诗人，曾任人民日报社记者。现任中国作家协会会员、中国环境文学研究会理事、国家环保总局特聘环境使者等，以诗歌、散文成名。其主要著作有：《徐刚九行抒情诗》《抒情诗100首》《小草》《秋天的雕像》《夜行笔记》《倾听大地》《伐木者，醒来！》《沉沦的国土》《江河并非万古流》《中国风沙线》《中国：另一种危机》《绿色宣言》《守望家园》《国难》等。其作品近几年来曾获中国图书奖、鲁迅文学奖、首届徐迟报告文学奖、首届中国环境文学奖、第四届冰心文学奖等。徐刚曾获选"世界重大题材写作500位"之一。

一片抱团取暖的精神花园

晨 雾

每一个生命都有追求极致绽放的权利,可能不美丽,可能不健全,可能很短暂,但是你的内心是丰盈和完整的。

年轻美丽的舞蹈艺术家,不幸患上渐冻症,病魔慢慢"冻"住她的身体,但"冻"不住她的微笑,更"冻"不住她对公益的热爱,她就是"冰语阁"创始人葛敏。

"冰语阁"是一群渐冻症病友互帮互助、抱团取暖的精神花园,本书《因为爱,所以坚持(2)》收录了"冰语阁"公众号几十位渐冻人的原创文章,文字之间表达了身患绝症后对健康生活的无限向往,对家人照护的心怀感恩,对社会关爱的真诚感谢,对科学突破的迫切渴望以及抗冻路上遭遇的种种曲折,困境时病友之间互帮互助的暖心瞬间……同患渐冻症的我,向葛敏女士致敬,为身残志坚的病友们点赞。

蒲公英渐冻人关爱中心理事长李玉珠女士在走访中获悉葛敏亲自担任主编,把这些来之不易的文章用眼控电脑编辑成册,想要出版《因为爱,所以坚持(2)》,以让更多人了解渐冻症。得知她的心愿后,蒲公英渐冻人关爱中心携手公益伙伴们于2021年6月21日世界渐冻人日活动中,把出版新书作为活动的一个主题项目推出,并为之筹备费用。葛敏亲自从南通赶往上海参加活动,会上她通过眼控电脑向大家介绍新书背后渐冻人群体鲜为人知的故事,字字真诚,句句肺腑,向社会传递病友顽强抵抗病魔、坚强生存的意志。

《因为爱,所以坚持(2)》的出版得到了光明日报出版社、蒲公英渐冻人罕见病关爱中心、长江商学院"又见桃花——长江渐冻人公益项目"、上海古北扶轮社、上海互助公益、惠民康恩、上海市慈善基金会长宁区代表处等公益组织与爱心企业的大力支持,在此,向他们深表感谢。

2021 年 9 月

晨雾,原名杨建林,上海浦东新区第四届十佳自强模范,中共党员。2008年确诊罹患运动神经元病,如今已抗冻 13 年。为帮助更多患者和患者家属,于 2010 年创办运动神经元病互助家园论坛,并在 2014 年"冰桶挑战专项基金"中中标,筹得善款为 80 多个贫困渐冻症患者家庭捐助呼吸机、眼控仪等辅助设备。他是渐冻人,也是其他病友的"解冻人"。2017 年建立蒲公英渐冻人罕见病关爱中心公益机构。

人生就是一场解冻的旅程

许 锐

葛敏就读北京舞蹈学院的时候,我曾经指导过她的论文。指导的什么内容,给过什么评语,印象都模糊了。后来很长时间没有联系,想不到再次听到她的消息,却是得知她患上了渐冻症,创办了"冰语阁"。更想不到多年以后,她会邀我为她主编的书《因为爱,所以坚持(2)》作序。这,也许算得上是一种特别的"评语",为她的人生答卷,也为渐冻人这个群体的人生答卷。

其实我和渐冻人更近距离的接触,是我的大学同班同学邓林。当时已经是文化部干部的他,突然患病并且发展迅速,辗转求医,最终还是离开了我们。记得去探望他的时候,我们几个同学还挪揄他,平日只知道扑在工作上,约他出来聚会也屡屡拒绝我们,虽然我们"怀恨"在心,但哥们儿情深也就不计较了。他那时已无还口之力,只是微微地竖起大拇指,用似笑非笑的清澈眼神看着我们,似乎看透了很多事情。他有一个爱他的妻子,在最后的日子里不遗余力地到处求医,怀着希望陪伴他,照顾他,不离不弃。我们胡开玩笑的时候,她就在一旁用怜爱的眼神看着自己的爱人,那样柔软,又是那样坚不可摧。

他已经离开很多年了,我突然发现关于他的记忆里并没有太多的忧伤与痛苦,反而有很多的温暖与感动。人生的坚持,并不是要刻意逆转什么,而是坦然经历一切。我们尝试,我们成长,我们挫折,我们再战,不断打破固有藩篱,发现新的世界,收获新的认知。对于每个人,人生不都是一场解冻的旅程?不是解开冻住的身体,而是解开冻住的思想、情感、精神、领悟、热爱……

就像我从来没有意料到,葛敏会迸发出如此动人的乐观与坚强。如果不出意外,她会像很多舞蹈老师一样,跳跳舞,带带孩儿,按部就班展开自己的人生。然而命运似乎早就知道她的潜力,给了她一个巨大的考验——将渐冻症降临在一个舞者的身上,夺走其引以为傲、自由舞动的身体,实在是蓄意伤人。可葛敏是一个非凡的舞者,她很快发现"舞"不是身体和动作本身,而是一种精神,一种境界。从她决定放下自怨自艾,换一种方式舞动人生开始,她就已经解冻了一段人生的崭新旅程。然后葛敏就开始发光发热,一发而不可收。创立了"冰语阁",当上了阁主,纠集了一群"冰友",用肆意的笑容、温热的语言、豁然的风度,自成一派,纵横江湖。他们不仅相互取暖,更用自己的不屈,温暖了更多人的心。

于是命运坏笑之后,又会心一笑,转身去考验别人了。

话说得轻松,但真正身处其中才知甘苦。我想起了《哈利·波特》中的一个情节,卢平教授上黑魔法防御课,教孩子们怎么击退"博格特"——一种会变形的东西,你最害怕什么它就会变成什么。击退的咒语非常简单,但是需要强大的意志力,而真正的诀窍是强迫它变成一种你觉得好笑的形象,因为笑声才会让"博格特"彻底完蛋。于是孩子们一一尝试,鼓足勇气喊出咒语"滑稽滑稽",各种恐怖的东西纷纷变成搞怪可笑的形象,孩子们如释重负,开怀大笑。这堂魔法课其实在教每个人如何化解心中的恐惧,其中最艰难的时刻就是直面恐惧,竭力喊出咒语的那一刻。也许你需要面临绝境,也许你需要穷尽一生,才能积攒出足够的力量,去喊出咒语,解冻人生。

葛敏和她的"冰友"们,不仅解冻了自己的人生,也解冻了我们的。

许锐,文学博士,教授,北京舞蹈学院副院长。

用心灵感悟生命

墨 香

仲夏之夜,蛙鸣虫吟此起彼伏,把这个夜晚衬托得格外幽静,窗外的月亮也格外地圆、格外地亮。我躺在床上,陷入了沉思……

白天时,暮夏说:"香姐,能请你为我们的新书《因为爱,所以坚持(2)》作个序吗?"我本能地想拒绝,因为我既不是名家,也非名人,如果非说有什么不同的话,那就是,我已病入膏肓。但转念一想,作为"冰语阁"团队的主要成员,我太清楚公众号从创建到今天一路上的点点滴滴;我太清楚这本书诞生得是多么艰难;我太清楚葛敏为这本书为大家的呕心沥血;我太清楚暮夏作为志愿者这几年做出的贡献;我也太清楚大家是如何在泥潭里痛苦地挣扎……所以,我没有理由去拒绝。想到这儿,我把原本打好的"不"字悄悄地删除了,问他几天要,他说三天,我说太紧张了,他说一周呢,我说好的,一定按时完成。

这本书不是一人一时所作,而是所有病友共同的结晶,是继《因为爱,所以坚持》后,病友们作品的又一合集,对于正常人,写一篇千字小文,可能就是一蹴而就的事情,但是对于这一群完全失能失语的人来说,却需要克服很多常人无法想象的困难,病友们有的用唯一能动的手指敲击键盘,有的用指关节艰难地书写,有的只能用眼睛来打字……病友们是用生命的力量在歌唱,用最后的力气在呐喊!

也许很多文字还很稚嫩,甚至有很多语法上的错误,但是他们并不是专业的写手,也没受过任何专业的培训,他们只是普通人,有商业精英、有公务员、有教师、有军人、有警察,也有农民……病前的他们在各自的工作岗位上兢兢业业、勤奋工作,为国家奉献自己的力量,一场突如其来的疾病彻底改变了他们的命运,也让他们的家庭陷入了困境,甚至有的家庭因此妻离子散,家破人亡。这些原本年轻力壮、优秀努力的人,如今被疾病折磨得痛苦不堪,心力交瘁,他们的心声都渗透在他们的文字里。这些文字是他们对生命的渴望、对亲情的依恋、对痛苦的描绘、对往事的追忆、对健康的向往……有无奈、有焦虑、有绝望、有难过、有眼泪,也有期盼和憧憬。他们抒发了对未来的迷茫和无助,也描写了对孩子的牵挂、对爱人的不舍、对生活的热爱……真实地呈现了疾病的残酷和现实的无奈,与其说这是一篇篇文字,不如说这是一首首生命的绝唱,是对生命的思考,是对生命的感悟,是对往昔的追念,字字血,声声泪……

所以,当你捧起这本书的时候,请你不要用专业的眼光去审视这些文字,而应该用心灵去感悟,感悟这些生命在死亡面前的顽强、在病魔面前的坚韧、在痛苦中的煎熬,我想这些文字一定会给你的心灵带来深深的震撼和启发,让你明白你应该如何去对待挫折和磨难,让你懂得你到底该如何去生活,去更好地爱自己、爱家人、爱生活!通过这本书,你会知道有一群人,每一次呼吸都要借助呼吸机,每一口饭都要拼尽全力才能吞下,一口痰都能把他们折磨得死去活来,面对一只蚊子都无能为力,你就会懂得你是多么幸福,你就会明白健康才是最大的财富,你那些深夜的忧伤是多么不值一提……面对如此残忍的疾病、如此痛苦的折磨,他们依然倔强而乐观地活着,健康的你又该如何去生活呢?

当然,由于同样的疾病和感受,书中的很多文章难免有点雷同,但是好像很难打破这个瓶颈,因为他们身患同样的疾病,遭受着同样的折磨,有着同样的心路历程,感受着同样的人情冷暖,想要完全不同好像真的很难,所以请每一个读者都不要过多地纠结,而应该透过文字去思考人生,去了解罕见病,去了解渐冻人,去关爱渐冻人,也希望通过这本书,能够呼吁更多的人来帮助这个群体,呼吁政府给予更多帮扶,呼吁科学家快马加鞭研发新药,拯救一个个水深火热的家庭!

《因为爱,所以坚持》从一到二,送走了很多病友,也有很多新病友的加入,书里记载了他们的喜怒哀乐,每一次读来我都会感同身受,泣不成声,所以这篇原计划一周完成的序言,我竟一气呵成,一天就完成了,因为根本就不需要雕琢和粉饰,完全是自然而然的心声流露,我感受着他们的感受,痛苦着他们的痛苦,抗冻路上我们携手同行,彼此温暖,因为爱,所以坚持!

人生短短几十载,你永远不知道明天和意外哪一个先来,地球之于宇宙不过相当于一个细胞,而人类不过是困在细胞中的一个个微小的生物,所以你又执着什么,你又计较什么,芸芸众生不过沧海一粟,希望每个人都能在阅读完这本书后快乐地活,开心地过,惜时、惜缘、惜人、惜当下,惜一切拥有……

在此,借助此文向所有病友说一声辛苦了,向编组所有成员表示感谢,拙劣小文,贻笑大方,不足之处,还望大家斧正!

墨香,"冰语阁"渐冻症患者代表。

"冰语阁"经典语录

对于生命,我们肯定是要保持敬重的态度,在发生疾病时,如果有希望治愈那就努力去争取,但是如果目前的医疗水平已经无能为力,再强求只会增加痛苦。

家人不放弃,绝对会嫌弃。

——明月松间照

我不怕青春的流逝,不怕疾病的纠缠,就怕在欢歌雀跃的年纪被无情阻断!回首过往我终将辜负我自己!

——小梅

虽然中奖,但这几年我却过起了神仙的日子,该吃就吃,该睡就睡,急个毛线。俗话说,天有不测之风云,人有霎时之蛋挞,怎么高兴怎么过,一天开开心心的,弄不好哪天好了呢!

——找不着北

没人能让时光倒流,然后重新出发,但所有人都可以在今天启程,去创造一个全新的结局。生活是自己的,你选择怎样的生活,就会成就怎样的你。

——乐亮

解冻或许遥遥无期,我只选择活在当下。解不解冻生活总是要继续下去,支撑我活下去的是呼吸机,支持我坚持下去的是家人的不离不弃。

——桃花潭

虽然我们是渐冻人,却冻不住我们的心,只要我们用一颗火热的心去面对生活,过好每一天,希望得到国家和有关部门的支持和理解。

——日月同在

如果苦难不可避免,那就改变自己面对苦难的态度,不屈不挠,在苦难中寻找快乐的源泉!

——在水一方

哭过之后,发现死不了,只能继续活着。

——小月

开心是一天,哭也是一天,那就选择开心每一天。

既然上苍让我来人间磨难,那就既来之,则安之吧。

——魅力阳光

好的心态,胜过良药。

——小巫

我不怕疾病有多么凶神恶煞,我只怕自己投降。

在准备放弃的时候,记得告诉自己:我千里迢迢来到这人间,我怎能轻易服输,人生仅此一次,我怎能不尽力而为。

世界上没有两片相同的树叶,你再不堪,再平凡,也是独一无二的,无须自轻自贱。

当狂风在耳边呼啸时,你只当它是微风拂面;当暴雨在头顶倾泻时,你只当它是屋檐滴水;当闪电在眼前肆虐时,你只当它是一丝光亮。人决不能在逆境面前低下头。

这一秒不放弃,下一秒就有希望!坚持下去才可能成功!

原以为"得不到"和"已失去"是最珍贵的,可是,原来把握眼前才是最重要的。

健康不是第一，而是唯一。

要想改变我们的人生，第一步就是要改变我们的心态。只要心态是正确的，我们的世界就会是光明的。

未曾以泪佐食，未曾深夜恸哭，不足以谈人生。

尝遍人间疾苦，受够人世冷暖，历经所有河山，依然觉得人间值得。

无论你面临的生命是何等困惑，抑或经受着多少挫折；无论道路如何艰难，无论希望变得如何迷茫，请你不要绝望，再试一次，成功也许就在下一秒。

世人皆怕鬼，等你真正见证了人性，才发现怕鬼是多么可笑的事情。

人生没有如果，只有后果和结果，过去的不再回来，回来的不再完美。没有过不去的坎，只有过不去的人。慢慢地，不再流泪；慢慢地，一切都会过去。

时间不一定是解药，解药也一定是在时间里，勇敢地熬下去，得之我幸，不得我命。

解冻或者解脱，我最终会等到一个，没有什么大不了，我也没打算活着回去。

坚强，坚持，这不是选择，而是必须。

人活着就应该像齐天大圣，疯过，爱过，恨过，闯过，拼过，努力过，但从没怕过。

没有那么多过不去的事，只有一颗不够勇敢的心，最终使你脱颖而出的，不是天赋异禀，而是持之以恒。

就算生活中有太多的失望，也希望你能试着接受，并且学着不为难自己，每天给自己一个微笑，试着发现生活中的美好。

生活本来就是一场恶战，给止疼药也好，给巴掌也罢，最终都是要单枪匹马练就自身胆量，谁也不例外。

人生没有那么多的假设，现实是一个一个真实的耳光，打在你的脸上，喊疼毫无意义，唯有一往无前。

人生中出现的一切，都无法拥有，只能经历。深知这一点的人，就会懂得：无所谓失去，只是经过而已；无所谓失败，只是经验而已。用一颗浏览的心，去看待人生，一切的得与失，隐与显，都是风景与风情。

——墨香

手不能拿了才知道手的重要,脚不能走了才知道脚的重要,呼吸不好了才知道这个平常无奇从呱呱落地就会的功能是何其重要。人们往往在追求自己没有的东西时磕得头破血流,却忽略了自己现在所拥有的东西。

——等风来

上天总是将人折磨够了再叫人不惧怕死亡,倘若有天我能一睡不醒,那将是我的福分。

身患重疾后,有人将我拉黑删除,有人雪中送炭默默陪伴。磨难使人成长,我学会了不问不怨,知足感恩。

对刻薄的言语听而不闻,对轻蔑的冷眼视而不见,是我保持内心宁静的法宝。

苦难过于深重,再苦也不哭,难也不哭,一点点温暖却让我泪流满面。

好听的歌舍不得一直听,想吃的美食不急于一下吃腻,让心中常有一份欣喜、一份期待。

如果天空总是黑暗的,那就要学会摸黑生存。

——花絮

待凛冬离去,雪融草绿,咱们相信一定有新的相逢将温暖延续,那些看似不起波澜的日复一日,会在某年某月的某一天让人看到坚持的意义。加油,渐冻人,我们一定可以解冻的。

我不要沙滩小岛马车和城堡,我不要人山人海热情的尖叫,我不要五光十色灿烂辉煌的灯光在闪耀,我只想和你在广袤无垠的草原上疾速奔跑。

天下苦久已,不要彷徨,不要悲伤,咱们一定要坚强勇敢地和病魔抗衡到底,因为咱们坚信它一定会被消灭,咱们终将会再次扬帆起航,快乐奔跑。

一寸光阴一寸金,感恩给予我生命的父母,感恩陪伴我一起抗衡病魔的每一位伙伴,在我生命中的每一天,我会多一分从容冷静,少几许哀怨,加油,战友们,勇敢坚强起来,加油,英雄们,让苍天知道,我不认输。

——新马可波罗

辑一

⋮

这样的世界这样的风

多少年了,无力

抗争,无奈,再抗争

骨头渐渐结霜

出奇地冷硬

真想弯下腰蜷缩着躲避高处的力量

更希望藏身于漆黑的墙角

不想再迎着风走

这该死的倔强,却

向寒风高呼

不屈

高喊着,迎战

电影院里的酸甜苦辣

作者：暖禾

看完《哪吒》我只记住两句话，一句是："不要管别人怎么说，自己的命运自己说了算！"还有一句是："不认命就是哪吒的命！"

听说电影《哪吒》十分火爆，而且是动画片，一时兴起，竟然忘了自己是渐冻人。我决定必须带儿子去看，可一到电影院，被命运安排的麻烦就劈头盖脸而来。离家最近的老式电影院，进大厅就有50个旋转式台阶楼梯，而且台阶很高。播放厅在二楼，还有同样难度和数量的大理石楼梯要上。赶忙打听了一下，想要退票——无法退；想要上去——四处都无电梯。

儿子不耐烦地叫唤着赶紧入场，我和阿姨却望而却步。阿姨提议回家，我提议试试爬楼梯，上不去的话，我就在对面餐馆等，让阿姨陪儿子看。阿姨不放心把我一人搁在餐厅，又拗不过我的决心，只好边埋怨着边陪我开始了万里长征。

由于楼梯扶手太宽，我的右手根本抓不住，所以只能是阿姨在上面拉着我的双手，一步步拽着往上爬。其间，我无数次地奢望：身边穿梭的男士，如果有位好心人能主动提出要帮忙该有多好啊！但幻想的泡泡被现实无情吹灭了。

庆幸的是，平时给自己设计的每天爬楼梯锻炼项目，此时此刻发挥了积极作用。我迅速调整了刚才焦虑的情绪，就当自己在家锻炼，变得沉着冷静下来。50个阶梯终于被我艰难地踩在了脚下。

到了大厅对我来说，只相当于爬到了半山腰而已。进入播放厅还有同样数量的楼梯等着我去挑战。几个大厅工作人员好奇地包围过来，一个问我轮椅是怎么上来的,一个说播放厅还要上二楼,你们怎么上去呀?和周围担心的一群人相比,我倒显得淡定了许多。心想既然能爬到半山腰,那一定离山顶不远了,曙光就在眼前。随后,我打字告诉阿姨,看电影前先上个厕所,免得看一半再出来上折腾,顺便问问有没有坐便器,结果给的答复,让我的心再次跌入十八层地狱。

  工作人员介绍大厅和二楼只有蹲便器,要坐便只能返回最底层。好不容易爬上来,为了坐便再爬下去显然不划算,还是继续上吧。用刚才阿姨在上面拉我,我在下面爬的方法,使出了吃奶的力气,终于站到了山顶。旁边看热闹的儿子还不忘鼓励一句:"我说妈妈能上来吧。"现在回忆起来,当时脑海中只有一个念头:儿子想看哪吒,我得上去!

  大功告成后,上厕所成了又一个新难题。由于双腿无力,全部要靠阿姨双手夹着胳肢窝,悬空抱着我,我才能蹲下来。来到二楼厕所,一看那狭小的空间,我心里就发怵!好心的厕所保洁阿姨主动要求帮忙,于是两个人终于使我在一间狭窄空间的屋子里站稳了。阿姨从后面抱着我悬空半蹲,保洁阿姨在前面把控着我的平衡。被别人抱着有说不出的别扭,一泡尿在膀胱里挣扎着怎么也尿不出来。时间就这样一分一秒地过去了。我急,两个阿姨也急。我开始焦虑,血压升高,汗水涌出,什么是骑虎难下,此刻的我就是最好的诠释!几分钟后,我的双腿开始发麻,经过激烈的心理斗争,我决定放弃,就算憋着尿看完电影,我也认了。

  影片的确非常精彩,这让我觉得所有艰辛的付出都是值得的。看到坐在身旁的儿子全神贯注地注视着大屏幕,我真觉得自己赚到了。

  两小时后,电影散场了。可能是电影本身带给我们太多满足感,这满足感意犹未尽,竟让我忽略了电影散场后所要面临的困难。我和阿姨艰难地往下挪着,突然从我背后冒出一位中年男子问我们要不要帮忙,他随手就从另一边来搀扶我下了几阶楼梯。随后,他突然提议:小姑娘看着很瘦,索性我来背她下楼吧。这真是出乎意料,得病四年还真没有被人背过,羞涩、诧异、兴奋,种种复杂情绪让我扑哧大笑了起来,口腔内无法掌控的口水,也抑制不住地直流下来。此时那位中年男子半开玩笑地对我说:"一会儿我背起你,笑可以,可千万别把口水流到我的脖子里哟……"

  还没等我反应过来,我已经在大家的帮助下被放到了这位好心人宽厚的后背上了。旁边一位帮扶人员突然冒出了一句话:"姑娘你今天运气好,我们办公室主任做好事,亲自背你下楼。"当时的我好似灵魂出了窍,完全意识不到自己身体在哪里,只觉得眼泪和口水情不自禁地流向了主任大汗淋漓的后背。我的眼泪只因脑海里浮现的一句话:人间自有真情在。

　　我家阿姨总批评我为了儿子什么都敢豁出去,完全不考虑自己。我想也许出于两个原因:一是我妈从小就是这样对待我的,言传身教,我也自然这样对待儿子;另一方面,也许就是《哪吒》这部电影的魅力吧!改变能改变的,接受不能改变的,我命由我不由天!面对渐冻症这样一个不得不接受的命运安排,不拿出一点哪吒精神还真不行!当你尽了力,拼了命,老天会自有安排。你看出手相助的办公室主任,不就是上天给我最好的安排吗?

作者:全新,小学四年级学生,葛敏(暖禾)之子。

渐冻于我是一场人生修行

作者：暖禾

每到年底，总想为自己过去的这一年说点什么，好像只有这样，才算是给自己画上了一个圆满的句号，今年这种意愿尤其强烈：一是想告慰"冰语阁"的创建者之一，已故去一年的我亲爱的病友——陈君的在天之灵；二是想恭喜自己安全地度过了医学界预期的渐冻症生存期三到五年这个难关，正式加入老患者行列。

很多患者对我创建"冰语阁"公众号的意志与爱心表示由衷的钦佩，而我却总想告诉他们那纯粹是自己歪打正着。当初创建"冰语阁"，只是不想让自己闲着，让我这个忙成习惯的人还保持着有一份工作需要自己去做的幻觉。结果不知不觉中，我们的队伍越来越庞大，现在线上已经有三个群，患者和家属加起来近700人。

在整个团队的共同努力下，我们为大家出版了一本病友们自己书写的书，发行了一部家庭护理片，成立了一个渐冻人关爱基金，70多户贫困家庭受到捐助。

很多病友在"冰语阁"承担服务时，竟忘记了自己是一名绝症患者，将平日大部分的时间和精力用于为其他患者答疑解惑。越来越多的人从这样的为他人的服务中感受到了活着的意义。本该感叹命运悲催的一群绝症患者也因为这份人情的温暖而忘记了死亡的恐惧。渐冻人不再孤立无援，大伙儿一起互相搀扶、抱团取暖的美好景象，驱散了疾病带来的笼罩心间的愁云惨雾。

2020年是全国上下抗疫的特殊年份，我们也没有闲着。从3月开始，

我和"冰语阁"骨干成员就在广大冻友间，开展了围绕疫情的主题征文活动。虽然大家自己也都深受病魔的折磨，却依然用眼睛书写（借助眼控仪）的文字表达了对抗疫英雄的无限敬意。尤其是同为"冻友"的武汉市金银潭医院院长张定宇带病抗疫的事迹，激励了所有渐冻人，让我们更加勇敢地面对人生的困境，更努力地去探索、去实现生命的价值。

4月，我和团队成员联系了北京三家医院的渐冻症权威专家，他们一致同意为病友群里的患者定期答疑解惑，解决了全国各地病人疫情期间来北京难、来大医院挂号更难的问题。

6月，"冰语阁"联手惠民康恩公司开展了向贫困渐冻人家庭捐赠二手仪器活动。同月，世界渐冻人日，我们联合南通暖舍慈善联合会，启用渐冻人关爱基金，再次资助十户贫困家庭。

10月，团队成员提出了建立"冰语阁"公众号以外的抖音和快手账号，以此来加快全社会对渐冻症的了解和关注。经过两个月的努力，"冰语阁"的抖音号已经拥有了近1万粉丝。

11月，以我的故事为原型的原创舞剧《冰语》被搬上南通更俗剧院的舞台，由国家一级演员领衔主演，讲述了一名风华正茂的舞者患上渐冻症后积极面对现实，用强大的精神力量重构生活的故事，在社会上产生了强烈反响。

患病前我一直努力成为舞剧女一号，没想到患病后，我成了舞剧女一号的原型，人生的错位、无常、荒诞、滑稽样样俱全，令人慨叹。

12月，我和已年至古稀的父亲受邀赴京，参加中央电视台综艺频道《越战越勇》栏目的现场录制。老父亲首次登台亮嗓，以一首《天边》赢得了全场评委的热烈掌声，也为我战胜病魔加油打气。

截至12月底，2020年"冰语阁"公众号共发表冻友原创文章108篇，累计收到打赏金额19645元，这些都将用于资助贫困冻友。2021年元旦当日，我们将公布新一批12位受捐助者名单。

这些点点滴滴，都将成为我脑海中2020年最难忘的生命印迹。

经过三年"冰语阁"公众号和一米阳光群的打磨，这支年轻的队伍，已由当初病人间嘘寒问暖的普通群变成了今天的能为病人解决实际困难，有组织、有纪律，众人团结一心，充满善和爱的线上公益交流平台了。作为创建人之一,我参与并见证了它的成长,这是我得病五年来最引以为豪的一件事情。细细想来,渐冻症于我个人而言也是一种无形的锤炼啊!

首先它教会了我学会放下才能轻装上阵。我曾经是一个事事都想做到完美的人,结果一场病剥夺了我所有曾经拥有的一切,傲人的身体、心爱的舞台、体面的工作、和谐美满的家庭等。当努力奋斗的东西一件件离你而去的时候,那种惨痛可想而知。患病后得到几位佛学修养颇深的人士的开解,那种失去的惨痛在佛学中得到慰藉。人生所有的拥有都不过是一段时间罢了:越是在得失中纠结,痛苦便越多;越是想紧紧握住,流失的速度就越快;越想面面俱到,就越可能什么都抓不到。总之,你留恋的东西越多,肩上背负的担子就越重。在面对生死与病痛的折磨时,原来特别在意的一切忽然变得那么微不足道。

这些道理在得病前其实也是知道一些的,可人性就是那么贪婪,直到悲剧真真切切地发生在自己身上,才能真正体会到适时放下已无缘分的东西,才是对自己最大的爱护。今天你学会了放下眼前最不舍的东西,是为了明天得到一片更广阔的天空。

其次,渐冻症给予了我定力。什么是定力?于我而言就是一种更高级的坚持。渐冻症剥夺了我通过说话与外界沟通的权利,很多时候被误解、被冤枉、被嫌弃,我就会气愤到抓狂,心里充满了委屈。而你必须学会平息自己的愤怒和委屈,时间一长,居然让自己的定力得到了锻炼。如今明晰了自己的最终目标以后,天大的委屈都动摇不了我的心。有必要说明的,事后会找个适当机会澄清自己;无法沟通理解的,也干脆不辩白、不解释,将误解自我消化。

定力还表现在坚定自己的精神追求。很多人都不能理解我都病成这样为什么还要拼命追求那些与自己无关的东西,不如在家吃好喝好玩好睡好,保命要紧。乍一听甚有道理,可尽管我落入这般悲惨的境地,也有追求梦想的权利呀。尽管有时累得很想轻松一下,困难得很想放弃,但梦想始终支撑着灵魂,让我一路信心满满地前行。也许不能事事完美如意,然而为梦想付出的过程,就是对自己最好的交代,对疾病最有力的回应。坚定了想要什么时,即便是人生触底,也能绝处逢生。

最后想聊聊逆商。我在大学的班主任眼里是一名只有智商没有情商

的学生,当时的我并不能理解和认同。渐冻症让我豁然觉悟这句评价背后的深意。如今在创建并发展"冰语阁"公众号的三年里,我除了情商得到了历练,更重要的是发现了逆商对一个人一生的重要性。逆商是书本、学校、老师和家长都无法教会你的,只有在困境和绝望之中苦熬过来的人,才有机会提升这种能力。人生就是不如意十有八九,甚至有灾难性的悲剧降临。面对诸般生命的困厄,有人选择了从此一蹶不振,有人选择随遇而安,有人选择因地制宜、触底反弹:这一切的选择都由逆商决定。五年了,我知道我在病痛中学会了坚持,学会了忍耐。

不是所有的坚持都有结果,但坚持总能从一寸冰封的心田中培育出十万朵怒放的蔷薇!

新的一年,我祈盼国内外在渐冻症研究和治疗方面,能有更新更快的突破,让全国20多万患者以及他们身后的家庭都能看到希望,重获新生。

在新的一年里,我们计划把冻友们的原创文章再次结集,完成继《因为爱,所以坚持》之后,又一本渐冻人的集体书写的出版。同时,计划与南通市北护理院联合拍摄渐冻人家庭康复片,并向全国召集摄影爱好志愿者,为各地渐冻人定格美好回忆。

在新的一年里,我还要在逆境中进一步提升自己寻找幸福的能力,在绝望中仍保有云淡风轻、柔软仁爱的心。希望自己能在渐冻的苟活中追寻梦想,创造快乐,在夹缝般的生活中开出一朵属于自己的莲花!

爬楼记

作者：暖禾

爬楼是我在渐冻症发病五年期间坚持的运动之一，起初纯粹是为了出门万一碰上个台阶不必求助路人，图个方便罢了。可是坚持时间久了竟迷恋上了这项运动。爬楼除了可以满足我的好胜心以外，还能让我悟到人生浓缩的深刻。我喜欢它带来的无论是心理上还是生理上的刺激和挑战，也喜欢那种逆流而上的冒险。我刚开始是两步并一步爬一个台阶，到后来发展到左脚先上个台阶，右脚得靠腰的力量拖上去，后腰靠在扶手上，前面两只手还得让护理阿姨抓着，这才能勉勉强强上一级台阶。如今我已经戴上了颈托和腰托，但还是在护理人员的帮助下，坚持爬楼梯，活脱脱一个跟自己过不去的"变态"残疾人。

我总觉得爬楼的整个过程如同我正在面对突如其来的渐冻症一般。从迈上第一个台阶开始，就意味着你踏上了没有选择、不知结果的道路。没有椅子可以暂时休息，没有电梯可以作为退路，没有力气屈膝原地坐下歇歇，你只有一个一路陪你同行的护理阿姨。可惜她也只是个弱女子，只能帮助平衡，不能义无反顾地背起你，随时结束你这趟难度系数巨大的行程。你只能不断调整心态，鼓足勇气坚持移动着早已不听使唤的双手双脚。无论是夏天汗流浃背、蚊虫叮咬还是冬天肌肉僵硬、冰冷刺骨，都不能有丝毫精神松懈与倦怠。因为只有竭尽全力、全神贯注才能顺利挪动步子，不至于让自己被困在楼梯中间。于是爬着爬着，自己的承受力和定力也有异乎寻常的增长。无数次家人的劝阻，无数次因失败而产生的胆怯和怀疑，无数次路人的同情与质疑，无数次因爬楼造成的伤痛，都没有胜过一个来自内心深处的强烈的求生信念。

  因为新房装修，我暂时搬进了没有电梯的老房子居住几个月。往常护理阿姨跟着我爬到六楼，尽管堪比龟速，但也总能挣扎到六楼。然而正式搬家那天却仿佛鬼上身。去的路上我心里就莫名其妙开始怀疑和紧张起来，心想如果爬不上去，收拾半天东西，岂不是还要打道回府让人笑话？越是这么暗示自己，越是紧张。人还在轮椅上，肌张力就不断升高，真可谓是心灵牵动着全身肌肉与神经，一动俱动。果然，当我开始准备迈上第一个台阶的时候，发现身体不对劲了。往常最有力的左脚突然像被冻住了，怎么也抬不上去。好不容易踩上台阶，身体重心却死活移不到左脚，于是无力的右脚被身体重心压得根本拖不上去。护工阿姨见我上第一个台阶就如此费力，不在状态，好心劝说："今天就算了吧，要不上了几层下不来可就麻烦了。"谁知碍于面子，我执意想再试试，说不定爬着爬着紧张劲儿过去了，也就好了呢。护工见我决意要上，只能随我心意，一边鼓励我不要紧张，一定可以爬上去，一边用她的身体和腿在后面替我使劲搬动着我那不听使唤的双腿。大概艰难地上了三四个台阶，我突然意识到今天不同以往，不能凭借一腔热情硬拼。理性让我果断地放弃了执着的念头，听取了护工的建议，下了台阶，灰溜溜撤退了。第二天我继续攻克难题，结果却是同样的窘状再次上演。我们撤至小区大门口时，恰巧遇到好心邻居，问明情况后，二话不说就要背我上楼。这位邻居已经70多岁，两鬓花白，我实在不能答应。后来，护理阿姨和邻居商量，用轮椅半拉半抬地把我弄到了六楼。

  可是两次爬楼失败的经历却在我心里留下深深的恐惧的阴影，怎么上周还能自己爬六楼，今天突然就不行了？难道我的双腿一夜之间彻底废了？难道此生要和楼梯说再见了？越想越打寒战，越想越加重自己的心理负担。我不想放弃，然而一到楼梯口，我的腿部肌肉就不听使唤，发硬发僵，根本迈不出步子。越迈不出心里越着急，越着急腿部肌肉张力就越高，成了一种恶性循环，连陪同的护工都说，你上周打扫卫生还能爬六楼，这明显是心理问题。于是我拿出练舞蹈的经验，怕啥我就练啥。我像练舞蹈动作一样，一个动作一个动作进行分解练习。我开始每天练习爬楼，从半层楼梯开始，每天根据自己的肌肉状况逐步增加楼梯层数，很快有了半层楼成功的底气,心里恐惧的阴影逐步被战胜。有一次在练习中恐惧感再次浮现,我不断提醒自己必须跨越这道坎,不断提示自己要先放松心情才能启动肌肉,今天豁出去了,看它能奈我何!5月的天气让汗水把我的整件上衣都浸湿了,汗水顺着脸颊流到眼睛里,眼睛连睁都睁不开。但是一层层楼梯被我征服了,我越来越自信,不知不觉被自己感动得眼泪湿润了眼睛,模糊了视线,喜悦和自豪感充溢全身。

从治疗的角度看,这种鲁莽冲动的行为毫无意义;但从内心的成长角度讲,这样一次战胜自我的经历却让我刻骨铭心且意义非凡。

相信每个人这一辈子都有自己难以克服的心理阴影或软肋。就拿我自己来说,除了爬楼,我还害怕过呼吸机,害怕过一个人躺在床上无法按响呼叫器,害怕过也许会终日卧床的未来……

这些事情或多或少都曾经在我记忆中留下了特别痛苦的回忆,然而我依然不得不每天面对它们。如果恐惧只能让自己越来越受伤,那还不如直面它、接受它,用挑战它的勇气把恐惧看轻看淡,在允许自己害怕、允许自己失败的心态下,一次次尝试着越过心里那道坎。当所有的痛苦恐惧化为习以为常时,你就成为战胜恐惧、超越自我的胜利者。这或许是我坚持爬楼梯的最大收获吧。

作者:全新,小学四年级学生,葛敏(暖禾)之子。

被冰封的美人

作者：阿黑胖纸

我是一名患者。在2018年1月28日,我在一夜之间被冰封了,首先就是说话不清晰,封住了我的喉咙,我本来是一个做销售工作的女强人,非常自信独立。无论是大人孩子都特别喜欢我,比较能说会道,这一天完全改变了我的命运! 一切就像天塌下来,一向那么自信高傲的我,根本接受不了,可是我在家人面前还要假装没有事。

说实话开始我一点都没有在意,觉得自己不会那么倒霉,想着过几天应该会没事。或许是我熬夜闹的,或许是吓着了(小时候吓着了就去收收)。去我姑姑家收,没有任何作用,姑姑让我去医院看看。2月4日去了县医院看,没说出什么情况,当天下午我的头特别特别疼,于是我妈和我对象带我去宣武医院看了急诊,说是脑梗要输液,交接班的医生说不是脑梗,可能是运动神经元病,还开始说这病的严重后果,流口水不止等。那个医生形容的,我无法接受,我当时说话就更不清晰了,完全听不懂了(不否认我被吓到了),嚷嚷着我不看了要回家! 第二天去了北医三院,该检查的都检查了,综合之前的一些化验结果,在我心里很清楚一定是,可是樊院长没有直接回答我,估计是怕我接受不了,但是我的好奇心和想知道的欲望超级强,再三问那位细心的医生。他解答说我只是上运动神经元损伤,是不幸中之大幸,如果是下运动神经元损伤就会发展很快,说实话他的耐心温暖了我和我的妈妈。

那是我第一次开力如太,和另外一种药搭配着吃,开始都是吃半片,早晚吃,时间特别准。在家里我妈给我列个表,作息时间、吃饭、吃药,都按时间,我每天都特别特别压抑。我开始不愿意说话,不愿意与人沟通交流,那个时候我发现我叫我的狗它都听不懂,我心里无比焦虑,和我爸妈说一句话,他们如果听不清,反问我什么,我会特别特别烦躁,明明我已经很努力地说了,为什么还问我啊,我动不动就哭、发脾气,而且特别容易激动。我哥嫂来看我。说实话我生病后特想和我哥多待会儿,我在医院的时候他又给我打电话,我忍不住哭了,我担心被我妈看到我哭就赶快挂了,可是我发现我妈也正在哭,我发了信息给我哥说我没事,别让咱妈难受了。

回来第一次见我哥、我嫂子、侄女、侄子都在,我不敢发出声音,我害怕我嫂子和我说话我哭,我真的是很努力地忍着不哭,但是就是控制不住。心里说不出的难受,后来我嫂子就总是邀请我去她家吃饭,全家人都谦让着我,我哥给我盛汤喝。点点滴滴都在我脑海中,我真的特想早点结束,你明明就在我面前,我却无法与你敞开心扉地说。说实话家人对我百般呵护,我心里更难受了,开始脾气特别暴躁、不安、自卑,无法用语言来形容我此刻内心深处有多么压抑,我就像行尸走肉一般。

未来的日子里就开启了各种求医,北京的医院基本都去过,中西医、中药、针灸、按摩、康复治疗训练、民间、寺院、出马仙、盲人看事等,只要能去看的我基本都去了,最终我总结的经验是心态第一,然后睡眠一定要足,最后吃得一定要营养搭配。这是我这两年多最大的收益。分心别想那么多,逐渐我开始不再关注病情,只是偶尔被问到,我会很努力地遮掩我内心的恐慌!这是无法形容的,我开始逃避了。我开始自闭,任何朋友都不想理、不愿理,也不愿意出去了,不愿意自拍了……慢慢地封闭了自己。只是在医院、家里、路上。不敢去设想未来,每天都处在失眠的状态。只有念"南无阿弥陀佛"来分散注意力。我是有无数种恐慌、绝望,有过最坏打算,就是没有想过死。因为也不知道为什么,我总是觉得,这只是上天跟我开了一个玩笑而已,在不久的将来我还是会好起来的。

也记不清哪一次去北医三院的时候,樊院长和我说可以先不吃药了,先观察看看再说。知道我放下吃药这个包袱有多开心吗?我觉得从一个病人的角度来说,吃药好像是无时无刻不在提醒着我自己是一个病人,不吃药使我发自内心地自在轻松。因为大家都清楚这个药作用并不大,真的不如像我上边说的那样心态第一,睡眠一定要特足,营养特别重要,能食补的都不要用药,这是我这两年以来最好的心得。

  逐渐地我内心变得特别强大,开始面对了,开始与人交流了,慢慢地恢复了很多。虽然没有之前的自信了,但只要不说话,我会把整个世界都当成是我的,哈哈哈!但是我也挺脆弱的,就拿写这个来说吧,我是第一次写,一点都不懂。想在群里了解一下自己这样写行吗,结果有好多家属都说不要写太多,什么这个那个的。我隔了好多天才开始写。因为我就想说每个人的经历都是不同的,我想记录一下,想把我的经验告诫更多的人。我希望大家都能好,都能得到关注。还是那句话,你没有生病的话,你就永远都不会理解病人的心情!

  希望大家都能快点解冻,能正常生活。

一个渐冻症患者的自白

作者：不忘初心

我来自蕲春县檀林镇流芳村一个普通的农民家庭，是一个孩子的妈妈，同时，我也是一个八年的渐冻症患者。很早以前就想把自己的人生经历写出来与大家分享，但苦于自己才小学文化，担心写出来语无伦次。最近许是为婆婆的离世而整日悲伤，以致病情发展如江河日下，我怕抱憾终生，因为很有可能下一秒我就无法操控手机了，所以想写的欲望就更加强烈，于是，我就鼓起勇气艰难地打出这些文字。

有人说"未曾在医院痛哭，不足以谈人生"！而我是一个平凡无奇的人，却有着不平凡的人生经历，用曲折悲惨来形容一点都不为过。从小受尽了生活的磨难，小学毕业便辍学外出打工。原以为"人生如茶，先苦后甜"！但这句话似乎跟我很无缘。

2006年跟老公结婚，婚后的生活平静如镜，直到女儿2岁的时候发现她的肢体语言与其他孩子有异，我们就带着她去武汉儿童医院检查，确诊为脑积水蛛网膜囊肿，这对我来说无疑是晴天霹雳，那段时间我仿佛置身于冰窟，感觉整个天都塌了，终日以泪洗面……伤心归伤心，孩子的病可耽误不得！于是，我们带着孩子四处求医问药……终于，功夫不负有心人！在药物的治疗下，孩子慢慢好转，我们以为看到了一线希望，虽然很多方面她都不如正常孩子，但我坚信，只要我不放弃，在家耐心地帮她做康复训练，还是没多大问题。然而，生活并没有我想象中那么尽如人意。

2011年冬天，我偶感右手无力，几经辗转后，于2012年冬天在北京大学第三医院确诊为"运动神经元病"。当时我对该病情的严重性一无所

知,回家后百度了一下才知道,竟然跟著名的霍金得的是同一种病,也就是俗称的"渐冻症"。可能很多人对这个病很陌生,其实就是,病人在头脑清醒的状态下,眼睁睁地看着自己的身体日渐消瘦,身体各项机能完全丧失,身不能动,口不能言,直到最后瘦骨嶙峋,呼吸衰竭而亡。这期间,你没有隐私,没有尊严,没有朋友,你会被嫌弃,被冷落,被漠视。饿了不能自己找吃的,渴了不能自己倒水喝,冷了热了不能自己添衣减裳,被蚊虫叮咬不能自己驱赶,睡觉不能自己翻身,身上痒痒了不能自己挠,早中期病人还能玩玩手机打发时间,晚期病人条件允许的还可以用眼控跟家属交流,家境不好的病人在语言功能完全丧失的情况下,无法用上眼控仪,只能默默忍受痛苦和孤独……了解完病情后,我欲哭无泪,我彻底地绝望了,想到自己以后的人生和女儿的未来,想到会拖累老公,我心如死灰,一种生无可恋的感觉油然而生,心底瞬间萌生了一个可怕的想法,我要带着女儿一起离开这个世界!我甚至想到了很多种解脱的方式……但老公仿佛是看穿我的心事了,去哪儿都带着我,就怕我想不开做出极端的事来,还一直安慰我说:"只要我还有一口气,定会护你娘儿俩周全。如果有人嫌弃你们,那就是跟我过不去。"那段时间老公和家人对我非常照顾,特别是老公,自己在承受着巨大压力的同时,对我在精神上的抚慰和生活上的照顾更是无微不至!内心在经过挺长一段时间的痛苦挣扎后,我打消了这个念头。死是最极端的方式,只有弱者才会走这条路。努力地活着是我唯一需要考虑的问题,正视自己,不留幻想。

  与疾病斗争的日子是漫长而痛苦的,老公忙于生计,不可能时时陪我,所以我只能忍受孤独和寂寞。经常有朋友说,心情不好的时候就给他们发个信息,他们会第一时间回复我。每当心情郁闷的时候我会艰难地打出一连串的文字,思量再三,最终却按了删除键。我告诉自己,不能给别人增添烦恼,因为每个人都为了生活四处奔波,早已筋疲力尽,谁有闲情逸致听你诉苦。于是,我选择了自己默默消化。一个人独处的时候,蜗居的斗室和窗外方寸之间的天空就是我的全部世界,那道房门是我永远都无法逾越的屏障,我只能每天对着自己的影子讲话,房间窗帘上的花朵我从左数到右,从上数到下,久而久之,我学会了与疾病共处,与寂寞相伴,与孤独共舞。外人看来我并无异样,只有我自己才知道,全身的细胞和身体的各项机能,是在以怎样的速度凋零减退。孤独、寂寞、安静、冷清、自责、愧疚、眩晕、肉跳、疼痛……无时无刻不在摧残着我的精神和肉体,有时因为疾病带来的各种不适让我夜不能寐。夜深人静的时候为了不惊扰到老公休息,我就一直以一种姿势躺着熬到天亮。半夜四处一片寂静,静得能听到自己的心跳声和肌肉跳动声,我在心里默默念叨:"少跳一点,放过我吧。"好不容易眯上一会儿又做梦,梦里一切都是那么美好,我时而唱歌,时而跟老公谈笑风生,时而给家人做饭,时而跟他们一起出去游玩……那时的我幸福极了!忽然,腿部肌肉一阵抽痛,把我从睡梦中惊醒,醒来才知竟是黄粱一梦。类似的梦我已记不清有过多少回,每次醒来都难以入眠,只有我自己才知道,我的内心是多么想摆脱疾病的束缚,多么渴望自由,向往平凡……

  我从一开始的右手手指无力到上肢无法动弹,紧接着是下肢无法行走,身上各处肌肉都有不同程度的萎缩,再到现在的身不能动,口不能言。生活完全不能自理,一切衣食住行全靠老公。最耗时间的就是吃饭,因为舌肌和咀嚼肌萎缩,每吃一顿饭都要花很长时间,而且大块一点的食物放在嘴里就无法翻动,老公还得帮我咬成小块或者用剪刀剪碎了,再一小勺一小勺地喂给我吃。最让我感动的是,他丝毫不嫌弃地与我共吃一碗饭,共用一个勺子,我吃剩的饭菜他接着吃。八年来,他一直这么日复一日、年复一年地不厌其烦地悉心照料我。偶尔心情不好的时候老公也会唠叨几句,但这是人之常情,每个人都会有情绪低落的时候,我非常理解,正常夫妻尚且如此,更何况我一个八年的渐冻症患者,能享受如此待遇已是不幸中的万幸。八年,有多少人愿意用自己八年的青春去守护一个人?对老公我是满心的感激和心疼,好在他一直都很乐观,这也是我最值得欣慰的!也有人在背后说他,家里都这个样子了,还有什么可值得乐呵的?我想说的是:这才是对生活应有的态度!生活捆绑了我们,我们就用热爱来挣脱!人生走到哪一步,该怎么走,定当顺其自然,顺势而为。如果你不摆正心态,你的人生势必倾斜。被老公面对生活中的各种磨难却始终不屈不挠大无畏的精神所感染,所以我觉得我不能再这么消沉下去,身躯被禁锢了又怎么样?至少我的思想是丰盈的,灵魂是自由的,所谓"渐冻的身躯,却有着一颗火热的心"!当看过众多励志故事后,我坚信,"人生无处不飞花",渐冻人也可以有自己的梦想。我也该做点什么了!

于是,我就选择正规的平台做起了微商!有了自己的一份小事业后,度日如年的感受荡然无存,我甚至觉得时间都不够用,每天忙得不亦乐乎。虽然人脉很少,赚的钱又少得可怜,但我很充实,找到了活着的价值,曾经黑白的生活变得五彩缤纷,我看到了希望,对未来我不再是只有迷茫和恐慌!

"你都不能自己吃饭,是怎么做到操控手机和做微商的呢?"经常有人这样问道。由于我说话肌萎缩,说话无人能听懂,跟人沟通全靠打字。手又无法抬起来拿手机,只能把手机放在自己坐的木椅子中间,手放在腿上,靠腿部小幅度的摆动来带动手艰难地敲打着屏幕,玩手机的过程中必须一直保持低头的姿势,颈椎的酸疼以及肌肉萎缩带来的无力,让我每打一个字都竭尽全力,还有手指不由自主地抖动让我老是点错。最受罪的是我的屁股,因为打字的过程中要不停地挪动,我早已记不清我的屁股磨破了多少次,每次血肉模糊我才肯停下来休养几天。老公每次看到都生气地说:"就为了赚那可怜的几十块钱,你的屁股一次又一次地磨破皮,脖子看着快要断了似的,这样不值得!"其实,我知道他是心疼我,但赚钱对于我来说,不仅是我的梦想,是我存在的价值,更是我在黑暗的日子里,寻找到的一种精神的寄托,也只有在工作的时候,我才觉得自己不是一个百无一用的废物,我不想如同一具行尸走肉一般苟延残喘地活着,这样的人生毫无意义。因为我知道,如若有幸能坚持到医学突破的那一天,那么我将需要一大笔治疗费用,尽管我努力地赚钱也只是杯水车薪。但如果我等不到那一天,那么我的生命将会进入倒计时,余生的每一天都弥足珍贵。所以,我不敢有丝毫懈怠之心,只要身体不是特别难受,我都会咬牙坚持,我必须加倍努力,才不会给自己的人生留遗憾。

病友群里病友经常讨论,疾病是多么残酷和痛苦,对此,我却不以为然,因为我早已坦然接受,并与它和平相处,八年来炼狱般的生活,痛苦已是常态,我早已视死如饴,病友都说我很棒,心态好,够坚强,敢问,一个连死都不畏惧的人,还会惧怕各种磨难和摧残吗?

偶尔心里难过的时候我也会哭泣,外人说我是无理取闹,劝我置身事外,放下一切安心养病,但当我看到女儿去别人家玩遭到嫌弃、斥责和驱赶,回到家中来到我面前哭得撕心裂肺,我却连伸出手拥抱她的能力都没有。我只能陪着她一起哭。当看到女儿弄得满身泥土脏兮兮的时候,我却不能给她洗洗。当看到女儿在我面前跌倒,我却不能拉她一把……当看到老公上了一天的班,拖着疲惫的身躯回到家中,既要照顾我们娘儿俩,还得为重病的婆婆做好可口的饭菜。当女儿闹情绪不吃饭的时候,老公为了哄她,左一口右一口地喂我们吃……当看到妈妈每次来我家忙得晕头转向,当看到妈妈因为心疼我被病痛折磨得日渐消瘦偷偷流泪……当看到曾经照顾我们的婆婆因癌症晚期被病痛折磨得只能躺在床上痛苦地呻吟,我却不能为她端茶送水,就连最基本的嘘寒问暖都无法做到,婆婆走了我甚至连给她磕个头上炷香的能力都没有,看着公公一个人形单影只我却给不了任何安慰的话语……试问,这种种情形如果换成你们,你们能做到淡定从容,放下一切吗?所以说,我的悲伤从来不是来自自身的疾病,而是来自作为一位母亲,一个妻子,女儿和儿媳妇,满腔的爱无法释放而产生的愧疚和对自己不能尽责的痛恨。由于大脑额叶受损,只要遇到一点点情绪上的波动和外界刺激我就会想哭,自己根本无法控制,所以每次遇到这样的情形,或是旁人几句煽情的话语,特别是遭到误解无法辩驳的时候,我的泪水就会不可控制地决堤而出,奔流如河。其实,我比任何人都害怕哭泣。因为每次哭泣不只是有眼泪,低头的时候还有不可抑制的口水和鼻涕,自己连擦拭的能力都没有。我多么希望别人不要以自己的思维去推断我的思维,甚至恶化我的想法和我无可奈何的泪水。如果说百口莫辩是一种悲哀,那么有口难辩则是一种痛苦。我知道眼泪是一个人最低级的表达,可它却是我别无选择的唯一表达。哭,并不意味着我的屈服,却写满了我的无奈和悲伤,更是我情感的一种宣泄。

  网上传言"渐冻症"有望攻破,但愿我能等到解冻的那一天,如果事与愿违,我相信那是上天另有安排。到那时我会在临终前自愿把我身上所有有用的器官都捐献出来,给有需要的人,让生命延续。在此,我要对我所有的亲人说:原谅我事先没有与你们商量就自作主张,希望你们能同意我的做法,我只不过是用另一种方式在活着。人生总有太多的无奈,太多的悲凉,太多的牵挂,太多的身不由己……很多时候,我们无法选择怎么活,却可以选择怎么死。这辈子我承载了太多的爱,欠下了太多的人情债,我都无力偿还,特别是我身为人母,既没给孩子带来健康的身体,又没能力亲身照顾她,这是我人生最大的失败,女儿是我永远的痛,也是我到死都放不下的牵挂,所以我只能用我小小的善举去感染大家,感化这个社会。让大家对像我女儿这样的弱势群体,多一些关爱,少一些歧视和嫌弃。

人的一生就是由一半幸福、一半苦难组成的。我的幸福则来自老公,表面看来,我是最不幸的,实际上我却是最幸运、最幸福的人。风雨人生路,有人能与你同甘苦共患难,对你不离不弃,替你负重前行就是最大的幸福!所以说生活就是失之东隅,收之桑榆!上帝为你关上一扇门的同时,必然会为你打开一扇窗!未来不可预知,无论生活赐予什么,我都欣然接受,但我绝不向厄运妥协!人生所有的努力无非是两种结果,见笑或者见效,我早已做好遇见前者的准备,做好遇见后者的从容。过去无法重写,它却让我变得更加坚强!感谢每一次经历,每一次流泪,每一次改变,每一次醒来,它让我看淡了人心的凉薄和世态的炎凉。感受到了世间的人情冷暖和不离不弃的亲情。学会了自律和感恩,体会到了健康的重要性,更加珍惜这来之不易的生命!感恩所有有恩于我的人!好好地,努力地活着就是对你们最好的回馈。

我使尽浑身解数,历时一个多月打出这些文字,并非想博取大家的同情心,而是想让大家知晓这个世界有人这般艰难地活着,但我们依然热爱生活,勇敢追梦,从未放弃!尽管我的文化水平低,很多地方写得词不达意,但我还是以我的亲身经历告诉大家,当生活给你难堪的时候,千万不要以为它是在跟你过不去,它只是在挑战你的极限生存技能。活着是真的不易,每一次醒来都是重生,我们都要敬畏生命!敬畏一切!同时我也想对所有的病友和家属说,疾病固然可怕,没了斗志更可怕!坚持才会胜利!活着才有希望!活着才有机会站在阳光下眺望远方!作为病人,我们要多多体谅家属,他们比我们更艰辛,更不易!家属们也对病人多一点关爱和耐心,少一些抱怨和嫌弃。因为,谁都不想得病,谁也无法预料自己的明天会发生什么!你要庆幸得病的是他(她)而不是你。每一个患难中的家庭一路走来都特别不容易。"土相扶为墙,人相扶为王。"我坚信,人生没有迈不过去的坎儿,水到尽头是瀑布,人到绝处是重生!只要心是晴的,你所见的都会是阳光,只要有爱,黑暗的地方也会有光亮!

渐冻语录

作者：潮潮

解冻尚未成功，生活仍需继续：自我介绍一下，我来自广东云浮，今年44岁，患渐冻症病已经八年多了，2011年7月发病，当时并没有在意，只是以为家人买的新筷子太滑不好夹菜而已。两个月后发现右手无名指弯曲变形不能伸直了，这才意识到应去医院检查一下，当时工作单位在广州番禺区，于是就近去何贤纪念医院治疗，大夫看了一下说是颈椎压迫神经所致。采用针灸和牵引治疗了三个月，依然不见好转，反而觉得发展更快……2012年年初去广州第二人民医院做肌电图检查，第一次确诊运动神经元病前角神经细胞受损加颈椎病，医生当时告诉我这是不治之症，于是我上网了解了这种病的残酷，我告诉家人这是颈椎引起的，我就这样掩耳盗铃式地生活着。2016年年初已经基本上不能自理，但是右手发病两年后已经跟废了一样，现左手只靠一根指头，还要靠二郎腿帮助移动才能完成上机打字。自从患病后继续工作了一年才回家养病。静待了一些日子，上有老下有小的我开始努力去寻找属于自己的生活方式，为了骗家人，也尝试吃过不少中药，经络按摩等，还不惜一切代价上京求医，但是我知道一切都是瞎折腾，病情依然发展，于是我告诉家人这个病是绝症，才开始放弃中药和神医们的治疗。2014年12月加群学习护理知识，现在基本每天聊聊天，分散注意力，互助互勉。其实早已明白ALS发展是硬道理，只要放松心态去面对生活，让一切顺其自然，随遇而安吧！说说我的近况：现在家人扶着还可以勉强走路，三年多不敢下楼梯出门走走或逛逛公园，能说发音不标准的广东话，但有些气喘，黄金右手早已报废两年

多,现在用铂金左手一指禅加拓比 Mini 眼控混合双打字。衣服早已不能自己穿,2015 年 8 月开始要母亲喂,吞咽开始变得越来越困难,就改吃软饭。2018 年 8 月开始打糊糊吃,呼吸还可以,偶尔上机两小时,痰不多,偶尔会有黏液咳不出来需使用咳痰机吸痰,吃 Q10 和让人越来越没有力气的力如太药三年多,现在已经一年不吃了。热爱运动聊天,职业是几个群的管理员、冰桶皇子网店顶尖销售员(老板评的,员工就我一个人,业绩是三个月内卖出 13 台呼吸机,7 台拓比 Mini,6 台 T70 咳痰机,70 多个爱斯本颈托,30 个呼吸机消毒宝……三年时间销售金额达 400 多万元),厉害吧?我现在月入过万元,有工作可以转移注意力,身残志不残。抗冻的路还有二万五千里,革命尚未成功,同志仍需努力!

因为爱,所以坚持

作者:芊芊若涵

望天高云淡,看云卷云舒。

2019年9月开始了我漫长的求医路,在我们市里,大到市人民医院、中医院十多次的诊断和治疗,小到小诊所的治疗,都不见好转,中医院的谢大夫的针灸治疗使我病情加重,腿彻底瘸了,我们市里所有给我看病的医生都说去外地看吧。

没有办法,2020年5月22日我第一次来北京天坛医院和宣武医院,2020年5月25到7月8日各项检查结束,我都不知道病情,我的大侄女不告诉我,怕我知道有压力。直到2020年11月9日第二次来北京协和医院我才知道我患的是绝症——渐冻症。

在我不知病情的状况下,我忍着病痛又去了北京协和医院开始漫长的求医路,北京协和医院国际医疗部神经内科专家管宇宙看了我从5月至8月末长达三个月的各项检查,诊断我为运动神经元病时,我当时感觉天都要塌下来了!那样无助、无奈,我当时想我还有很多事情没做呢,很多想去旅游的地方没去欣赏,还有聪明可爱的女儿没有对象、没有成家,还有那么多的不舍和无奈,我抱怨上天怎么这么无情啊!

唉,可是没有办法,冷静下来,既然这已成不能逆转的事实,就只能接受,大侄子给我买了个电动轮椅,我坐着轮椅带着破碎的心回到黑龙江的老家休养。到家后,家人无微不至地关心照顾,老师和同学们都来看望我,同时也给了资金帮助,我很感谢。

虽然我现在吃饭难,说不清话,走不了路,坐在轮椅上,虽然我的残疾

证正在办理中,但是得到亲爱的家人们以及老师和同学的关心。我的老师用武汉金银潭医院院长张定宇的故事鼓励我,张院长带着和我一样的病痛坚持在抗疫的最前线,张院长的精神鼓励我要坚强、勇敢,我的同学们鼓励我别灰心,要振作,要我相信会有奇迹出现的。

  听到这些暖心的话语,我感动得泪水直流,是呀,我要坚强,坚强地等到解冻的那天,因为爱,所以坚持!

2020 年 12 月 25 日早晨 5 点

我的八年抗战

作者：君男

序 言

新冠肺炎疫情中的那些白衣烈士，他（她）们为人子亦为人父母，宋英杰、李文亮、夏思思……这些鲜活稚嫩的面孔，无时无刻不在我脑海中翻腾。"不计报酬，不论生死"的豪言壮语，时时刻刻叩击着我的心扉。我能为新时代做点什么呢？那就借"6·21"世界渐冻人日，把我与ALS抗争的八年经历写出来与病友分享。引用运动神经元病互助家园群主，我们的好书记晨雾的话：使后来者不用再去那崎岖的山路攀登探索，他们要寻找的路，我们已走过。能以此使后来者少走弯路，也是对新时代的一点贡献吧！如若此文能起到抛砖引玉之效果，亦不失为一件有意义之事。

初期状况

2012年5月8日，我在市铁路医院陪女儿做腰突手术，余暇时挂专家门诊号，看一看我近来四肢乏力是怎么回事。一番望闻问切后，诊断：末梢血液循环差。处方：5袋活血化瘀散外加锻炼。回家后药吃完没效果。每日到两里地外邻村跑跑，但越跑越感乏力。无奈10月8日走进县医院内科专家门诊，主任医师张爱华让我和一个比我个矮瘦小者比手，问："你个高，也胖，怎么手比人家瘦，虎口还塌了个坑？"啊！虎口有坑？我怎么都不知道，急问是什么病，怎么治疗？张大夫很婉转地告诉我，就和高血压

一样，控制住就行了。建议去北京协和医院、北医三院确诊。

回家后，急忙上电脑查，天哪！犹如晴天霹雳：肌萎缩侧索硬化，世界五大绝症之一。顿觉天昏地暗，强打精神再往下看，也称此病为运动神经元病，简称 ALS，霍金 21 岁就得了此病，目前医学界还没有药物可治。

人常说：福无双降，祸不单行。正当我筹备去北京看病时，传来母亲生病需住院的消息。百善孝为先，我不能置母亲的病于不顾去北京看病，我强压心头的悲哀，去陪同母亲治疗。第二次探母路过临汾市医院，女儿也带我去市医院，做了肌电图、核磁等检查，开了神经节苷脂，输液一周不见效。临汾市内科专家们不能确诊，只有主任医师刘春花说中午回去查查书籍，下午答复。下午给出处方：地黄饮子。后又去铁路医院大神经内科挂邰应东专家号，邰主任称他从医 30 年来第一次遇到此病，需下班后查资料。下班后我随邰专家到其办公室，经查电脑、书籍得出结论：可能是运动神经元病，服两种药，力如太和利鲁唑。其实我已从电脑查知就是一种药：进口法国产力如太和国产药利鲁唑。12 月母亲病故，双重打击使我悲伤万分，明显感到跪谢亲朋起来费力了。

漫漫求医路

埋葬了母亲，该考虑看病了，市医院不能确诊，那就上北京吧。2013 年 1 月 3 日，女婿带我去邮政局，与北京协和医院在线专家通话 15 分钟，约定 1 月 8 日下午 4 时到协和医院东院 8 楼 32 室加号就诊。

1 月 8 日下午 4 时如约来到特需专家门诊，加号排队，5 时轮到我了，问诊叩诊、看之前的化验单、核磁共振的片子认可，排除颈椎病，肌电图和血清蛋白等需重做。拿着检查单急奔肌电图室，专家助手称排队 3 个月后再来做。忙返专家门诊室，专家建议做加急的。

1 月 9 日 10 时，拿着肌电图各种化验单来到专家门诊，闭门无人，问导医到下周三了。唉！等吧。回到 270 元一天的旅店结账，又住进外交部街一家 3 人一间 100 元的私人旅店。周四至周末，每天都去医院，一是医院有暖气，二是能和病友交流，在这里大家都是虎口有坑，同病相怜，谁也不笑话谁，真正感觉到句句真话以心诚交的暖暖情意。在这里结识了河南

32岁小伙等病友。

　　星期一早早来到医院,既然到此,也不妨再挂一个10元钱的普通门诊号。踏进门诊室,那年轻大夫戴毅好生了得,看、问、叩诊:疑似运动神经元病,建议服力如太。在家乡市级医院看不了的病,在这儿三下五除二,定了,后生可畏,佩服!佩服!就在出普通门诊室抬头刹那间,屏幕上显示:×××权威专家星期二停诊。急奔四楼专家门诊室,助理让在门外排队等待。12点了,终于见到专家了,大夫问:"有大夫看过吗?"答:"没有。""真的没有吗?""真的没有。"嘴硬三分,心中忐忑。"那我要扣戴毅这个月的奖金了。"啊!想买三个病历本,试探三个大夫是否能看准一个病的小把戏穿帮了,急忙认错、赔礼、道歉。不愧为权威专家,看、问、叩诊,拟诊ALS。专家断定陪我看病的是女儿不是儿媳,建议服力如太,并好心打电话到医师协会,查询买十送三活动,回话结束了。我称家庭困难,专家即开辅酶Q10、VE、V_{B1}。要我到另一间房抽血留样,我猜肯定给妻子和女儿交代实情了。感谢这位专家,抬头看表已经12点半了。

　　接受这次教训,回到旅店后,我精心备战星期三特需专家门诊,拟定了12条咨询问题,如抽烟和喝酒和大叶茶是否损坏神经,农药化肥是否能导致此病……唉!百密一疏,恰恰忘记了甲亢是否能导致此病。星期三到了,首先向专家解释,专家倒也理解,我把12条问题逐一咨询,专家一一解释,大约20分钟,一个崭新的ALS出炉了(在此特别提醒,此时一定要开诊断证明)。处方:肌萎缩侧索硬化。服:丁苯酞、辅酶Q10、力如太两盒,合计11004元。卡中钱不够,女儿支1100元。教授把我们送出门,没有叮嘱复查。确诊了,心反而平静了,谢谢我家人的陪伴与付出。

回家以后

　　2013年1月18日回家后,我第一时间把我一生的积蓄统筹安排了一下,既然力如太已开了两盒,那就服一年吧,女儿、亲朋也给钱支持。从1月20日起开始服用,一个月后做肝功能检查正常。其次向组织报名登记,以网名君男的身份加入运动神经元病互助家园,向医师协会、红十字会、瓷娃娃关爱中心报名登记。

复查

转眼迎来2014年1月8日,一年了,该复查了,妻、友陪我去临汾市医院复查,肌电图显示,稍有加重,肺功能FVC由确诊时106%下降到84%了。回家后上网联系北医三院专家樊东升,南方医科大学专家姚晓丽,上传肌电图肺功能检查,他们都高度怀疑ALS。上传协和医院李晓光教授,回复做不做肌电图意义不大了,建议3个月检测一次肺功能,考虑佩戴呼吸机。看来这千分之一的幻想也破灭了。认命吧!

既然西医无法医治,那就试试中医吧。自己也稍懂中医,从网上学习试开药方:黄芪60克(补气)、人参10克(养血)、茯苓5克(健脾)、白术10克(健脾)、肉苁蓉10克(补肾)、甘草5克(治痰)、牛膝15克(治腿无力),从私人药店抓一副16元。又:加味四君子汤,网称"中药力如太",特别是对四肢起病的更有效,处方为:党参30克,白术20克,茯苓15克,甘草9克,外加牛膝15克,黄芪20克。服用一段时间,痰少了,气喘吁吁有所缓解(也许是心理作用吧)。2014年主要症状:右手虎口也塌陷了,肺功能FVC1月84%,4月81%,12月80%。

2015至2020年平稳期主要症状与治疗

2015年1月25日,因便秘送县医院灌肠,相信大部分人都有过这个痛苦经历,再加上ALS病情的折磨,想到以后自己痛苦还要连累别人,连死的心都有了,就不顾医生千万不能用力过猛,防止血管破裂的忠告,在厕所里硬碰乱蹬。突然接到北京瓷娃娃关爱中心的电话,因我是登记在册的会员,冰桶挑战募捐到的资金,给我报销凯迪泰呼吸机12500元,望查收回话。真是天大的喜事。

这年年底,红十字会通过医师协会会长崔丽英把关审核,给我报销药费2500元,看来我找组织报名登记,是可以得到帮助的,感谢党和政府。

随着呼吸机的学习,以及家园书记的指导,我发现凯迪泰这款呼吸机不能读卡,就如论坛所说,如果不会读卡调参数,再好的机子,也如一堆废

铁。这款机子用于初期初学者可以,中后期就不行了,后悔不该图近好维修买这款机子。不过,人心皆通,还是有好处的,后来我换了伟康呼吸机,卖这款机子的门店,也照旧给我指导,调参数消毒。正当我愁换机没钱的时候,家园物品转让区登有长春二道区李宁先生捐赠一台伟康 Sy 呼吸机,外加电池,通过多次审核,我申请到了,解决了我急需读卡呼吸机的需求。感恩家园,感恩这位不曾谋面的好人。通过书记晨雾、红山茶、逸云的指导,学习书记论坛上呼吸机安装调试、读卡消毒的方法,我逐步掌握了这款机子的要领。感谢书记,感谢管理员,感谢我的病友!这一年主要症状:上下楼梯有点费力,FVC4 月 80%,12 月 69%。

2016 年主要症状:鼻子塌陷,说话有点大舌头。FVC4 月 68%,12 月 59%。

2017 年 11 月 20 日呼吸机底盘坏了,书记寄来一适配器,找电工试锡焊了一下保险丝好了。这一年主要症状:双腿无力,走路闪,腿好像是两节。FVC 因嘴合不拢,从此再没做。

2018 年正月十五,走到广场看热闹,扶栏还可以站立 3 小时。3 月 14 日,蹲茅房轮椅不用扶手,还能起来。3 月 20 日卡坏,不能保存数据了,通过书记指导插卡拔卡几次好了,可能原因:1. 卡取下后,放在了呼吸机底盘上磁消了,通过插拔卡又刷上了。2. 保存数据满了,通过删除,好了。4 月 18 日也是我有生以来第一次住院,诊断为肺炎,输头孢、左氧、氨溴索,住院 13 天花费 3800 元,自费 1200 元。7 月 8 日填写运动神经功能量分表,总分 48 分,自我评估 36 分。

更让我感动的一件事是,群主晨雾还惦记着我呼吸机坏一事,10 月 22 日给我调配了一台 har 伟康呼吸机,性能用法基本和 Sy 相同,心里踏实了,有了备用机了,感谢书记!

2019 年主要症状:四肢无力,开始摔跤了。6 月 1 日接水后摔倒,脑勺破,好在有惊无险,7 天后自愈了。12 月 25 日下楼梯,摔倒在楼梯上,从此不愿上下楼梯了。吃饭用小勺了。神经功能评分:3 月 33 分,8 月 33 分。

2020 年 1 月 1 日如厕起身时摔倒:孩子扶起,有惊无险。1 月 25 日新冠肺炎宅家至 4 月 15 日。神经功能评分 33 分。

目前状况

1. 吞咽困难,不能平躺,每天戴 2～3 小时呼吸机。
2. 流涎失眠,服阿米替林、曲唑酮、氯苯那敏。
3. 双手萎缩,仅右手食指可打字,每分钟可打 6 个字。有人要问,你发展慢,除以上表述之外,还有什么经验教训吗?有:

(1) 保持良好的心态,不要沉浸在 ALS 病中,做自己喜爱的事,尽量把要处理的事早点处理好,不留遗憾,包括气切遗嘱。

(2) 尽早诊断,不要逗留于县市级医院。

(3) 确诊后不要再折腾。中医不治此病。有人说自己眼见××扎针扎好了,那一定不是 ALS,是重症肌无力,这个病是能治好的。

(4) 当 FVC80% 时,要尽早戴呼吸机,可等同于药物治疗,因此时脑神经细胞已死亡过半,戴呼吸机就是给脑细胞供氧,使余下的细胞不过早丢失死亡,起到延缓病情的作用。

(5) 相信专家,不迷信专家,眼见未必实,自己体验调查才为实。比如我 2013 年确诊时,当时说叫存活 2～5 年,20% 的人可活过 5 年。现在专家们都改口了,50% 的人可活过 5 年。咱们群活过 10 年的就不少,有的甚至活过 20 年,如阿生,1995 年确诊。

(6) 十万分之四不准确,相信大部分人的生活圈内,都有几个虎口有坑肌肉萎缩者。以我村为例,700 口人,按照十万分之四的比例不足 1 人,而我村就有 3 个确诊者,除我之外,还有一男一女,男的活了 80 多岁,虎口塌陷,肌肉萎缩,有 50 年病史。另有一女 1995 年嫁我村,经省人民医院确诊,至今已 25 年了。我也曾邀请专家来我县调查测评,我县 13 万人口,正好是全国人口万分之一,按照十万分之四的比例,应该有 5 个病人,而我见到的就有十几个,所以说调查体验才为真,而不是闭门造车,人云亦云,你说呢?

以上就是我的八年抗冻经历,还是那句名人语:革命尚未成功,同志仍需努力。医学发展日新月异,ALS 病随时有突破的可能,让我们携起手来,抱团取暖,一起期待那一天的到来,期待!期待!……

我是渐冻人

作者：李英

2016年9月发现我自己语速减慢，发音有点像大舌头，感觉不对，就住进当地中心医院做了全面检查，也没查出啥毛病。然后开始寻医问药，各种治疗，中药、蒙药、藏药、针灸、按摩，该用的都用上了，也没见效果。那时我还能给孙子讲故事，读儿歌，慢慢地我指挥不了舌头，读儿歌也费劲。

2017年5月我住进北京宣武医院，经专家排查，确诊为舌肌萎缩，进行性延髓麻痹，是运动神经元病的一种。世界级难题我遇上了，十万分之四让我中了，真是晴天霹雳，得了这病也就是被判了死刑。我又去了协和医院做检查，结论一样，大夫说这病目前也没什么特效药，回去吃点养神经的药。

就这样，我满怀希望来到首都的大医院，但都失望而归，为什么偏偏得了这种病？接受一种病不难，可ALS是逐渐丧失各种能力，总是不断地让你接受各种失去。心中的痛无以言表，西医没办法治，那就找中医治，记不清喝进多少中药、蒙药、藏药，针灸、按摩、理疗都用了也不见效果。

2017年10月，我失去了说话的功能，不能交流，不能给可爱的小孙子讲故事、读儿歌。每一次看病回来，孙子都高兴地说这次奶奶可以说话了。一次次失望，我不得不接受，算了，不就是不会说话，我还有手，我可以写字。

但好景不长，我的舌头动不了了，吞咽困难，每天吃饭喝水成了最头疼的事。体重以每月2斤的速度在下降，年底我的右腿有点不听指挥，随

后脚趾发木,活动不灵活。2018年7月我的手指没劲儿,逐渐抬不起来,左脚趾发木,脖子也没劲儿,连自己的头也快支撑不住了。2018年12月我做了胃造瘘,解决了吃饭问题,同时我也失去了吃饭的乐趣,从此嘴与吃饭无关了。接下来的日子更难熬,我自己翻不了身了,站不起来,走不了,完全不能自理。胳膊和两条腿动不了,想摆个舒服点的姿势也不行,成了废人一个。

  我眼看着自身功能的丢失,我不知道该怎样面对,以后的道路……感恩我的爱人无微不至的关心与陪伴,像照顾小孩一样,抱上抱下,洗脸刷牙,吃喝拉撒,日复一日重复着同样的工作。虽已落魄丑陋,但他的手还紧紧地牵着我,患难见真情,日久见真心。感恩儿子一家的陪伴与关心,因为我的精神支柱就是有他们在身边,感谢儿媳为我梳洗头发、泡脚,儿子老公轮班陪护。我爱他们,真不忍心让他们陪我受煎熬,他们每天都没有自己的时间,成天围着我转。但有了他们的爱,我坚定了前进的脚步,感谢亲人朋友的爱心,我会努力迎接解冻的那一天。

  很想为你们做点什么,可心有余而力不足,以后为你们做的事越来越少了,我不想让你们承担太大压力,病已得上,这是任何人左右不了的事实,我会调整心态,挑战病魔,珍惜生命,尊重死亡。

解 梦

作者：米乐

雪开着车，载着我、几个朋友和同事。突然，我感到车子发出一阵异响，便和几个同事下车打开后备厢检查。后备厢滋滋地冒着火星，霎时变成火苗，来不及反应便发生了爆炸，我和几个同事赶紧躲开。混乱中我又冲进汽车，扒开被炸伤的人，找到被压在下面已经昏迷的雪，扛着她便冲向医院。路上，雪醒了，迷糊着说"车没了""阿林他们呢"，我捧着她的脸安慰道："不管了，只要人在就好，只要人在就好。"来到医院，说是已经伤到肺部，还好来得及时……雪伤好后，我和她来到一间教室，好像是我高中时的教室。不一会儿，包括事发时车上的人在内，更多的同事、朋友也进来了，他们向我投来赞美的眼光，我也毫不谦虚地吹着牛："别看我戴着呼吸面罩，有需要，我一样扛着人跑！"教室里需要重新排座，这次我有资格为自己和雪重新选择座位，雪说坐后排比较安逸，我指着前排窗边的位置，说选那边吧，那边可是"名流圈"，有背景的人都坐那里呢！我便强拉着雪坐到了"名流圈"靠后一点的位置。坐定后，来了我的一名同事，她好奇地向我打听这次事故的情况，我也眉飞色舞地向他讲述着……

忽然间，我感到腰间一阵压痛，眼前的景象崩塌，睁开眼睛醒了过来，发现身体像一块橡皮泥一样斜斜地粘在床上，被子支撑着我一半的身体，我知道是被子顶着腰疼，但我没有力气翻身，也扯不开被子，只得隔着呼吸面罩唤醒正紧紧靠着我的雪，求她帮忙。因为呼吸乏力，两个月前，我不得不戴上呼吸机睡觉。她一边帮我拉着被子，摆好身体，我一边跟他讲述刚才的奇幻梦境，得意扬扬地说："刚刚我救了你，好高兴哦！"雪也

津津有味地听着，不时还追问几句。自从今年我因病导致肌肉萎缩并逐渐瘫痪以来，我们俩时常互相交流梦境。梦里面的我，能走能跑、能提能抱，多数时候，做的都是最平常不过的事情，此刻，却成了我们无法触及的幸福生活。听我讲完，雪便继续睡去，明天她还得早起上班。我则默默回味着这个电影场景一样的奇幻梦境，心里想的都是弗洛伊德在那部心理学名著《梦的解析》里面给梦所下的定义："梦的实质是愿望的达成""梦以改装方式达成愿望""梦是通往潜意识的桥梁"。要想解梦，就需要撕掉梦境中的伪装，为此，梦者需要根据自身经历同潜意识来一次坦诚对话。

2008年，大学刚刚毕业的我顺利考上了重庆靠西边一个小县城的公务员，成为一名后备法官。记得当年是认真看完北京奥运会的电视转播，才心满意足地去单位报到的。第二年年底，以一个最传统的方式——经人介绍，我认识了雪，一个本地的独生女孩，个子不高，非常独立，有些刁蛮，简单干净的"邻家姑娘"。我的父母是农民，她的父母是退休工人，我们俩走的都是认真读书，然后顺利上班的传统路线，骨子里我们都算是乖乖仔。认识没几天，我们便开始恋爱，为了记住这个时刻，我还像个二愣子一样买了99朵玫瑰，托朋友开车，一起送到她上班的地方。没费多少周折，双方父母也接受了我们。又是两年多时间，相知、恋爱、同居、父母见面、办证、婚礼、蜜月、旅行，我们一样也没错过。又认认真真地过了两年的二人世界，我们才商量好迎接我们的小宝宝，并在2014年平安夜迎来了她——我们的贝贝小朋友。我们买房、装修、买车，我的职级按期晋升，又完成了在职硕士研究生的学习，雪完成了在职本科的学业。岳父、岳母帮着我们带娃、料理家务，所以我们也过得特别轻松。在亲人的支持下，我们在2018年年底又一次乔迁新居，一家人逐渐将重心转移到家庭，尤其是贝贝的成长方面。虽然我们有过争吵、犯过错误，但是总体上一切按部就班，幸福美满。

"人生苦短，世事无常"，其中寓意，我历来非常认可，从农民的儿子一步步变成一名法官，我一直告诫自己要惜时、勤勉，有忧患意识，这些意识鞭策着我，让我抓紧时运，26岁的时候我便成了一名刑事法官，有责任裁决被告人的罪责轻重。到2019年，有1000余名被告人分别被判处了刑罚，这时我34岁。同时我喜欢总结提炼，经常参加普法宣传，因此被单位评为"优秀法官""调研标兵",所在科室因此还被上级单位记功。然而,就在这一年,我越来越频繁地感到身体和精神里透出的疲惫感。头一年我还能在一场篮球比赛中满场飞奔而不觉累,现在连几公里晨跑都觉得愈加困难了。这一年,我向单位提出想换一个新的岗位,磨炼自己,得到了准许。离开工作近10年的刑事审判岗,迎接需要经常出差的执行岗,我觉得自己需要更多体能和精神上的磨砺。没有人想到一场绝症正向我袭来。虽然常感疲惫,但我没有放松休息,想通过加大运动量恢复体能,跑步、健身却越来越力不从心。2020年,在这疫情弥漫的年份,家人带着我在半年内辗转几家大医院进行检查和治疗,最终确诊为运动神经元病,也就是人们熟知的"渐冻症",一个现有医学无能为力、全身肌肉会逐渐萎缩的绝症!

因为我所得的这种疾病是一种会让人不断衰弱的病,而我的病情进展又比较迅速,每月甚至每周都能看到一些明显的退化,一家人难以接受。雪作为一名一线医护人员,虽然很快认识到此病的残酷性,然而,骨子里有些倔强的她决定带我尝试各种治疗。因而,工作日她捎我去医院做针灸理疗、进高压氧舱。她趁上班间隙来陪我,下班开车带我回家,在家督促我进行康复锻炼,吃药输液。放假时,她送我看各种中医,抽空陪孩子放松……出院后,一开始我还能拄拐上班,后来拄助行器上班,最后坐电动轮椅上班,直到我的手和呼吸也出现明显问题,才在两个月前退回家里。

我和雪在相识10年,相互扶持走过的3000多个日日夜夜里,战胜过许多困难。这一次,面临这个世界性绝症,我其实已经慢慢学会坦然面对一切,然而内心深处我是希望能够作为一个父亲、一个丈夫、一个儿子存在下去的。自我病倒以来,雪和家人对我的照顾和救治也已超出我的预期。我对他们心存感激,渴望能够分担他们的压力和痛苦,甚至幻想着能够再次站起来,在家人遇到危险时,做一个真正的男人撑起这个家。我想,以上就是我做这个梦的原因。

2020 这一年

作者：墨香

2020年转眼就要结束了，小时候写作文最爱用"日月如梭，白驹过隙"这样的词语，来形容时光的流逝，但那时候时间的流逝，其实根本激不起内心的丝毫波澜，只是为赋新词强说愁的矫情和做作。如今人到中年，饱尝世事的艰辛和人情的冷暖，才终于悟出了"无可奈何花落去"的惆怅和心酸。但不管如何，2020年又要结束了，好的坏的也都即将成为历史，回顾这一年，还是感慨颇多，也依然会心绪难平，意难平，难平也要平，因为生活本就如此残酷⋯⋯

这一年，病魔还是匀速而无情地蚕食着我的身体。胳膊受限的范围越来越大，去年小臂可以抬起，如今却只能抬到肚脐眼儿的位置。手指越发无力，上半年还能两个大拇指一起按动遥控器，如今却无能为力，所以打字也就更加吃力和艰难。舌头越发不灵活，嘴巴里的空越发地小，饿得厉害时，常常急得大哭却吃不下去。大快朵颐，永远离我而去了。靠腿翻身坚持了一年，最近也不行了，吭哧吭哧半天还需要老公帮一把才能翻过来。肩膀和胯骨由于肌肉萎缩的原因，一到晚上睡觉就疼得厉害。面目神经严重受损，面容僵硬，坑坑洼洼。上半年还可以趴着挺着脖子吃饭，如今却做不到。语言无法沟通依然是生活中的最大障碍，特别是被老公错误解读又无法解释的时候，那种有口难言的委屈就会让我突然崩溃⋯⋯但不管怎样，至少我还活着，因为我明白我为什么而活，所以我就能忍受这一切痛苦和折磨！

这一年，心态基本还算可以，但只要一想起孩子的未来、老公的身心俱疲,一想起接下来会越来越难,就还是会焦虑,会痛心,会难过。我终究做不到无动于衷,刀枪不入。因为我们身后空无一人,所以我无法像其他病友那样安心养病,只关注自身就可以了。我必须努力,拼命努力,为了生活而努力,所以我根本就没有在乎过疾病本身。有时候就觉得如果这个病损伤脑子的话,那该多好,那样就没有这么多的痛苦了,可仔细想想,还是清楚好,至少可以和老公、孩子沟通,很多事情可以帮他们出出主意,可以给孩子和家里购买一切需要的物品,感觉自己还不是个废人,还能做很多事情。所以就算痛苦一点又有什么关系呢?

古人说,祸兮福所倚,福兮祸所伏,就是说这世间所有的福祸都是相互依存的,我不知道这场惨绝人寰的疾病,除了毁了我,毁了全家人的幸福外,还会有什么好处? 可是后来我想想,生病后再也不用朝五晚十,再也不用披星戴月。以前最大的愿望是可以睡到自然醒,现在想睡到几点就几点。以前大冬天手冻得稀巴烂,如今手又软又嫩,柔若无骨。与世隔绝的我再也不用为各种关系而烦心,生活简单到只剩下吃喝拉撒,眼神变得越来越柔和,心灵变得越来越纯净……这些算不算好处呢? 想到这些,嘴角掠过一丝自嘲的笑,我知道这只不过是我的自我安慰罢了,如果可以选择,我宁愿辛苦,也不要被人伺候,也不要这种失去自由的日子,但我还是愿意在苦难中,尽力去搜刮一点被生活藏下的温柔!

人之所以活得有激情,大概就是因为未来未知,所以充满期待。而每一个渐冻人的未来都是已知的,我们无比清楚地知道自己的未来和结果,所以才会在不断的失去中痛苦不堪。纵然如此,我还是愿意期待,期待有一天可以好起来,如若不能,我也期待可以走得痛快和洒脱。

2020年,感恩,依然是我最大的心声。感恩我的老公,无微不至地照顾我;感恩我的儿子,给了我活下去的希望和动力;感恩所有帮助过我的人,给了我温暖和慰藉;感恩病魔,暂时没有要了我的命;感恩伤害过我的人;感恩这世间所有的一切! 别了,所有的过往。愿明天的你,安睡时山河入梦,醒来时满目春风……

致所有人：健康是福，别辜负

作者：乔儿

一

2017年10月，一个阳光明媚、空气清新的午后，妈妈推我到小区里晒太阳。我看见一位拄着拐棍儿，只有一条腿的中年男人，也在遛弯儿。

鹅卵石路面，凹凸不平，他行走得缓慢，哈着腰，挪一下拐棍，脚用力往前一蹦，就这样艰难前行。

我不知道，在他身上发生过什么，更无法想象，在他知道失去一条腿的瞬间，内心究竟有多么崩溃、破碎、悲苦。

我只知道，在我19岁，还只是个大孩子的时候，被一纸诊断书死死地拍在死亡边缘，那时的我愤恨、挣扎、悲怨，没人能理解我，包括我的父母。

刚得病那会儿，由于全身肌肉瘫软无力，妈妈经常会拉着我在外面练习学走路。头顶是朗朗长空，脚下是水泥路面，我们配合默契，相隔半米远，她往后退一步，我便往前进一步，缓慢且艰难，有几次踉跄着差点跌倒。

路人，或因好奇，或因触动，匆匆疾步总会因为我的出现而驻足停留。那会儿，还是孩子的我，面对陌生人的围观和指指点点，有愤怒，有怨言，也有苍凉和不甘。

现在想来，当时哀哀长叹，可能是源于内心藏着无数的挣扎和疾苦。

二

最近北大"渐冻症"患者娄滔的事迹走红网络,相比三年前的冰桶挑战,大众这次对"渐冻人"这三个字有了更直观的认识。因为娄滔红了,我在简书发表的某篇文章也再一次受到关注,几天时间,文章阅读量从几千到一万多。

我们,同为湖北人,同是80后,同患渐冻症。不同的人生,却有着相同的命运。在与死神赛跑,同命运抗争的同时,其中滋味也只有我们自己心里明白。

我想对你说:我想活着,健康地活着!

得了渐冻症,不仅仅是瘫痪这么简单,连最起码活着的本能都会失去,呼吸、语言、吞咽,一个个功能逐步丧失。呼吸肌的萎缩,造成呼吸困难,一点点烟味飘来吸入,就像是头部让人给套了密不透风的塑料袋,这让我们只能做一只金丝雀,被禁锢在"小天地"里。

今天喉咙干痒,明天恶心、食欲不振,上呼吸道发炎。胃肠不好嘛,这是常人再正常不过的第一反应与自我判断。可对于渐冻人而言,这是病情在恶化,吞咽功能下降,身体释放的信号。再过一段时间喝水会呛咳,再过一段时间就连吃糊糊都能呛出肺炎。

你既不是病人,也不是家属,所以,无法感知,疾病在蚕食人时一天一个状态有多么可怕。在生、老、病、死面前,我们都是柔弱又渺小的生物。

在人间,你不知道的地方,总有一些人比你承受着更多的无奈与痛苦。

三

在电影《127小时》里美国登山爱好者阿伦·拉斯顿在犹他州一座峡谷攀岩时,因岩石脱落踩空,不小心掉下去,右臂被大石头压住,被困五天五夜。为了逃生,他强忍剧痛,花了一个多小时的时间,先后将桡骨和尺骨折断,用自己的运动短裤当作临时止血带,然后用小刀从肘部将右前臂硬生生切断。

这就是人性,出于求生本能。有人说,血腥。可在我看来,断臂求生,是勇士,是超人,需要惊人的胆量和勇气,一点也不血腥。

最初,我接受不了自己是一个渐冻人,在父母面前哭过、闹过、自杀过,绷不住时也曾不顾及场所,号啕大哭:"老天,我到底做错了什么,为什么要这样惩罚我?"

网上有人说,一开始得知自己罹患绝症,各种要死要活,在亲人面前闹腾,折腾过后才清楚,好心态加上靶向药才是挽救自己的明智之举。

谁说不是呢?厄运,避不开;死神,逃不掉。我们能做的,除了科学治疗护理外,真的只能够交给时间了。

随着年岁的增长和时间的推移,我不再暴躁极端,内心变得恬然平静。一部分读者朋友留言,说道:"想给你安慰,你是个坚强的姑娘,内心强大。"思前想后,觉得,我的这份强大,更多的是沧桑后的无奈罢了!

四

当生命即将完结,游走在死亡边缘的你,直视死亡过程,回顾人生每一步,才真正有机会看清自己的人生和自己的灵魂,而那就是让你能够继续与死亡对抗的力量源泉。

和小区里遇到的那个挂着拐棍儿的独腿中年男人迎面,他见我坐轮椅,一条长围巾缠在腰间与轮椅绑在一起,先惊愕,后淡淡一笑,相顾无言。可能我们都会在心里想,这就是人生无常吧。

假如有一天,你像渐冻人一样,无法自主呼吸和言语交流,身体插着管子,吃喝拉撒唯靠别人伺候,必定会怀念那些尊严而美丽的日子——自由时的独立、爱着时的触及,每一刻都被新知点燃,居于陋巷,箪食瓢饮,安于贫穷,亦不改志向。还有那些青春容光、淡妆假发、干净衣衫,和相爱的人携手,一起漫步于街头,畅所欲言,少了敷衍和欺骗,也不乞求与依附。但生活往往像电影《这个杀手不太冷》里留给我们的疑惑:"人生的快乐与无忧无虑,真的只是遗留在童年吗?"

其实,不然。生活里有许多人,虽饱受风霜侵蚀,却也依然顽强地负重前行。就像我和娄滔,还有其他渐冻症患者,患病后我们的生存期很短——几个月、几年,或者长一点,却还在痛苦中寻求快乐,一路披荆斩棘。

那么,作为健康人的你,有什么理由抱怨人生?

在世间生活得久了,经历得多了,笑容似乎是逐渐凝固的,四面八方的压力使我们想驻足,而后长舒一口气。在经历太多事情过后,那个本真的自己,那个笑容发自肺腑,像新生儿的我们,也似乎越来越远。当工作、家庭、学业、社会带给你压力时,当你无法露出明媚的笑容时,当你生无可恋选择自杀时,想一想我和娄滔,还有在死亡线上挣扎的人们。

共勉!

我的渐冻散记

作者：石头

一

我高一的时候，一天晨跑时在门口看见一个穿白汗衫的文静少年，站在那里透着安静又充满了期待，从他的脸上能看出他的孤独和想回到我们中间的渴望。我感觉他很面熟，便问同学他是谁，同学说：他是邻班的，得了白血病，已经休学两个月了。当时我在想，当人面对绝症、面对生死的时候，会是什么样的感受呢？几年后，上天给了我答案。

23岁那年，大学三年级，我的身体陆陆续续出现了一些奇奇怪怪的症状，握笔无力，身体不稳，腿遇冷强直，脚腕不灵活等。23岁生日那天，我去了石家庄的省三院开始住院接受检查，七天后，医院给出的结论是怀疑运动神经元病，一种我从未听说过的疾病。之后，我又回到了学校，学习、工作、看病交叉进行，在北京多家医院，301医院、北医三院、宣武医院、协和医院，经过了一年多的反复求医与复诊，最终我被确诊为一种更加绕口的、名为肌萎缩侧索硬化症的疾病。

我刚得病时，都是一些小症状，我依然努力地继续着我的生活，学习与工作，哪怕出现种种异常，发生种种囧事——骑自行车载同学摔倒，被同事一喊吓一跳，实验室打翻贵重实验器材，大夏天游泳上岸冻得走不了路，下山和下楼跟不上伙伴……我那时不想被正常的生活抛弃，不想在同学朋友的活动中边缘化，不想被疾病压倒。我不喜欢孤独，我努力保持健康，把痛藏在心底。

可是,天不遂人愿。渐渐地,我身体的症状越来越严重,已经无法掩盖,无法正常地生活了。我开始不愿意见外人,开始逃避,可能就是为了那点可怜的自尊心吧。后来,慢慢经过了疾病的磨砺和生活的洗礼,我的思想也就渐渐地转变了。我开始慢慢接受疾病并且努力去适应,也不再恐惧外面那些人的眼光和议论,每天和母亲以惹人眼球的身姿,穿行在人来人往的大街上。

从我身体出现症状到现在已经十年有余了,但我的病情并没有停止过发展,神经细胞每天都在死亡,症状越来越严重,体重越来越轻,无力感越来越强,身体功能越来越差,能活动的范围越来越小,能做的事情越来越少。肌肉一点点被蚕食,身体一点点被冻住。我2010年开始需要人喂饭,2012年开始使用呼吸机辅助呼吸,2014年做了经皮胃造瘘手术进行营养支持,2015年开始坐上了轮椅,吃饭由筷子变成了勺子,由手抓变成了需要人喂,行动由跑步变成了只能走,由搀扶着变成了被推着走,俨然是向婴幼儿身体的方向发展。

二

现在,我每天的生活简单而程序化,基本就是坐着、躺着,躺着、坐着,每天无外乎吃喝拉撒睡和玩电脑。

早晨,被急促的闹铃叫醒然后不情愿地爬起来,这种情况不会有;早晨,顾不上拉大便然后着急忙慌地买个煎饼果子挤公交去上班,这种情况也不会有。我的生活是悠悠慢、慢悠悠。没有懒觉,因为每一天都可以想睡就睡;没有假日,因为每天都是星期天。早晨躺得不愿意躺了,然后由"专人"帮忙更衣、出恭、洗漱、进餐……这个过程每天必需而重复,简单而辛苦,每天要持续一两小时。然后"移驾"到电脑前,开始一天的"工作"——上网。

渐冻人的适应能力特别差,一点也不夸张地说,换个椅子换个床就可能坐卧不宁,换个被子换个碗就可能寝食难安。如果换个护理人那更是手足无措,不知道从哪儿下手。

找到一个合适的坐姿非常不容易,要多次移动椅子的位置、身体的位置、头的位置、手的位置和形状……都感觉合适了方可上网。电脑系统里有一种屏幕软键盘,鼠标移动到哪儿就会打出哪个字母,然后一点一点地连成句子,不过截图、复制等需要点鼠标的活儿就有些费力了,有时累得手指一用力就抖。

当生活中发现了闪亮的东西,生命也就变得有意义了。电脑是个知识宝库,也是我的精神伴侣。躺着的时候突发奇想有什么不明白的知识点就惦记着起来后查查。渐冻人中老年居多,对电脑不太熟悉,遇到了问题,我会帮他们远程处理一下。得病后我自学了 Photoshop、Corel、Premiere、AE、EDIUS、Dreamweaver 等软件,经常做一些图片和视频来宣传渐冻人。我曾经做过4个渐冻群的管理员,3个渐冻论坛的管理员,2个渐冻网站的编辑,1个渐冻期刊的编辑,现在我的身体和精力都达不到了,只能在微博里宣传一下渐冻人,或者为同病相怜的病友答疑解惑一下了。

当然,平时网上的娱乐也是少不了的。喜欢的网站有天涯、猫扑、豆瓣、知乎、优酷、百度等;喜欢的电视是历史年代剧,喜欢的电影是剧情片、纪录片;喜欢的节目有《锵锵三人行》《凤凰大视野》《圆桌派》《天天向上》《一站到底》《新闻周刊》《世界周刊》等;喜欢的作家有张爱玲、三毛、刘同、张嘉佳等;喜欢历史人文,还是个地图迷;喜欢本地文化,是本地门户论坛的版主;喜欢诗词、评书,单田芳的所有评书都听过;喜欢的歌手有刘若英、范玮琪、朴树、许巍、谭维维……

我在虚拟的世界里充实着我的灵魂,当然重要的是还能在帮助病友的过程中找到自己的价值。

三

我的电脑现在每天都要开十多小时,我坐着的时候玩电脑,躺着时看视频,有时候休息的时候电脑也响着,就像有个人陪着说话一样,不让自己的生活过于沉寂。我的小屋子仅有六七平方米,这样久了,自然也会乏闷。天气好的时候我也会让妈妈把我推出去,到院子里晒晒太阳、吹吹风。

我坐在树下,看着树影斑驳,树叶微风瑟瑟;看着蚕虫盘丝而上,残叶婆娑而下;看着飞机穿行白云,时隐时现,鸟儿叽叽喳喳,若有若无;看着孩子们嬉戏打闹,哭了笑了,老人们拉着家常,酸甜苦辣;看着道上赶着脚步的行人,树下优哉游哉下棋的闲人。就这样看着看着,时而放飞灵魂,天马行空,时而目不转睛,会心一笑,渐渐地我的心会开阔很多。

我看着院子里的人们,然后把自己想象成一个没有得病的普通人,此时我又正做些什么呢?是不是也同大多数人一样卷在生活里,机械地过着每一天?生活中的智者毕竟是少数,大都是过着混混沌沌的生活,无论健康与否,忙人闲人,这样想来,我有些释然,我同他们也没什么大的不同呢,除了他们的身体是自由的。当因为疾病放下所有的物欲,这个世界变得那么平凡与安详,仿佛自己已融入小园的青翠之中,人情世事都与我毫无瓜葛。

以前在外面,我的眼神是虚弱的,会招来许多异样的目光。现在在外面,我的眼神是坚定的,路人反倒不会直勾勾地看。若你的眼神卑弱,你看到的就只有怜爱;若你的眼神笃定,那你看到的就是钦佩。所以,要想不让别人可怜,就先要慢慢学会不要可怜自己。

四

喜欢很晚才睡,并不是因为和年轻人一样精力旺盛、夜生活丰富,也不全是因为睡不着,而是不想让这不多的时间在睡梦中流走,哪怕眼睁睁看着钟表的摆动,亲自感受时间的流逝带来的伤感。

我一般9点多钟打饭后躺下,但是电脑还是开着的,放着电视或者电影,然后一般设定11点多电脑自动关机。关机后若仍然睡不着,就会思绪飞扬,澎湃激荡,在我的夜之梦里洗涤着灵魂。我是一棵胡杨树,凝视着那片天;我是一块观澜石,眺望着那片海;我直挺挺地躺在那里,等待着鸟儿从空中掠过,驼铃从远处响起,等待着涨潮,等待着退潮,等待着改变这一成不变的一切。

我一动不动地躺在床上,躯体和四肢宛如涂上白乳胶一样粘在床上,摆出一个"穴"字。实在累得不行了才翻翻身,每翻一次身都要用尽全身力气,并且都要花上几分钟,筋疲力尽后也就慢慢地似睡似醒地进入了梦乡。

在梦里青春年少,挥斥方道;在梦里身轻如燕,大快朵颐;在梦里云雨九歌,范张鸡黍;在梦里还有子丑寅卯,生活过往。即便有凶险,有噩梦,但我在梦里是健康的,自由的,虽惧却不愿醒来。而往往半夜的呼吸不畅或者腿脚抽筋就会让这梦难以遂愿。如此,我便会看着窗外星空皓月,听着房前蛐叫蛙声,静静地享受别人不可体会的夜之美。

五

我使用呼吸机有四五年了,一般会在中午午休时使用。刚开始我对呼吸机是拒绝的,戴上呼吸机就感觉一下子从一个普通人变成了重症病人。从尊严上讲是接受不了的。就比方,走得再困难也是走着,一旦坐上了轮椅就感觉变成了残疾人。但是后来我通过对疾病的了解和亲身体验,也就渐渐接受了。这几年,我每天都要使用两三小时呼吸机,以让疲劳的呼吸肌肉也放松休息一会儿,保持好呼吸的活力和氧气的供给。但是近两年妈妈身体越来越不好,腿腰都有毛病,戴呼吸机非常吃力,有时候戴上了也不合适,不是很舒服,所以我呼吸机用得也不是很到位。不过,如果有护理条件最好还是要充分利用好呼吸机。当然,如果呼吸损害严重,无论有没有条件都要使用好呼吸机。

我三餐都跟着家人的时间吃,不同的是我只吃一些比较软的食物,吃饭时间长,也比较累。早晨豆浆冲个鸡蛋,中午吃点面条和青菜,晚上吃点稀饭和馒头。不知道为什么我从得病之后食欲越来越差,尤其最近几年吃什么也感觉不出来好吃,吃一点就干呕,不吃也不会有那种饥饿感,所以得病后体重下降得很快,从2007年的125斤到跌到2014年的90斤。后来我做了胃造瘘,下午和晚上加两次餐,把蔬菜、鸡蛋、主食、牛奶等放进搅拌机打成糊状然后再打进胃里,这样就可以增加一些营养了。胃造瘘的方式是一步到"胃",肯定与正常吃饭的感觉不一样,胃造瘘感觉不到味道并且永远不会有正常吃饭那种吃饱踏实的感觉,多了只会胀胀的,所以这就要求打饭少量多次。我母亲的精力有限,每天打两次。有的护理者多的每天打七八次,护理者一天大部分时间都在做饭、打饭、洗东西、做饭、打饭、洗东西的循环中。

这两年父母说得明显增多的两个词就是:"什么?""忘了!"他们看电视的时候开的声音很大,总是看着看着就睡着了。和别人说话总是爱打岔,说做饭能听成擦汗。我说话就更听不懂了,完全是看表情猜。一天到晚找东西,找不到吧,坐立不安,不找了,东西也看见了。总是端着做饭的东西上厕所,厨房转一圈忘了去干吗。晚上睡觉前给我关灯,有时候本来已经关了还要再按一下。我的身体越来越沉,然而他们也越来越没力气,腰越来越驼。人老了,耳朵不好使了,脑子也不好用了。虽然我记忆力也不是很好,还不能说话,但许多事情我还是要记着、提醒、指导,比如还没有吃药,消毒棉签没有了,打完饭要夹好,表格怎么填,呼吸机怎么调,打电话怎么说,微信怎么打开……即便如此,可生活还需要继续,循着前方的斑斑亮光。

去年有一次我因为腿无力完全前倾倒在地上,妈妈为了把我弄到轮椅上,痛了半年刚刚见点好的腰,一用力骨折了,烈日炎炎下我和妈妈两个人无力地在地上坐了半小时。早知如此我绝不让妈妈来拽我,我怎样都没事,我不怕热,可我不想再让妈妈受罪了。可惜时间不能倒退,哪怕一分一秒。今年妈妈又被汽车撞到,胳膊骨折,住院半个月,我一点也不能床前尽孝,只能在家里干着急,真的很是揪心。妈妈这个年纪应该是享受天伦之乐的年纪,可现在我不能照顾她,反而让她总是为我受罪,好难过。主啊,一切的痛苦我愿来痛,一切的磨难我愿来磨,一切的难受我愿来受,只求妈妈能够健康快乐!

妈妈在家休养,就需要爸爸放下工作来照顾我。渐冻人家庭有一个共同的困难,就是很难请到合适的保姆,钱多吧,不如自己家人照顾,钱少吧,没人愿意干。渐冻人的护理也真的很不容易。护理者最好有文化,对医学知识理解力强;对机器和护理操作力强;护理知识掌握得好,和医院医生沟通力强;年轻力壮,不怕熬夜、精力强;和病人惺惺相惜,能懂病人表达等。最重要的是护理者应该细心、耐心、用心,用爱守护。

六

前些日子,一个病友家属来看我,说她家病人情绪十分不好,没有勇

气面对疾病,拒绝检查与治疗。我和他说,一定要让他充实自己,让自己过得有价值、有意义。每个人都有自己的长处,投身兴趣,乐在其中。对于明天,我们每个今天都是最健康的一天,所以现在要做的就是过好今天,不负明朝。家人已饱受痛苦,我们没理由不微笑。无论遇到什么困难痛苦,只要心无旁骛,一路前行,生活就会一直对你微笑。并不是所有事情都是想象的那么美好,但一定要想象美好。

对一部分病友来说,我们应该多想想得到的,少去想失去的。树叶那么绿却想她秋天的样子,天空那么蓝却想里面有没有住着神仙。少一些忧郁,多一些追求,让自己快乐起来。不要给自己太多不太现实的希望,当满腔热忱遇到失败所带来的伤心可能会远远大于希望带来的快感,平静的等待或许更为惊喜。我们要勿悲、勿躁、勿怨、勿争,顺其自然,知足常乐,恬静如尘,精神不倒。我们都是一颗流星,既然终将陨落,就让我们纵情燃烧,划出自己最美的弧线。

虽然足不出户,但我能感觉到外面世界的美好,很美好,而且生活越窘迫、不容易,感觉越强烈。所以也想告诉那些健康的朋友做事情要不留遗憾,不要说等以后有机会再怎样。一些人总这样想,如果现在是三年前我肯定会做什么做什么,可三年前那时候你又在想什么呢?是不是也会想相同的问题?而且现在也会成为三年后的三年前。所以啊,人应该做能做之事,好做之事,不要给自己留有遗憾,辜负了光阴,应该将现在拥有的东西当作即将失去而珍惜,应该充实而快乐地活着,让生命变得更加绚烂多姿。

七

我们每个渐冻人都过得非常不容易,从看病确诊、求医问药到接受疾病,到适应疾病带来的生活,身心都备受煎熬。但我们不能因此而放弃生活,你放弃生活,生活就会放弃你。我这些年也在为宣传渐冻人、帮助渐冻人尽着微薄之力,同时也得到了许多爱心人的支持与关注,借这个机会对你们说一声:谢谢!也谢谢所有曾经、正在和将要帮助、支持、关注渐冻人的那些有爱心的朋友。当然最要感谢的还是我们的家人,是他们的不离不弃、细心照顾才让我们有了走下去的勇气和动力。

　　疾病在一天天发展,医学也在一天天进步,现在拼的就是时间。希望医学早日突破,我们早日解冻。

　　最后想和大家说的是,相信爱,接受爱,传递爱,存在即希望!

我的病程

作者：吴志明

> 病魔骤然袭我身，
> 入侵悄然无声息。
> 体有征兆至确诊，
> 光阴已过四季节。
> 遍访西医求中医，
> 两界医学无药医。
> 罕见冰症何时解，
> 愁得世人几时休。
> 可悲！可叹！

我叫吴志明，江苏南通人，是一名渐冻症患者。1972出生，职业：建筑装修。患病以来，看到好多病友写了自己患病及与疾病抗争的经历，我想了想，也把我患病后求医的经历、身体和思想的变化记录下来，分享给初诊的病友，也让更多的人了解这种罕见的疾病。

说起我的病程，现在看来，从2018年年初起病魔就已经开始悄悄蚕食着我的身体，待到身体出现症状已经是7月下旬。当时我在上海金山工作，7月的天气晚上不会很凉，然而连续几天总是在凌晨四五点时，右侧小腿肌肉抽筋、疼痛。我上网查了查，引起抽筋的原因可能是缺钙，想着去买点钙片补补就会缓解，一个星期过去了还是有抽筋、疼痛的症状。8月5日我去金山区人民医院就诊，做了骨盆正位X线成像与腰椎CT平扫的检查,医生看了检查结果,诊断是轻微腰椎间盘突出压迫神经引起的抽筋。医生嘱咐我回去要睡板床,多做做拉伸的锻炼,没有特效的药物治疗,现在这样的病人很多。

我按照医嘱去做,适当拉伸锻炼。到了9月,公司安排我到了浦东的项目组。渐渐地,我白天上班走路时,觉得右侧小腿肌肉受力后越来越疼痛,晚上躺着时觉得身体很累,之前从来没有这种感觉。记得去年几次出差,早上4点起,晚上12点回宿舍,也没有觉得有这么累。我和同事、朋友聊天,他们建议我找中医看看,推荐我去了上海雷允上药房找坐诊的老中医专家。医生给我问诊、把脉、看舌苔,诊断为肝肾亏虚,需喝一期中药调理,再用些营养神经的西药,看看是否能有改善,于是医生开了半月的中药、西药。就这样,我一边上班一边吃药治疗。一晃到了11月中旬,开的半个月的中药、西药已经吃完有几天了,身体的症状没有怎么改善,工作越忙,身体越累,右小腿的肌肉疼痛后,我发现脚踝肿胀,脚尖不能向上勾翘,右脚脚趾不能抓着自主穿鞋,走路时右脚整脚板着地,走路姿势开始跛瘸,脚尖下垂刮地,穿不住拖鞋,一不小心就摔倒,这病是越来越重了。

12月4日我去了公司附近的上海中医药大学附属岳阳中西医结合医院就诊,挂了神经内科的号,医生询问了病情,然后开了点营养神经的药,同时预约了检查项目:神经肌电图、空腹血检。2天后出报告了,我到科室请医生复诊。复诊还需检查的项目有:腰段脊柱和椎间盘平扫、水成像,颅内动脉平扫、弥散、血管成像。再预约的项目检查排队要一个星期,等检查好,出了报告,再去科室请医生看报告诊断,检查结果为:肌电图显示局部神经源性改变,其他项目检查没有直接影响的问题。现在想想当时是发病初期,肌电图未能体现出,神经内科的医生让我去针灸科做针灸治疗。

经过一阵折腾,时间临近2019年春节,我放假回家,2月3日(农历腊月二十九)到县中医院就诊,医生询问、查体后,要求我先住院,再做系统性检查治疗。按照医生要求,我办了住院,做了相关检查,然后输液治疗(用药:丹红、神经节苷脂),输液结束后又做了针灸治疗。正月里天天住院,一晃过了元宵节,身体不见好转,我只能向公司申请了病假。在主治医生的安排下,联系去南通一院再做一次肌电图检查。

2月23日早晨我到了南通一院,排队、挂号、就诊,医生看了之前就诊检查的报告和病历,检查我的四肢后,安排我去做肌电图检查。检查前,检查的医生看了之前在上海岳阳医院检查的肌电图报告。检查过程中又询问我家中有没有父母、叔、伯的长辈因为生病不能走路或者卧床的病人,我说没有。当时我隐隐感觉,难道我得的这种病挺严重的?与遗传有关?我问检查的医生:"我得了什么病?"她说:"还是让门诊的医生跟你说吧。"检查完成后,我坐在外面走廊的椅子上等着报告,心里七上八下直打鼓,这种病可能挺严重的,连续看了几个月了,没有一点好转,反而越治越重。不一会儿检查医生开门递给我报告,一格格的小字后面跟着数字和字母,我也看不懂。再向下看到了报告结论:"广泛神经源性损害,累及颈、胸、腰骶段支配肌,前角细胞病变不除外。"

我头皮一阵发麻,细胞病变,一定是严重的病啊。我拿着报告又来到门诊医生的科室。检查后复诊的其他病人还很多,我把报告递给医生,他粗略地看了一下报告,跟我说:"你先在外面坐会儿,等看过了这些病人最后跟你说。"我心里又是一阵紧张,坐在外面边看手机边等。11点半过了,诊室里没有了其他病人,医生叫我进诊室,跟我说:"按照肌电图检查的结果看,你疑似得了一种叫'运动神经元病'的疾病,俗称'渐冻症',跟英国的一位物理学家霍金得的是一种病。你还是要去上海华山、中山这些更权威的大医院再做进一步的最终确诊。"听医生说完,我心里慌了,开始有抵触的情绪,心想:不,不,我还没有到50岁,从来没有听说的怪病,我怎么会得这种病?

回到车里我在手机上百度:运动神经元病,世界排名五大绝症之首,医学界暂时没有治疗的手段及药物。我蒙了……回到家,妻子问我检查情况如何,我支支吾吾,有些语无伦次,怕她着急,不知怎么跟她说,脑子里总是在想医生说的话。妻子接着说:"你把报告给我,我拍给小燕帮助看看。"小燕是我妻子的侄女,在南京读过5年医学。不一会儿,侄女打电话说:"这可能是'渐冻症'。"我把医生说的话告诉了妻子,我妻子也没有听说过这种病,就让侄女帮忙在网上查询,哪家医院对这种病诊断比较权威,查询后决定还是去上海华山医院吧。华山医院挂号很难,需托人预约挂号。晚饭没有了胃口,那一夜我和妻子辗转反侧,无法入睡。

上海的大医院看病挂号真的很难,好不容易托的朋友有了消息,帮忙预约的3月4日的普通门诊号。不管是普通号还是专家号,先去看看吧。4日我们早早就到了华山医院,8点在门诊排队、缴费挂号、排队待诊。到我就诊时医生边询问病情,边看之前医院的检查报告。接着做了四肢肌力和刮脚板检查后,让我们挂专家号预约肌电图做进一步检查。

出了诊室,再托朋友预约专家号,谢天谢地,好不容易预约到了一个礼拜后,3月12日下午的神经内科卢家红教授的特需专家门诊。确定好预约号,我们到医院外面吃了午饭,然后回家,等到12日再来。现在想想,回来等的一个星期不知怎么过的,12日上午我和妻子又从南通去了上海,专家下午2点开诊,我们早早就缴费挂号,坐到指定的诊室门前候诊。我看到陆陆续续来就诊的病人,有走路样子和我相似的,有扶着家人肩膀走来的,有严重的已经坐上轮椅来的,我心想以后病情发展严重了,是不是也会和他们一样。快到2点了,走廊里站了很多人,诊室的门开了,一个助手样子的医生说,老的病友需要加号的,把病历本拿出来登记一下去补号。我们在走廊等了1个多小时,叫到我的诊号,进到诊室,专家问了病情,看了我在南通一院做的肌电图报告,接着让我平伸手臂,检查臂力,检查颈部,看舌头,站直后看抬腿的高度,坐下后用小榔头敲膝盖,刮脚板。一阵检查以后,专家说:"基本确定是运动神经元病,先把药用起来,再预约做一次肌电图检查,待会儿拿单子到肌电图室登记预约,要等3个月后来做。另外这种药叫利鲁唑片,有进口和国产的,进口的比较贵,一盒56粒,自费要3800多块,每天按时服药,早晚各一片,先帮你开一盒,以后自己到你们当地去购买,目前也没有其他治疗的方法。"听完专家的话,我的眼泪差点掉了出来,强忍着……妻子拿着专家开好的单子和之前医院的检查报告出了诊室。我坐在缴费大厅的长椅上,妻子去缴费、拿药,预约了做肌电图检查的时间,正好是3个月后的6月12日。

出了医院,当时我心里很紧张,很着急。我跟妻子说今天不回南通了,去浦东项目的宿舍吧,明天回去正好把一些生活用品带回家。妻子说:"好吧,你心里着急,长途开车也不安全,我们去浦东吧。"从医院出来,快到西藏南路隧道时,几个月的防线溃败了,我大声哭起来,眼泪像喷出来一样,妻子坐在我边上,一直喊我,劝我不着急,小心开车,情绪稍微稳定下来,我跟妻子说:"我心里难受,爸妈年纪都大了,女儿还没有工作,没有成家,你跟我苦了这么多年,还没有让你过上好日子我就得了这种病。"妻子安慰我说:"咱们先按医生开的药吃着,3个月后再来做检查确诊。"回到浦东的宿舍,我躺在床上胡思乱想,妻子整理需带回的行李。

公司的领导和同事们一直关心我的病情。到了晚上我向领导说了在华山医院专家诊断的情况,他一边安慰我不要着急,一边说等下帮我联系,再到中山医院请专家看看。大约半小时后,领导说帮我联系好了,让第二天上午去中山医院再请专家看看。那一夜我躺在床上怎么也睡不着,眼泪顺着耳边落在枕头上。第二天一早我们又去了上海中山医院,见到了中山医院神经内科的专家,他看了南通一院的肌电图报告和华山医院专家诊断的病历,又给我检查四肢、看舌头、刮脚板。检查后专家说:"按华山开的药先吃,回去到当地医院也可以用依达拉奉直接输液诊疗。你已经预约了华山医院的肌电图,就3个月后再看情况吧。"下午我们带着行李,交了宿舍钥匙准备回家,当时我心里又是一阵惆怅:我得了这种病,再来上海上班的机会恐怕是没有了。

回家后妻子每天忙着家务,照顾着我的一日三餐,每天用艾草烧水让我泡脚,帮我揉腿、捏脚,找亲戚托朋友从法国代购了10盒利鲁唑药片。而我情绪低落:愤怒、沮丧、焦虑、恐惧、迷茫。愤怒老天对我不公,未到"知天命"之年就得了这种怪病。焦虑和恐惧的是:上有年迈的双亲正需我尽孝的时候,自己却没了能力。下有孩子才刚刚毕业,还未参加工作,我还未看到她成家。焦虑我的结发妻子,生活的好日子才刚刚开始,我却要拖累她。恨自己没了身体健康,不能陪她们享受天伦之乐,迷茫我以后的生活方向。那段日子里,有时吃饭时,我看着妻子的脸,又瘦了,前额的白发又多了,我的眼泪又出来了。有时站在洗手台前对着镜子,看着看着眼泪也不自觉地出来了。有时光着身子站在淋浴龙头下,看着我的腿,想着想着眼泪也跟着淋浴的水落下了。妻子每天见我闷闷不乐,她心里也很难受。有一天,餐桌上放了张字条,上面写着:你自己要坚强,不管以后的路有多艰难,我和女儿都会陪你一起走,有你在家就在。我抓住字条,双手捂住脸,泣不成声。

那段时间,我怕回乡下见到我的父母,每次他们打电话问我身体情况,我只是说3个月后还要去检查。我怕见到他们时控制不住自己的情绪,让他们为我更加担心。一天早上父亲来城里了,还带着家养的草鸡蛋。妻子给父亲倒了茶水,父亲说:"每次打电话你也不说清楚,去上海医生到底说什么病?我和你妈在家不放心来看看。"听到父亲问我得什么病,我控制不住自己的情绪,流着泪告诉了父亲基本的情况(没有告诉父亲这个病是不可治愈的)。父亲听完后安慰我说:"儿子你先别太着急,爸爸心里也很难过,有病咱不怕,慢慢治,我和你妈的身体还行,你不要担心我们,不要多想,好好看病,高兴走走路就回家去看看。"父亲没在家吃午饭,坚持要回乡下,我看着父亲下楼梯时那蹒跚的脚步,心里又是一阵难过:爸爸,我怎么不担心您和妈妈,毕竟你们是我人生的来处,我还没有来得及孝敬您和妈妈,却让您和妈妈为儿子担心。父亲的脚步声渐渐远了。

每天在不安中折磨着,6月12日到了,我们早早从南通去上海,8点半到了华山医院肌电图检查室门口,凭预约检查单登记、排号等待检查。9点左右我被安排在肌电图2室开始检查,一个医生操作设备,电击检查、量尺寸、定位、扎针检查,一个医生记录数据,后面还站着几个医生一起看着设备屏幕,从脚向上,到腿、手指、拇指的虎口,再向上,到后背、下颚。扎针,我按医生的要求肌肉收缩、放松。医生们一边检查一边讨论,她们虽然说的是上海话,我还是基本听懂了,结果应该是和南通一院的相似。检查时间有1小时左右,医生说报告要三个工作日后才出来。看了下周卢教授的专家门诊时间是6月18日,我们商量吃好午饭还是先回南通,到18日再过来吧。

一个礼拜快过去了,17日晚上,妻子对我说:"明天去华山医院,不管诊断结果是怎样,都不许闹情绪。"2019年6月18日,我永远不会忘记的日子,我们早上从南通去了华山医院,取了肌电图的检查报告,我看了诊断意见,是:"神经源性肌电改变,前角细胞损害可以考虑。"妻子拿着病历去排队补上了专家门诊号,我们坐在走廊里等着叫号。排到我了,我进了诊室,递上病历和肌电图检查报告,卢教授看了病历和报告说:"你的诊断结果和3个月之前一样,前角细胞损害就是运动神经元病。利鲁唑药片继续服用,多多补充营养,适当锻炼,下坡路走得慢点。"教授在病历上写下诊断结果,跟旁边的助手医生说,叫下一位病人。我们出了诊室,我感觉就像本来一个死缓的囚犯,好不容易有了上诉的机会,看到的希望又被无情地驳回,维持了原判的那种绝望。

确诊后的日子我更加沮丧、灰暗。也许是同病相怜的缘分,在一次和朋友聊天时,认识了病友谢姐,同样是得了这种罕见病,家在一个地方能认识真是巧了。也许只有真正患病的人,彼此心里的那种苦楚才能理解。她年长我10多岁,我当她是我姐,也是她帮我加入运动神经元病人的微信群。在群里我看到老病友相互交流患病后吃什么药,还做什么其他治疗,身体出现了什么症状等一些相互鼓励的话。谢姐说她还住院用依达拉奉治疗,住院用药10天,出院休息30天,准备循环治疗6个疗程后再看治疗效果。我也想起了在上海中山医院时,专家也说过可以用依达拉奉治疗的,于是2019年6月底我也开始去医院用依达拉奉治疗,循环做了3次治疗,然而每次住院输液后腿的力气一次比一次小。出院后的时间也去寻找过偏方,做过中医理疗按摩。每次治疗一段时间,病情却丝毫没有好转。

在微信群里,我知道了"冰语阁"的葛敏老师,2019年10月20日我和谢姐应好心人的相约,一起去南通一院参加了葛敏老师的渐冻人护理片的发布会,并观看了护理片。从片中我看到一个年轻优秀的舞蹈老师,在她人生辉煌的时候也患上了这种罕见的疾病,看到她与疾病斗争的同时,还不忘帮助很多病友走出病魔笼罩的困境,想要教会病友的家属去怎么护理病人。同时了解到她创建的"冰语阁",在社会各界好心人士的帮助下,做着公益,帮助很多因病致家庭困难的病友。当时我的心底对她的敬意油然而生。

2020年春节,由于新冠肺炎疫情的影响,所有人基本每天只能在家度日,而我身体内的病魔,还是无时无刻不在蚕食着我的身体。我的右腿明显瘦小了,走路不稳了。公司之前的领导听说了我的病情,打电话鼓励我,让我不要放弃治疗。过了疫情防控高峰期,公司领导托朋友帮我联系预约了华山医院神经内科的另一位专家赵重波教授。2020年5月18日妻子陪我到了华山西院,进了赵教授的诊室,递上之前华山医院的病历和肌电图报告,赵教授看了病历上之前的诊断意见和肌电图报告,接着给我做了体格检查,说:"你这个之前就确诊了,不要再东跑西跑了,回去静养,利鲁唑片可以加辅酶 Q10 一起继续用。"简短的几句话,对我的心灵又是一次重击。

  随着时间的推移,我的身体状况发生变化,进一步验证了医院专家当初的诊断。心底原本保留的那份不甘心和不相信,也渐渐被病魔吞噬,让我无法转身,只能选择接纳与承受。多少次在梦里,我还跟正常人一样和领导、同事在工地和办公室之间穿梭,讨论、解决着项目遇到的问题。人生天地间,路有九曲弯,从来没有谁的人生之路是笔直的。生、老、病、死,都是自古以来的自然法则。想想今年因新冠肺炎疫情、洪涝自然灾害而失去生命的人,想想因交通、工程、机械等突发事故而瞬间失去生命的人,我心底多了几分坦然。再想想我本来不辉煌的人生里,居然得了一项世界顶级的"荣誉"ALS,心底更是多了几分无可奈何的感觉。

  我要衷心谢谢亲人不离不弃的照顾,衷心谢谢公司领导、亲戚、朋友和社会上的好心人对我的关心和帮助。虽然我们患病的这群人已经跌入了人生的低谷,但是低谷也有一束照亮我们继续前行的光。抗冻的路上虽然悲伤过、迷茫过、绝望过,但是再艰难的路我们还是要继续走下去!

  记住"冰语阁"共同的心语:因为爱,所以坚持!

我的八年抗战

作者：絮絮

八年前，我原本是个整天乐呵呵、对未来生活充满无限向往的女子，一场厄运，让我堕入了人间炼狱，所有美好的梦想从此搁浅。

2013年7月，在柳州市工人医院住院部，主治医师拿着出院检查结果，对我说："放心吧，喉咙没有长瘤，没多大事的。"

我说话不清楚有一年多了，几度怀疑自己是被什么瘤压迫了神经，近来右手食指也会莫名地跳动，在门诊的初步诊断是运动神经元病，医生建议住院做个全面检查。对于运动神经元病我毫无概念，压根儿也没想过要去了解一下，我能想到最坏的结果就是动手术把瘤切了。医生的话让我心里存有大大的问号，明明很严重了为什么不做任何治疗就出院了？就只开了一些维生素和营养神经的药，能治好我吗？

我和父亲步行到鱼峰山等车，一路无话，父亲要接着去帮别人做没完成的装修，叮嘱我几句便在中途下车了，我一个人下了车再转班车，过铁路再翻山越岭，心里堆积许久的惶恐不安逐渐被放大，在离家不远的空旷晒坪，我坐在地上失声痛哭……

爷爷见我回来，很是高兴，他认为去医院住了一个星期当然就是病好了。

空闲下来，我拿出手机，在百度上搜索"运动神经元病"，犹如晴天霹雳，瞬间大脑空白，巨大的震惊、恐惧，反复盯着屏幕上的字幕："……不治之症……身体会逐渐萎缩，最后呼吸衰竭，死亡……"怎么会有这么可怕的病？怎么能相信，这一纸诊断，竟是对我宣判了死刑。

萎缩成了我最害怕的梦魇,我常在夜半醒来,惊慌地查看哪儿又萎缩了。常常整夜失眠,不停地跟自己确认,我得了致死的绝症,这是真的吗?我的手脚会逐渐废掉,到了后期,不能动、不能说、不能呼吸、不能吞咽,只能靠呼吸机,全身插满管子续命,真的要这样吗?想想年迈的爷爷、父亲,我不但未能尽孝,还要成为他们的拖累……父亲以后可怎么办?生病了连身边端水的人都没有,想到这些,我常常流泪到天亮。

我和父亲都常年在外打工,家里平时只有爷爷在。刚回来时,我还能做做家务,照顾爷爷三餐。白天,跟隔壁婶娘去沟边洗衣,上山捆柴,学着种菜、种瓜。只有在夜里,所有的绝望、恐慌、焦虑、无助,化作了隐忍的哭泣。

某天清晨,我发现拿着梳子的手,怎样都无法举到头上。我拿不了筷子,舀饭的勺子要两手抬着。我还能笨拙地做饭,却没办法将豆角掐成小段。旁人听不懂我说的话,想要拜托婶娘帮忙买个东西就写在纸上,快要散架的字迹如同我摇摇欲坠的生命,后来连握笔也不行了。

三个月后,我走路时常无缘无故地跌倒,有一天在镇上的超市门口摔了个大马趴,引来一阵异样的眼光,后来上下车也十分困难,索性就不出门了。

2014年,我的情况越来越糟,脾气也愈加暴躁,一点点小事都做不了,穿不了袜子、系不了扣子,做饭花半小时都生不了火,什么都像在跟我作对,让我几乎发疯。

到了下半年,只能靠助行器慢慢行走了。即使是扶着助行器,也会重心不稳。每次摔了,只能等着爷爷回家将我扶起。我也做不了饭了,我教爷爷把电饭锅扭到煮饭位置,教他怎么开煤气,爷爷身体还好,只是时常糊涂,有次竟把电高压锅端到煤气上煮,吓得我哇啦大叫,80多岁的爷爷每天煮好饭菜端到我手上,为我打洗脚水……我的手臂抬不起来了,任凭苍蝇在脸上蹦恰恰也无力拍打。邻居婶娘帮我把头发剃光了,心爱的、合身的衣服、高跟鞋、包包,通通被装进了麻袋丢掉了,连同曾经的过往,它们只属于回忆。

多么希望一觉醒来发现这一切只是噩梦,现实残酷得又不愿醒来,只有在梦里,我又能尽情地奔跑歌唱……再多的泪水也无法阻止病魔的脚步。我全身肌肉大面积萎缩，骨骼变形。我盖不了六斤以上的被子，翻个身都很辛苦。但身体的疼痛远没有心里的煎熬折磨人，医学实验屡次无果总让人失望。我眼睁睁看着自己一点点被封印，是不是只有天外飞仙才能拯救我？

  2015年，为了方便出行，父亲在村口盖了个小屋，刚建到二层时爷爷突发疾病，永远地离开了，可怜他老人家一生辛劳，没享受过一天好日子，临了还在为儿孙受累担心，只剩下我跟父亲相依为命了。

  2017年的大年初二，父亲晚饭后出门了，我准备睡觉脱外套时没站稳，重重地侧摔，手被压在身下，骨头裂开了，撕心裂肺的惨叫被外面的烟花爆竹声淹没，我躺在冰冷的地板上，哭喊到声音嘶哑。此后，我再离不开轮椅了，曾经想到要坐轮椅就崩溃的我，这时才感到与摔倒时叫天天不应相比，稳稳地坐在轮椅上要幸福得多。

  日子在静默中悄然而过，目之所及，只是屋外这片风景，终日陪伴我的是一台电视、一部手机。没有神仙，也等不来外星人带我飞离地球，好几次呛咳倒是险些见了阎王。很多时候觉得自己快不行了，回头看看，竟然咬牙又撑了这么久。

  仿佛适应了这样的黑暗，适应了自己的残疾，偶尔看到蹒跚的老者、学步的孩童，我眼里还是会有难掩的羡慕和忧伤。我依然坚持着用笨拙的动作艰难地吃饭、上厕所，把沐浴条挂在竹棍上洗澡，尽可能地减少些许父亲的负累，也为了守住仅有的一点倔强。依然重复着每天的单调，在无聊中发现乐趣，在绝望中寻找希望。只愿所有的苦痛和等待，都可以换来一个值得。

初夏，一吻定情

作者：墨香

此吻非彼吻，昨夜又受蚊子欺凌，作此篇，聊以调侃

——题记

昨日凌晨，辛苦了一天的老公刚刚入睡，浅浅的呼声渐起，夜深人静，这鼾声里流淌着多少生活的心酸和疲惫啊。负重前行，孤军奋战的你哪怕在梦里都不曾安稳过，所以我尽量不去打扰这难得的睡眠……

然而，天不作美，一蚊嗡声乍起，又一蚊紧随其后嗡嗡而来，慢慢迫近我的身体，我的脑袋划过一丝不祥的预感，知道今晚注定要被这两个恶霸凌辱，于是我调整好呼吸，做好了战斗前的一切准备……

果不其然，一蚊叮在胳膊上，又一蚊叮在我的脸上，我用了最大力气动了一下，两个蚊子果然望风而逃，可我还没来得及沾沾自喜，它们又卷土重来，我又用了九牛二虎之力动了一下，它们又跑了，如此三番五次之后，两个淫贼大概看懂了我只是个纸老虎，于是放心大胆地一个叮在我胳膊上，一个叮在我食指上，贪婪地、尽情地大快朵颐。无论我多么用力地挣扎，它们都纹丝不动，那时那刻，我的脑海里，突然出现那句搞笑的话："生活如同强奸，你要么反抗，要么享受。"好吧，本仙女只能静下心来，默默享受这酸爽的时刻。

终于，两个恶魔酒足饭饱，唱着胜利者的歌声，扬长而去，而它们的战场——我的胳膊和手指开始奇痒难忍，我试图把手指放到嘴里，一次，两次，三次……终于放到了嘴里，我狠狠咬了一口，啊，真的酣畅淋漓！我接

着又咬了几口。终于手指的痒解决了,可胳膊的痒我却无能为力,只能用我的忍者神功了,那时那刻,肉跳也比平时剧烈了好多,我甚至想到了邱少云,比起烈火,小小蚊子又算得了什么呢?本仙女可是来历劫的。好的坏的我照单全收!

最后,风平浪静,我又一次战胜了自我,老公的鼾声还是那么平稳,只有身上的肉跳还是那么地百折不挠,我在迷迷糊糊之中,似睡非睡……

今夜,有君入梦,一吻定情,百转千回,虐我千遍,爱我入骨!他日,你来与不来,我都原地等待,永不离开,我不想期待来日方长,因为我习惯了人走茶凉……

冬日，唯爱而暖

作者：墨香

四季之中，我最不喜欢的就是冬天了，寒冷，肃杀，萧条，冷落……尤其是病后时光，冬天对于我来说就是一场漫长的煎熬和灾难，拉不动被，翻不了身，浑身僵硬，太多的无能为力常常让我丧失活下去的勇气。然而大自然是很神奇的，一年四季，从不乱了方阵，从不乱了脚步，从不延误耽搁，该来的时候，它来，该走的时候，它走，而我只能，感叹忧伤，留恋追忆。

儿子和老公接连感冒，儿子发烧咳嗽，老公咳嗽头晕，声音嘶哑。听着他们此起彼伏的咳嗽声，我心急如焚却无能为力。特别是老公，满身疲惫却无法休息，要照顾我，还要照顾孩子。做饭、喂饭一样也少不了，而我吃饭又特别慢，一天就喂饭这一项，就要四五小时，常常都是喂着喂着就凉了，又要去热，凉了热，热了凉，等喂完我，他早累得也不想吃了。

看着老公拖着疲惫的身体忙前忙后，我心痛万分，我想我唯一能做的就是少吃饭，所以我总说我不饿，总说我不想吃。实在拗不过他时，我就要求把饭菜打碎了喝糊糊，这样就可以减少喂饭的时间和难度，然而这样的糊糊真的特别难喝，每次我都是忍着恶心强吞下去，而且喝糊糊的弊端就是尿多，就还是要一次次麻烦他。每当这个时候，我就特别恨自己，曾经那个好强能干的我，怎么就活成了今天这副模样了呢？是我前世作恶多端，还是今生我来历劫？

那天晚上，接插排的电线刚好就在我的头旁边，我突然就动了解脱的念头，于是我用力转过头去咬住了电线，但是脖子立马就抽筋了，疼痛难忍我也没有松口，无奈咀嚼肌的瘫痪导致牙齿无力，脖子抽筋越来越

厉害,力气越来越微弱,那一瞬间我悲哀地发现,自己连求死的能力也不具备了,而老公恰好过来拿东西,发现这一幕的他快速冲过来抽了我一巴掌,拉走了电线,我第一次看到他那么愤怒,那么生气。我哭了,他一边收电线,一边对我怒目而视。万语千言我都无法表达,只能任由眼泪横流。我真的不是畏惧痛苦的胆小鬼,但是坚强也真的需要条件啊,我不怕死亡不怕折磨,却怕极了拖垮老公,那样的话孩子就更可怜了,如果没有这些后顾之忧,我一定是那个笑对痛苦的最顽强的斗士!活着,真的太难了。

然而我知道,我还必须活着,必须努力地为生命而战。这不是我想要的生活,但是我却不得不顽强地活下去,就像我不喜欢冬天,可它还是会来临,冬天和黑暗是那么漫长和难挨,使我走下去的是希望,是责任,是爱,是赴汤蹈火的勇气……

有时候文字真的很苍白,也很无能为力,这不能怪文字,只能怪痛苦太多,无奈,太无奈,所以万般辛酸无从表达,所以越来越沉默。我告诉自己,在冬天就坚强地守候冬天赋予的一切吧,不要幻想别的任何季节,那些风景都再也与你无关,过好当下,你才会坦然,才不会有烦恼,才会更快乐。

这个冬天,生命的冬天,寒冷又漫长,我所想的,冬天不能理解,春天不能发芽,夏天不能盛开,秋天没有结果,唯有虚空,会将一切接纳。一遍遍劝告自己爱这个冬天吧,生活的每一天,愿你都充满热情、善良和慈悲,唯有爱,能赋予每一个人神奇的力量去温暖这个世界。

SPA那点事儿

作者：暖禾

得渐冻症四年，还有心情天天琢磨吃喝玩乐的，估计就只有我这种没心没肺的人了。也许是因为得病前对自己太苛刻，吃的苦多；也许是因为知道自己的好日子不多了，得病后的我反而活成了享乐派。

最近突然对女性SPA起了兴趣，很快我的哥们儿就帮我联系了一家全国连锁的高档美容店。美容店装修非常豪华，可惜SPA在二楼，于是阿姨和服务员连拉带拖地把我运到了SPA间。在艰难爬楼过程中，我就在心里笑自己：人家都是打扮得漂漂亮亮的富太太来这种场所消费，自己一个绝症患者加残疾人来凑个什么热闹，人和环境实在是不协调啊。

也许今天美容部正好没什么顾客，也许是服务员想多挣点，也许是我进门提到吴总为我预约的，竟然一下来了四位美女为我服务。于是我的双手和双脚就被四个人一人一个承包了。由于我是第一次做SPA，又是四个女人同时服务，加上我趴在按摩床上，背对大家，连个声音也发不出。出于本能，我的身体变得很紧张，根本一点也体会不到SPA的舒适和享受感。

倒是四位美女特别开心！她们边像揉面似的给我按着四肢，一边拿我这个土老帽寻起了开心。姑娘今天你可是慈禧太后的待遇啊！伺候你的有四个，加你的阿姨，一共有五个人，爽不爽呢？我被眼前的搞笑场面逗乐了，傻笑个不停。

当时我脑海里没有慈禧太后，只有一个念头：倘若我是古代男人，肯定受不了这四个老婆的折腾。好不容易翻身仰卧，可以享受一下了，谁知三个女人一台戏，四个女人就直接逗翻了天。我渐渐感觉自己好像不是来

SPA 的,而是来听四个女人唱戏的。我已经不是顾客上帝了,而是她们八卦解闷的对象。

一位女服务员夸我身材好,羡慕我有她梦寐以求的长手长脚和长脖子;一个夸我皮肤好,快 40 岁了,皮肤依然紧绷没皱纹;一个夸我手上戴的卡地亚手镯老值钱了;一个在猜测我和吴总是什么特殊关系。总之,在一种完全预想不到的荒诞中,我结束了此次的体验活动。

出门后,阿姨问我今天怎么这么开心,笑个不停。我说,其实吴总是谁我根本不知道。其实我的手镯是小店一百元买的,也同样戴了四五年。其实我的身材再好,现在也是废物一堆了。我可能不得病,永远没有机会去体验 SPA。我可能不得病,永远不会想抓紧时间去干曾经没干过的事情。我可能不经历磨难,永远都看不透女人的那点事。总之今天的体验特别开心。我既是戏中人,也是戏外人。我追求,我来过,我活过,我精彩过,女人的一切靠自己。

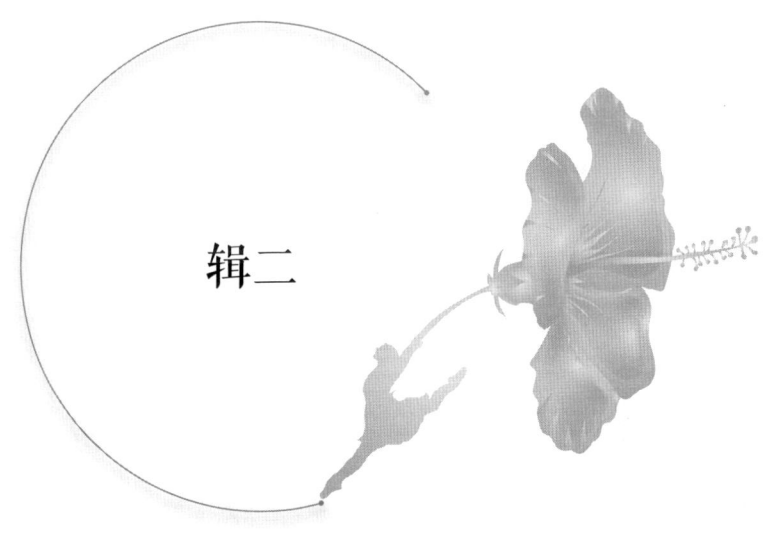

辑二

︙

想擦去你眼角的泪
可我却抬不起手臂
想呼唤你的名字
可声音却浑浊不清
心底依然清晰
这份爱的踉跄
一切的艰辛
因为有我
也只因有我
因为你 我读懂了爱
我要好好活下去
只为你的守护
只为守护着你

赠予儿子的精神礼物

作者：暖禾

小 引

一直以来都想与儿子用文字的方式进行思想引导和沟通，可儿子的世界里只有乐高、游戏。我给他写过两封信，没见他有什么反应，便不再有信心坚持，在他的世界里，一个有残疾的妈妈似乎是无足轻重的。直到有一天，他的班主任给我发来这样一条信息："亲，上午好。今天儿子表现很好，上语文课发言很积极，读课文很投入，很动情。今天学的课文是《妈妈睡了》，孩子说很想你。"

一瞬间我泪流满面，以前我真是错怪他了。事实是儿子很敏感，大人们的很多事，他都是明白的。只是因为他太小，无法面对残酷的现实，于是本能地选择了逃避，把伤痛埋藏在自己的心灵深处，以一个小男子汉的自尊小心地防护着，以防别人看见。

我觉得我不能就这样从他的生活中悄悄走掉，我还是尽可能在他的生活中留下我的痕迹，留不下我的身体的温暖，留不下我做的饭菜的香味，也要留下我的文字，我的经历，我的精神，我的教训，我的期待……

孩子，妈妈想对你说：我真是一个与众不同的妈妈。别的妈妈得病，恨不得日夜守护着自己的孩子，就怕日子不多再没有机会了。我却选择了独自离开、独自面对。妈妈特别希望你能理解，不要怪妈妈。妈妈得病了，得的是非常严重的病。妈妈觉得，妈妈会拖累你，会夺去你的快乐。如果你的生活里，没有我这样一个生病的妈妈，你会更快乐、更幸福的。所以，妈

妈虽然心痛，但为了你，还是离开了你，离开了家。你不要怪妈妈狠心，你不知道，离开你，妈妈的心有多痛。

妈妈从12岁起就离开父母独自去异地求学，从那时起，我就只有寒暑假才能回到我爸爸妈妈身边。收拾行李，在车站和父母挥手告别，望着亲人的身影渐行渐远，接着眼泪模糊双目……这一系列场景，似乎在妈妈心灵深处逐渐形成了一种阴影，一次次离开，似乎是我的宿命，而这一次，却是要离开刚刚上幼儿园的你。

妈妈不想任病魔摆布，想跟这样的命运赌一把，但妈妈不想赔上你童年的幸福。请原谅没有征求你的意见，我擅自做主退出了你的生活。请原谅妈妈，也许只有这样，妈妈才能轻装上阵，才能毫无顾忌地和病魔抗争。不过孩子请你放心，无论在哪里，无论在何时，妈妈都会想着你，念着你，爱着你。

妈妈虽然也希望你能分担妈妈的苦痛，并从这样的分担中成长成熟，在这种分担中学会承担责任，学会面对生活的苦难。但是，你还太小，妈妈更希望你能和其他小朋友一样撒娇、卖萌、任性，拥有一个无忧无虑的快乐童年，不会因为我的病改变了本该属于你的正常生活轨迹。

于娟在《此生未完成》这本书中，分析了她得乳腺癌的原因，对我启发很大。所有疾病的产生，绝非一朝一夕形成，而是日积月累，妈妈的病也不例外。细细想来，我总结了三方面。一是"太认真"，忽视了健康的平衡；二是被浮夸的物欲蒙蔽；三是被情绪主导。

首先说说这个"太认真"。由于没有任何背景，加上天资一般，认真就成了妈妈立足社会、守护自尊的唯一法宝。从12岁离家求学，老师送我一句笨鸟先飞开始，认真二字刻在我脑海里，成了我生活、学习、工作的习惯，同时也使我成为同学、同事心目中不合群的另类。认真让我从一个人在三线小城市打拼到在上海、北京立业扎根；认真让我曾经在舞蹈界小有成绩，一直都是老师心目中引以为荣的标准的好学生；认真也让我无论在学校还是在单位都成了备受瞩目的领军人物。然而认真这把双刃剑让我在得到很多满足的同时，也失去了很多。因为认真，我变成完美主义者，总想面面俱到，从而失去了本该属于自己的大量休息放松的时间；因为认真，我在生活方方面面都有些强迫症现象，于是眉毛胡子一把抓，缺乏对事、对人轻重缓急的把控与取舍,经常把自己折腾得身心俱疲;因为认真,我便有了强烈的好胜心,于是事事都想做到圆满成功,早已忘记了要对自己好一点,忘了要学会放过自己。于是认真二字从鞭策我前进的动力转化成了一种损害身心的生活方式与习惯。认真给予我光鲜成绩的同时,其实也在悄无声息地吞噬我的健康。

其次说一下被浮夸的物欲所蒙蔽。人最容易陷入的是欲望的旋涡,得到了想要的,又开始期待新的目标。上了好学校想有好成绩,有了好成绩想有好工作,有了好工作想有好老公、好生活条件。有了这些还不够,还想能多赚钱。在社会制造的游戏规则下,我错过了生命中最美好的东西,忽略了已有的幸福。工作和赚钱充斥了我全部的生活。妈妈的生活里没有了周末的放松,没有了亲自下厨做饭,没有了午后咖啡馆的闲聊,甚至连到幼儿园接送你都少之又少。似乎只有把生命里每一分钟都用于打拼事业、追逐梦想才有意义和价值。如今我实现了衣食无忧的高品质的生活,但我心里最羡慕的就是可以天天陪在孩子身边的母亲,最羡慕的就是能够见证和分享孩子点滴成长的母亲。

不要沦陷为情绪的奴隶是我得病后最大的收获。也许是得病前人生轨迹太顺利,也许是独生子女惯有的任性——我太自我了,我太放任自己的情绪了。放任情绪的结果就是让我失去了对事物的明智的判断,让我在自我纠结中浪费了大量的时间、精力和健康,让我无法以一种良好心态,接纳生活中的种种不如意。可惜我醒悟得太晚啦,各种各样的情绪,已经带给我太多的伤害。尽管人都有情绪,但一个真正成熟的人绝不会让情绪控制并伤害到自己,而是让自己的心胸开阔,让自己的决断更理性。

以上三点算是妈妈的前车之鉴吧,妈妈希望你不要重蹈覆辙。接下来聊聊妈妈对你的人生期许吧。

成为自己喜欢的样子的人

学校老师希望你成为清华、北大的学子,爸爸希望你成为对社会有用的人,而我则希望你成为自己喜欢的样子的人。妈妈有幸成了从小就喜欢的舞者,正因为这份骨子里的热爱,即使是再苦、再难、再昙花一现的青春职业,妈妈也义无反顾地坚持并尽情享受这一项事业。

社会有时很残酷,职业也有贵贱高低。在种种价值标准的裹挟中,有的人慢慢失去了自我,失去了自己的目标,失去了自己的快乐。投身于自己热爱的事业是克服困难、忍辱负重后达到一生自我喜乐的根本前提。哪怕有一天你觉得做快递小哥很开心,妈妈也可以支持你。在我心里,未来你做什么工作、成为什么样的人并不重要,重要的是你是否喜欢自己的状态,是否认可自己活着的价值和意义。

一生与仁善之心相伴

俗话说人算不如天算,宇宙潜藏着很多人类无法解释的现象,妈妈得病前未感受过。得病之后在做公益事业时,却冥冥之中有天意帮我感受到。也许你的仁善付出并未获得他人认可和及时回报,但请你一定相信在爱的循环下,当初的仁善付出终将回馈到自己身上。在仁善充满你整个身心时,你便会气定神闲,勇往直前,得贵人相助,一生平安!

人生不宜求太满

中庸之道讲,什么都得讲求适度。佛教认为凡事都有因果。想必这比中彩票的概率还小的渐冻症被我行大运般地得上了,我想与我太急太满的人生观不无关系。好胜心、拼搏心、上进心本是一个人迈向成功的桥梁,而当这些方面超过了合适的度,便会反过来成为毁灭自己生活的杀手。当局者总是会被侥幸心和欲望蒙蔽了双眼,在成功的惯性下,缺少了一种智慧的长远眼光和胸怀。幸福人生切忌太急太满。不满,则空留遗憾;过满,则招致损失;小满,才是最幸福的状态。人生在达到顶峰之后必然会走下坡路,所谓盛极而衰,小满,才是最好的人生境界。想来古人早已洞察世事,对人事了然于胸,懂得小满即安,不求大满、圆满。说到底妈妈不愿看到你的人生轨迹如我一般,走两个极端,风光过,也绝望过。这种生活落差的心理煎熬并非人人都能承受。我更愿意看到你安于小满的人生状态,如长流的细水,细水长流地幸福一辈子……

行文至此，妈妈也在想，等你能看懂此信时，我也许早已成了天上的某颗星星在看着你。既然这辈子有缘分让我们能成为母子，我总想竭尽全力地在你记忆深处留下点我的痕迹。当若干年后我的形象在你记忆里开始变得模糊不清时，我的经历、我的思考、我的教训，还能够伴随你、护佑你一生，这便是妈妈能给你的最好的礼物。

作者：全新，小学四年级学生，葛敏（暖禾）之子。

如果有下辈子

作者：MCY

当拿到确诊报告的那一刻，我的大脑一片空白，医生在我耳边说些什么我一句都没听到，只感觉到老公紧紧抓着我的肩膀。回到家我没有哭，照常吃饭，照常做着自己平时还能做的事情，只是不说话。

老公看到我的样子对我说："放心，不管怎么样我们都不放弃，说不定哪一天就会有治这病的药，我会一直陪着你等。"那一刻，我在老公的怀里哭得像个孩子。

从此以后老公带着我踏上了漫漫求医路，听说哪个地方针灸做得好，他便带着我去做，针灸不是一趟两趟就见效的，基本上一个星期就要去一次，每次老公都要把我抱上抱下，遇到刮风下雨更遭罪，可老公都把我保护得好好的，他总说他淋着不要紧，我感冒了就麻烦了，会对病情不利。就这样风里来雨里去地看了有大半年，可是没有什么效果，于是我们选择了放弃针灸。

听说中医对这种病有点办法，老公又带着我看中医，一看就是三年，老天爷总算没有让我们白受三年的罪，喝了三年的中药，我的病虽然没有看好，可是也没有恶化，加上老公的细心照顾，我的病情原地待命。这让我们看到了希望，虽然不知道以后会怎么样，可眼前我算是好的。

老公高兴地捧着我的脸揉了又揉，眼睛里却满是泪水。这样时而开心时而失望的日子我们已经习以为常了，老公依旧待我如初。我感谢他的不离不弃，我曾问过他后悔娶了我吗，他看了看我说："后悔哦！可是已经来不及了啊！"紧接着用手拍拍我的脑门说，"你傻啊！"接着哈哈大笑。我

对他说:"这辈子我没有做一个好妻子照顾你的生活,替你分担压力,如果有下辈子咱俩换一下,我做老公你做老婆,让我也好好地疼你。"他说:"行啊!要不签个合同?"

我知道老公心里的压力和痛苦比谁都大,他只是隐藏着不让别人看到。老公,如果真的有下辈子,我一定会待你如初,疼你入骨!

父亲节，感恩你

作者：不忘初心

许久未曾写东西，不是懈怠，更不是懒惰，而是心有余而力不足，由于病情日益加重，往日还能勉强被我操控的手机，如今却成了我不可驾驭的奢侈品，手机于我而言只能是可望而不可求。为了能与外界沟通，于是，在老公和病友的指导下，我用上了眼控仪。虽然刚开始不太习惯用眼睛操控键盘，打字也很慢且吃力，但我觉得生活需要仪式感，故在父亲节到来之际，想以文字的方式，对不是父亲却胜似父亲的"老公"表达我的心声。

老公，如果说身患恶疾是我最大的不幸，那么遇上你则是我最大的幸运，而你遇上我则是你最大的不幸，我们结婚已有十四年了，十四年虽说只是弹指一挥间，可这些年我们生活中的点点滴滴却是历历在目，都说"夫妻本是同林鸟，大难临头各自飞"。婚后第五年我就患上了世界上最残酷的疾病"渐冻症"，我患病后你义无反顾地承担了家里所有大小事务，既要赚钱养家，还得照顾脑积水的女儿和完全不能自理的我，咱妈生病后，你又得照顾咱妈，直到她去世。

生活如此多难，本不该你这年纪该有的，可岁月还是无情地在你脸上留下了不可磨灭的痕迹，不知何时起，你额头多出了几道皱纹，两鬓也多了几根白发，生活给了你太多的磨难和艰辛，一双炯炯有神的大眼，写满了无奈和忧伤，可依然掩饰不住你阳光帅气的外表。

记得我刚得病那年，情绪一直很低落，你安慰我说："不管未来怎样，我都会一直陪着你和女儿，其他的事情都不要想，你安心养病就好，天塌了有我撑着。"这些话你不只是说说而已，八年多来你一如既往地在用行

动证明，我从一个健康的正常人到得病后只能半自理，再到现在的完全失能失语，你了解我的一切生活习惯，熟知我每一个微小的动作，懂得我的每一个眼神，甚至于包容我所有的坏脾气，是你不离不弃的悉心照料才让我得以苟活到如今。

你给我喂饭、喂水，哄我吃药，帮我梳头、洗脸、洗头、洗澡、刷牙、穿衣、剪指甲，为我擦鼻涕，给我抓痒，抱我上厕所，背我下楼吃饭，背我上楼睡觉，夜里为我翻身，白天推我出去遛弯儿，出远门的时候不放心我一个人在家总会带着我，每天下班回家第一件事就是先上楼看看我，在楼下只要听到一点动静你立刻一跃而起地跑上楼来问我怎么了，见我安然无恙，你才松了一口气，看着你累得气喘吁吁、惊慌失措的样子，我常常笑着说你"大惊小怪"，我能有什么事呀。你也笑着回答我说："我在楼下只要一听楼上有动静，便会条件反射地往上跑，就怕你从椅子上摔下来。"

每次做饭的时候你总会让我在旁边，而我也习惯在一旁看着你做饭。吃饭的时候我们常常共吃一碗饭，我没吃完的你又接着吃。喂饭的时候一不小心咳呛得涕泗横流，你总是很耐心地帮我擦干净。我咀嚼功能不好，你总会帮我把菜剪碎。我爱吃鱼，你总会帮我把鱼刺挑干净。前段时间我被鱼刺卡住了，你急得像热锅上的蚂蚁，又是问医生，又是查百度，弄了好久才帮我把鱼刺取出来。遇上我头疼脑热的，你更是担心得坐立不安，我不想吃药的时候，你像哄孩子一样哄着我吃。

由于逐渐丧失语言功能，我们之间的沟通也变得困难了。有时你未能及时准确地领悟我的意思，我就很着急，可越急越说不清楚，于是，我便冲你发火，甚至大哭，而你总是一味地包容。有时因为我的不可理喻，你心情很糟糕，你也会数落我几句，但每次最多三分钟你糟糕的心情就烟消云散，无论你当时说的话有多么绝情，事后你还是一如从前地照顾我，而我每天依然呼喊你的名字不计其数，指派你的命令连续不断，渐渐地我越来越依赖你，你不在身边的时候，我就像是离开水的鱼一样难受。

老公，你还记得吗？那年央视热播的一部电视剧叫《你是我的眼》。晚上你背我上楼的时候说，老婆，你看这些年，你手不能动，我就帮你做你想做的事，脚不能走路，我就带你去你想去的地方，我们是不是也可以拍一部电视剧，片名就叫《我是你的手和脚》。当时可能只是你随口说的一句玩笑话,我竟悲伤得不能自已。以至于后来每次我趴在你背上想起那段话,都会难过得泪流满面,你开玩笑地说,把口水都流到你的脖子上了,其实那是我的眼泪。

"聪明是一种天赋,而善良却是一种选择,善良比聪明更可贵。"老公,如果说你有一颗金子般的心,一点都不为过。在我看来,如今这个浮躁的社会,有几个人能坚定地不受外界诱惑,不被负能量所影响,又有几个人愿意用自己最美好的青春,坚持八年如一日地照顾一个完全不能自理的病人。每次你推着我遛弯儿的时候,后面跟着智障的女儿,这样的情景谁见了都心寒,我恨自己没能给你生一个健康的孩子,自己还成了你的累赘。看到你一个人又当爹又当妈,我心疼你,却无力为你分担,内心的愧疚感无法言喻。

有人说,我上辈子一定是拯救了银河系,今生才能如此幸运地遇到你。也有人说,我是遇到了真爱,可我知道这些年你所承受的压力和艰辛是常人无法想象的。尽管如此,你仍保持着乐观向上的心态,这也是我最欣慰的。每次我心情不好,你总是说一些幽默的话逗我笑,可我笑着笑着就哭了,乐极生悲大概就是这样吧。

从女儿生病到我自己身患恶疾是我人生中的不幸,但我从未感觉自己是不幸福的。什么是真正的夫妻?不是花前月下的浪漫,不是烛光晚餐上的誓言,而是无论对方健康还是生病,年轻貌美还是容颜不再,无论贫穷还是富贵,都能不离不弃,相守终老。这是任何金钱都买不到的。感恩这一生有你的相伴,因为有你我才觉得有寄托,活着有意义。

"生我养我者舍命可报,生我未养我者断指可报,未生我而养我者何以为报?"我拿什么回报你啊,我的老公?寥寥千字未能道尽我全部的心声,只盼医学界早日攻克这个医学难题。但愿一切都还来得及,如若不能如愿,只愿余生,你所想皆如愿,所行化坦途,最后祝你和天下所有的父亲,父亲节快乐。

逆风奔跑的少年

作者：墨香

  风起时，种子四处飞扬，像我们的命运，各有不同。有的落在肥沃的黑土里，暗自高兴，无忧无虑地成长着；有的落在石缝间，当它们不能找到泥土，便把最后的希望寄托在这一线石缝里。面对现实的严峻，它们选择了淡定，奋力地活着。于是，大自然出现了惊人的奇迹，不毛的石缝间丛生出倔强的生命。

——节选自《石缝间的生命》

  都说孩子是父母前世的仇人，今生为了讨债而来。那你应该是我前世的情人，今世为着报恩而来。在我病后的两年时间里，你飞速成长，小小的肩膀上承担着太多太多和年龄不符的重担，由一个不谙世事、生活优越的小宝贝变成今日这般有担当的少年！作为妈妈的我不知该痛恨命运的无情，还是应该感激生活的恩赐！

  你学会了独立，学会了坚强，学会了察言观色和忍辱负重。自己上下学，自己做饭，自己做作业，自己玩耍……一直坚持陪妈妈睡，我说还是爸爸陪吧，你说爸爸白天太累了，不让他陪。每天睡前你都会细心地帮妈妈盖好被子，然后说："妈妈，我睡了，有事你叫我。"自从那次我逗能摔下床后，你每天的嘱咐又加了一句看似玩笑的话："要听话，不要乱动，不然我揍你。"我知道你对我的无限担忧，现在我仿佛成了宝宝，而你却成了让我依靠的男子汉。这种角色的转变开始时，我心酸不已，而如今却变成了习惯和常态，你像别的孩子一样爱玩游戏，可无论你玩得有多投入和痴迷，只要我一咳嗽，你立马就会飞奔过来给我拍背擦鼻涕！每次出门也是那句亘古不变的："妈妈,你还去厕所吗?还吃什么吗?我走了,乖乖的啊!"爸爸每次喊你出去玩,你总说,"妈妈怎么办?"

儿子,你敏感,细腻,懂事又患得患失。一个失能的妈妈,满腔母爱无法施展,还要让小小的你来照顾,内心的伤痛真的是无以言表,肝肠寸断!如果可以选择,我多么希望你是一个啥也不懂,不孝顺的熊孩子!至少这样你可以很快乐!懂事的你却总是为别人考虑而忽略了自我!背负太多而失去了快乐!

儿子,你总能给我太多惊喜和意外,无论什么事,只要你愿意做,总能做得像模像样,几近完美。妈妈时常震惊于你灵活的思维,超强的动手能力和创新能力。你可以读几遍就能把一篇文章背下来,你可以用泥巴做出精美的汽车模型,你画的画儿是那么生动,你时不时就有诗词脱口而出,你经常给我讲我从来不知道的天文知识,你可以单手把妈妈拉起,你对历史有浓厚的兴趣……自从妈妈生病后,就很少关心、关注你,爸爸因为繁忙也很少关心你,你却在被人遗忘的角落里飞速成长,你越来越优秀,越来越坚强,并没有因妈妈生病而把成绩落下!

那天,我随口说自从生病,吃顿饺子都成了奢侈。你听后立马说你要给妈妈包饺子,本以为你心血来潮,可是你却真的按妈妈说的方法,一板一眼做了起来。和面,擀皮,调馅,包饺子,那娴熟的动作俨然就是个老手。那是我这辈子吃过的最美味的饺子,里面裹满了爱和感动!

你时常叮嘱妈妈,把那些帮助过我们的人告诉你,说你长大了要报答他们,你的感恩之心时时让我感动。但是妈妈要告诉你,因为这场变故,你注定是个逆风奔跑的孩子,一次又一次,你因为妈妈的病,遇到很多困难,妈妈每次都会愧疚万分,心如刀绞。看你难过,万语千言却无法向你诉说,只有默默流眼泪。但是,妈妈请你记住,疾风知劲草,烈火炼真金。唯有经得起逆境的考验,在逆境中奋发向上的人,才是生活的强者。巢穴里的雏鹰,无法傲视大地;不经脱茧的蝴蝶,只能仰望苍穹。韩信尚有"胯下之辱","文王拘而演《周易》,仲尼厄而作《春秋》,屈原放逐,乃赋《离骚》,左丘失明,厥有《国语》,孙子膑脚,《兵法》修列……"逆流而上的人,才能力争人生的上游!你有多努力,就有多幸运!今日所有的遗憾都是明日惊喜的铺垫!

陪我一生颠沛，许我一世情深

作者：墨香

3月的第一天，孩子爹说要带我出门转转，这一次，我没有拒绝，因为虽然足不出户，但我的鼻子已经嗅到了春天的气息，我的耳朵已经听到了春天的声音，囚居已久的我是多么渴望挣破禁锢的身体，自由徜徉于大自然的怀抱里啊！

囚居生活让原本热爱生活，善于观察，感情细腻丰富，多愁善感的我困顿得如同折翼的鸟儿。三年来，我出门的次数屈指可数，每次孩子爹说带我出门，我都会斩钉截铁地拒绝，不是我不想出门，而是我实在不想给本就不堪重负的你再增加一点点负担。三年来，眼看着你双鬓和后脑勺的白发越来越多，越来越愁眉不展，越来越丢东忘西，我总会痛恨自己是个祸害。深情如你，早生华发，我拿什么回报你，我的爱人！

每次出门都是一项大工程，轮椅上下，抱来抱去，让患有腰椎间盘突出的你疼出一头冷汗，所以我总说我不想出门，总会大发雷霆告诉你别再提让我出门的事儿，而你总会毫无底线地容忍我的任何情绪和暴脾气，小心翼翼，唯恐我伤心难过。三年来，你不仅是我的保姆，更是我的家庭医生。还记得前年我由于久坐患上了严重的血栓痔疮，看了我的情况，所有医院都拒绝为我治疗。病在我身，痛在你心，你被逼无奈，自己买了各种外敷内用的药物亲自为我治疗，一日为我五次冲洗热敷。仅仅三天，不仅血栓消了，而且竟然把困扰我多年的老毛病彻底治好了！每一次感冒发烧也是你亲自给我打针，排痰，雾化……家里家外地忙碌，身心俱疲的你已经明显力不从心了。

你能感知我身体的每一丝痛苦和不适，一次又一次抓痒，一次又一次躺下坐起，一次又一次翻身盖被，喂饭喂水，你不曾有过半分的不耐烦，还唯恐我因为隐忍而委屈了自己，总是一遍遍叮嘱我不要忍，该说就说。也许没病的人很难理解病人的痛苦和无奈，正常人的翻身和抓痒都是在无意识的情况下完成的，因为自己能动就不会觉得次数多，而不能自理的人一天让别人抓两次痒都觉得自己犯了大错一样愧疚。其实真的没有人愿意被人伺候，更不可能会故意折腾，一动不动地躺着，我能忍着坚持几个小时，我觉得我真的已经足够坚强。所以在每一次老公嘱咐我时我都会很感动，懂得我的苦是你给我的最深情的告白！

　　为了我，你已经彻底与世隔绝，这对一个男人来说是多么残忍的事情，只有我能明白。三年来你是如何艰辛也只有我懂得。你总说没事的没事的，可我懂得你每一个无眠之夜的叹息，更懂得你背着我流的每一滴眼泪。所以我想尽办法挣钱，这样就能够找个做饭的保姆来让你轻松一点，可我发现我真的没用，看到别的病友被亲人视若珍宝地陪伴和照顾，我都会心痛万分，看着一个个被老公抛弃的女病友，我又万分庆幸自己何德何能得遇良人！

　　日日难过日日过，夜夜难熬夜夜熬。悲欢自度，他人难悟。我不知道这样的日子还能坚持多久，我多么渴望老天能够善待你的努力，善待你的善良，温暖孤独的你，怜惜没人疼的你，懂得你的坚持，体谅你的不容易，希望命运最终不要亏待每一个好人。三生有幸遇见你，陪我一生颠沛，许我一世深情！

吾家有子小升初

作者：墨香

早上 6 点，儿子就已经在卫生间洗漱了，这是他开学的第一天，也是他人生第一个小的转折点，更是他第一次离开家，去几十公里外的地方求学。他显得很紧张又有点期待和兴奋。我也特地起了个大早，作为一个失能的妈妈，虽然不能帮助孩子做些什么，但那颗拳拳的爱子之情，却和其他母亲并无区别，甚至有过之而无不及。

其实早在六年级下学期刚开始，他就开始一遍遍问我："妈妈，我初中去哪里读？"我总是说还早呢还早呢，可是说着说着六年级就毕业了，他又问我："妈妈，我到底去哪里读？"我说："所有初中的招生考试都参加，最后再决定去哪里读，好不好？"他欣然应允，其实我这样做就是想让他趁此机会清楚一下自己的实力。接下来，各个学校的招生考试也都陆陆续续开始了，每场考试他都认真对待，我总会告诉他："儿子，小考而已，何必那么紧张，认真？"但是他还是认真对待，一丝不苟。可能很多家长都会喜欢这种天生自觉自律的孩子，而我却不希望他给自己太多压力，毕竟他只有 12 周岁，这几年让他承受了太多本不该他承受的东西，让他过早地体会到了世态的炎凉！

意料之中，儿子以优异的成绩顺利通过了各个学校的考试，每个学校都打了电话过来说孩子很优秀，儿子用自己的实力给自己创造了更多可以选择的机会，我深感欣慰。经过我的深思熟虑，最后我锁定三所学校：我的学校，本县的一所私立学校，临县的一所初中。我的学校我对每个老师都了如指掌，而且儿子从小在这个环境里长大，但是正因为如此，我担心我的病会对青春期的他造成心理负担,所以我举棋不定;本县的私立初中教学质量还算可以,而且儿子考的是全免;临县的初中管理严苛,作息时间更是严苛,吃饭时间半小时,睡眠七小时,因为当地的高中每年有几十个学生上北大清华,以至于全国有名,从而也带动了本地初中的生源,各地的学子都争先恐后地报名。但学费加上生活费一学期要好几千元,儿子虽然考得好,但也只免除一部分学费,到底如何抉择? 我决定把选择权交给孩子。

当我把各个学校的分析说给儿子时,他张口就问:"哪个学校更好,更可能考清华?"我说从概率上分析是临县的,儿子不假思索地说他就去这一个,而且态度很坚决,作为妈妈的我也选择满足孩子的愿望,但这就代表着我的肩上要承担更多的压力,也代表着儿子要独自离家求学,要离开我的视线了,我的心里有那么一丝丝的难过,虽然这几年我不能帮他什么,但有孩子在身边我还是很幸福的。但是我知道雏鹰终将飞翔,除了祝福我真的再无力给予他任何东西了。

做完决定以后,我就开始着手准备儿子住校用的一切东西。特别庆幸生在这个时代,让足不出户的我也可以为儿子置办一切,大到被子褥子,小到牙刷牙膏洗头膏、袜子内裤我都一一为儿子备好,昨天晚上,他们父子俩在我的指挥下开始忙忙碌碌地打包,我坐在那里,心头思绪万千,有心酸,有无奈,有不舍,有不安……我想如果不是这场疾病,此刻最忙碌的应该是我,开学送行的应该也是我,而如今,我却什么也做不了,妈妈这个角色这几年来我却越来越不称职,爱到无力是多么心酸和无可奈何啊。

儿子要走了,临行前走过来抱了抱我,在那一刹那我的眼泪决堤而出,儿子故作轻松地说:"哭啥啊,我又不是不回来了。"我有千言万语想要嘱咐儿子,无奈我有口难言,于是我开着轮椅转身回了房间,我害怕让儿子再看到我的眼泪和脆弱,但是我的心却是那样痛苦和无奈。

儿子,这是你第一次背井离乡,万般皆苦,求学最艰苦,妈妈也是12岁离开家外出求学,我深知那一个个披星戴月、寒窗苦读的日子是如何孤灯清影,所以我不希望你的学业有多么优秀,尽力而为就好,我只希望你能适应新的环境,你能快乐健康,黎明即起,孜孜为善,愿你像那小小的溪流,将那高高的山峰作为生命的起点,一路跳跃,一路奔腾,勇敢地奔向生活的大海……

生命的延续

作者：佩佩

　　人生一世，草木一秋。我们每个人在这个世界上的时间都是短暂的，一生中真正能做成、做出成绩的事也很少，更遑论名留青史、供后人评说了。这短暂的一生，我们应该怎样度过呢？每个人或许都有自己的答案。年轻的时候，我们每个人做出不同的选择，但真正在自己一生快要走到尽头的时候，我们会后悔自己的选择吗？我前几天看到今日头条上一个公众号分享的一个名人事例，这个名人大家不一定熟悉，他的影响力持续至今，在哲学领域他可谓是震古烁今的泰斗级人物，他就是康德。他创作了《纯粹理性批判》《实践理性批判》《判断力批判》三本著作，曾被誉名为"欧洲有史以来最重要的书"，其地位与老子的《道德经》在中国的地位一样。就这样一位伟大的人物，他这一生应该没有什么遗憾了吧？但这样一位为了工作终身未娶的伟大人物，临终时说了20个字，深深刺痛了许多哲人和普通人的心，他临终时望着自己毕生的心血——三本批判著作流下了眼泪，说了一句："如果把这三本书换成一个小孩子，该有多好！"连康德这样伟大、睿智的人物都遗憾自己没有能享受到子孙绕膝的天伦之乐，更何况我们普通人呢！

　　很多东西，我们拥有的时候不会觉得幸福，只有失去的时候才知道这样的东西对于自己的重要性。我们经常听说那种"白发人送黑发人"的事例，我就曾亲耳听说过一个熟人中年时因意外失去了自己的孩子，一夜之间头发全部变白了。从这样的例子中，我们可以略见一斑，可以说，对一个成年人来讲，孩子在他生命中的地位，是丝毫不亚于自己的事业、健康等元素的,甚至是有过之而无不及的。

假如人生可以重来,如果时间可以倒转,我一定不会像现在这样,我会好好地珍惜我的一切。算起来我瘫痪在床整整五年了,我就像那个失去了孩子的一夜白头的父亲一样,此时此刻终于领悟了健康的重要,生命是如此珍贵。因为 ALS 这个病,目前在整个世界来说,排在五大绝症之首。所以"中奖率"非常低,我至今也没有领悟,这十万分之四的"中奖率",怎么就让我"中奖"了呢?这对我来说真的是太残酷了,我一直都无法接受这个事实。因为我们这个年龄上又不上,下又不下,离我的人生目标和规划差得太远了,老天啊!我还有好多任务没有完成呢!你怎么就这样让我过上八九十岁的那种皇宫太后般的生活呢?

从医学的角度来讲,得了 ALS 这个病的人,他们的生命周期只有 3 至 5 年。几年过去了,慢慢地我也接受了降临我身上的这个既无奈又残酷的事实,因为在我人生的字典里从来就没有"认输"二字。一路走来我好强好胜,自尊自爱。虽然我是一个女人,但是我有责任、有担当,爱心满满,也能独自像男人一样撑起一片天。当我一个人独自躺在病床上的时候,我就想虽然我只有一个宝贝女儿,但在过去的那些年里,我无私地、努力地用生命托举着她的成长。在很多人的眼里认为我无法做到的事,今天我要郑重地告诉你们,如今我不但做到了,而且我的女儿终于成才了,并且是一个音乐学院毕业的高才生,在一个大城市里面努力地工作着、幸福地生活着。而这些与女儿多年来的努力都是分不开的,也证明了我的所有付出都是值得的,女儿给了我如此璀璨的回报。她也在努力为国家的教育事业做出自己应有的贡献。虽然她现在在西部支教,离我们太远,学习工作都很忙,一年到头相聚的时间太短太短,但是我高兴,并为她感到骄傲和自豪,她能生活得快乐幸福,就是我最大的满足,这种发自内心的自豪感、满足感,不亚于我赚了钱、出了名。我也没有别的要求,只希望在我的有生之年看到我优秀的女儿结婚生子,延续我的生命。

也许是上天故意和我开了一个玩笑吧,在 2018 年的时候,我离这个我余生当中最大的梦想竟失之交臂了一次。那是 2018 年的 3 月,我还记得听到女儿已经怀孕时的惊喜、激动,当时我高兴得好几天都没睡好觉。当时想着自己那时候手指还能活动自如,还可以亲手摸摸自己的孙孙,感受到生命的延续带给我的幸福。没想到2018年4月29日却来了个晴天霹雳,女儿告诉我孩子没保住,医生说是胚胎发育的问题,他们也采取了顺其自然的方式,没有刻意保胎,觉得刻意去卧床保胎说不定生出来的宝宝有很大的缺陷。当时听到这个消息,我顿时感觉眼前一黑,对老天平添了一份愤懑,觉得为什么已经对我这么不公平了,还要在伤口上撒盐,给了我希望又马上给我失望。我当时内心的悲伤,丝毫不亚于我被确诊ALS时的感受,从那以后我就深刻地体会到,生命的延续对我们每个人来说,是一件多么值得庆幸和珍惜的事。在此我也想奉劝各位年轻的女孩子,在你们年轻的时候一定要好好珍惜自己的身体,在上天给了你们生命的礼物的时候,要懂得珍惜,不要等失去了、无法再获得的时候才去哀叹和后悔!

在女婿无微不至的关怀照顾和科学规范的医疗调养下,女儿的身体很快恢复了,这次意外并没有对她的身体造成影响,她反而更加注重自己的饮食和生活习惯了。又过了一年,女儿把身体调养得更好,精神状态、身体机能各方面都很好。这次,上天又给女儿送来了一份最珍贵的礼物,我重新拾回了我的梦想——那个我魂牵梦绕、日思夜盼的希望。2019年10月,我的外孙——刘昀晞(小葡萄)出生了,我还记得女婿给我们报母子平安时我的激动,听到那个喜讯,我心里面的一块石头终于落了地,如释重负地流下了激动的、幸福的泪水。上天终于没有为我们关上这一扇窗,这个小天使为全家人带来了幸福和快乐。

2020年的春节,昀晞(小葡萄)才3个来月,女儿的身体在产后也急需恢复,我就告诉他们这个春节不用回湖南老家了。这也是我确诊ALS以来,女儿第一次没有回来过春节。除夕的夜晚,看着满屋的兄弟姐妹,我知道他们都是知道我女儿春节不能回来,而主动要来陪我们过节的。虽然自己早有了心理准备,但失落和遗憾的情绪还是不由自主地涌了出来。这时我的身体相比前几年,已经每况愈下了,特别是视力的退化更快,很多时候连颜色都分辨不清楚了。其实我的内心非常焦急,生怕看不到昀晞一面就走了,但是内心却有一个声音非常坚定地告诉自己:我一定能等到见昀晞的那一天。这天终于还是来了,8月6日这一天,我仍然清晰地记得,女儿女婿第一次带外孙回来了。尽管在视频里面见了昀晞许多次,但真正在现实中看到他的第一眼,我还是控制不住内心的激动,直接大哭了一场。这种期盼和喜悦,是我自己完全不能控制的,一年半未见的女儿,从出生到见面已经过去了接近10个月的外孙,同时出现在我身边,我怎么能不激动呢?

昀晞非常活泼聪明,饮食习惯也很好,不会惹大人烦心,比如大人吃饭他就乖乖地坐在婴儿椅上玩自己的,甚至还主动逗大人,开心地"咯咯咯"地笑,不是那种动不动就大哭一场的孩子,一天之内他那种很多小孩都有的放肆的哭声不会超过两次。他唯一的可以说有点让女儿女婿烦恼的地方就是入睡比较困难,但随着年龄的增长,也变得越来越容易。女儿女婿在家的这几天,昀晞经常直直地盯着我,然后发出天真的笑声,那是出自一个天真孩童内心的喜悦的笑声。他真像我的女儿啊!我女儿小时候也是这样活泼可爱,外向开朗。我又想起了自己年轻的时候常常在外打拼事业,将丈夫和女儿独自留在家的时间很多,女儿长大后经常说自己小时候特别想妈妈。现在以我的状况,我又不能去女儿女婿住的地方照顾昀晞,只能让他们独自承担抚养的重任。每念至此,我不禁心生遗憾:我当初要是能再多陪陪女儿该多好!我今后要是能多照顾一下昀晞该多好!

昀晞的眼睛和我女儿的非常相像,他似乎汲取了女儿和女婿相貌的优点,显得尤为乖巧和可爱。女婿喜欢开玩笑说,幸好没长成他那样的小眼睛,而且昀晞的嘴巴似乎也越长形状越好了,千万不要长成他那样的小嘴巴,又不是个女孩子,要个樱桃小嘴很不好看。看着昀晞每天茁壮地成长,每一天都出现一些不同的变化,看着女儿耐心细致地教导他成长,我发自内心为他们祝福,希望昀晞能永远带给他们开心和快乐。

短暂的一周很快就过去了,女儿女婿和昀晞也都该回家了,此次相别,又不知何时能再见!最近半年来,我的视力退化得很快,下次相见,不知还能不能"见"我可爱的小葡萄!女儿女婿回家后,我每天都会反复观看存在手机里面的昀晞的视频、照片,经常看着看着,笑容和眼泪就一起迸发了出来,既是开心的、满足的笑,又是回想起和昀晞在一起的短暂时光的心酸。女儿女婿上班也很忙,白天都是亲家公、亲家母照看小葡萄,他们也上了年纪,行动都不是很方便,我也只能在女儿女婿工作不累不忙的空当再和昀晞远程视频。每次看到昀晞开心的样子,我都会暂时忘了所有的病痛,感受到他的快乐,看着他一天天成熟懂事,我也愈加放心和欣喜。

我想我还是应该感谢命运和上天,尽管让我得了这世界上最恐怖的病,但我也通过这几年的患病经历,发现了我以前忙于工作、忙于挣钱而忽略的人与人之间的宝贵爱情、亲情、友情的闪光与感动,以及因为性格好强,过于执着于"出人头地""衣锦还乡"而忽略的人性的光辉;这种光辉是各种社交平台里面相互鼓励、相互帮助的病友散发出的,这种光辉是社会上对我们无私关爱、慷慨解囊的好心人带给我们的,这种光辉是西洞庭管委会和西洞庭管理区工会、妇联、共青团委及育才居委会对我无微不至的关怀、关爱,这种光辉是我们每个人面对困难、痛苦时内心所爆发的力量和坚持的信念,这种光辉是我们每个人生而为人的荣耀与意志。

小时候听长辈们说,人生有"三不幸":"少年丧父,中年丧夫,老年丧子。"我想我之所以性格变得这么顽强,与我在少年时就失去了父亲还是有很大关系的,我过早就经历了生活的辛酸与重担,变得独立而坚强。现今来看,尽管我得了这么严重的病,但从洒脱一点的角度来说,至少我这样的不幸也还不在长辈们归纳总结的人生"三不幸"里面,至少我还有一个无微不至、不离不弃、用尽全部心血照顾我的爱人——王星星,他才是我患病这五六年来活得最辛苦、最痛苦、最委屈的人;我也可以勉强算是个中老年,至少我还有一个优秀、懂事、孝顺的女儿和上进、努力、善良的女婿,他们共同支撑起这个家,让我骄傲、自豪、欣慰;甚至至少我还有一个活泼可爱、乖巧听话的外孙——刘昀晞(小葡萄),在他身上我感受到了生命的延续这一人类永恒不灭的精神主题,感受到了他带给我们整个大家庭的脉动、希望与活力。我虽然这一辈子没有取得什么了不起的成就,但我无怨无悔地用自己的努力和行动给予了家庭很大的支撑,在因患病而无奈卧床时,我还能感受到这么多的关怀和爱心,我内心的千言万语只能化作一句:亲爱的家人、朋友,尊敬的西洞庭区和村委会、居委会的各位领导,向我伸出援手的不知名的陌生人,所有关心我、帮助我的人,我衷心感谢你们!真诚地祝愿你们好人一生平安!

老婆,你辛苦了

作者:全心全意

病榻一年心灰灰,
坐井观天无作为。
重返社会需几日,
静待花开蝶纷飞。

卧床一年多来,能看到的外面的世界,也就是窗那么大的一片天空。每天隔窗望去,看到最多的是云彩,有的来去匆匆,有的飘忽不定,变幻着各种姿态。时而有鸟儿、蝴蝶飞过。寒来暑往,雁来雁去,听着风声,看着雨落,望着雪飘,顾盼四季,苦苦煎熬。

到了夜晚,遥望着璀璨的夜空,繁星点点,想象着科学家们一定是被这茫茫宇宙无穷的奥妙所吸引,正在不知疲倦、锲而不舍地探索追求。想到物理学家渐冻人霍金先生,病魔缠身,还能和其他科学家一样,为人类做出巨大贡献。又想起大诗人李白的"不敢高声语,恐惊天上人",充满对星空的神往,让我不禁对外面的世界充满了无尽的遐想……

檐下的蜘蛛张网以待,到了晚餐的时间,人们开始忙碌起来。一些蚊虫闻风而动,纷纷出来觅食,那些运气不好的,自然是自投罗网。这个时候,我会从心底里为蜘蛛鼓掌叫好,一是祝贺它有了收获,二是消灭了渐冻人的仇敌,就是臭名昭著的蚊蝇,因为我和其他病友一样都被它肆虐、欺凌、袭扰过,同时对这个病的残酷和无奈感到悲哀。

和所有渐冻症患者一样,我每时每刻都盼望着解冻药横空出世,然而

现实中的情况是,一直没有权威的学术报告确认有令人信服的消息,病友们只能在这无望的期待中打发时日,胆战心惊,如履薄冰。

说了这么多,其实并不是今天想表达的主题,而是个人的心境。我要写的是我的老婆。

我现在的状态是身体四肢全瘫,其他尚可。我不能上网,与大家沟通的渠道断了,因为我平时经常在网上与大家聊天,发朋友圈,突然消失了,让许多好朋友担心,通过各种渠道打探我的消息。知道这个情况后,老婆很是着急,因为家庭条件所限,本来应该买的咳痰机、制氧机等必备的救命设备还没有着落,但老婆还是决定筹钱买眼控仪,让我有事做,分散我的注意力,保持良好心态。在亲人们和爱心人士的支持下,我安装了眼控仪,打开了与外界联系的窗口。

我很快学会用眼控仪打字,老婆怕我偷懒,坚持要我写东西,我说:"我不会虚构,只能写真实的东西。"她说:"你就写我吧!"万般无奈,只好试试啦,想来想去,不会别的手法,就平铺直叙吧。

老婆两个月大的时候,父母离异,她被母亲带回娘家,后在继父家和姥姥家长大。

由于成长阶段受到这些因素的影响,老婆养成了执着、倔强的性格。到了婚嫁的年龄,因为长得漂亮,追求的人自然很多,可是她却偏偏选中了个子小且其貌不扬的我,她说我诚实、稳重、不嘚瑟。但是她家人是反对的。在她的坚持下,家人无奈,勉强答应了。婚后因为我单位不景气,工资很低,当有了第三个孩子的时候,家庭已经很困难了,老婆虽然心里着急,也只能自己安慰自己,她经常说的一句话就是:"牛奶面包都会有的。"等到最小的孩子离手后,她就开始找活儿干,赚钱贴补家用。她虽然在农村长大,但是没有参加过劳动,干什么都得从头学起,开始没有人雇,就是因为没干过。其实农村活儿没什么奥妙,肯出力,一学就会。经过磨炼,老婆渐渐成了能手,外地的来雇工都找她,主要因为她不糊弄人,活儿干得又快又好。她这个人不喜欢被别人管束。当时她有机会去学校当老师,也有机会到我们供销社工作,但是她情愿干体力活儿,而且喜欢干计件的活儿,她说自由自在,心情好。这样她挨了不少累,铲地、割地、插稻苗……农闲时,挖药材、打羊毛、采蕨菜、出摊儿、养猪,农村里面所有的活儿她都干遍了。

后来，乡镇合并，我们那儿的机关单位都先后撤了，供销社也解体了，农村的活儿都是季节性的，孩子上学也成了问题，于是我们来到旗（县）里找活儿干。她就选了烧烤店串肉串的活儿，没用多长时间就把活儿研究好了，串得又快又整齐又匀称，从来没有误过事。活儿好，脾气也不让人，有调皮捣蛋的、挑三拣四的，她根本不惯着，老板、店长都非常服气，知道她的脾气，都特别尊重她，争执不下的，都按她说的办。如果不是我这个病离不开人，老板不可能让她离开的。后来老板坚持要把肉送到家里来串，一看家里的情况才不得不忍痛割爱，临走的时候说，再也找不到这么好的员工了。

就这样，老婆转换角色，从一个女汉子，成了全职太太、护工和保姆。

这真的难为老婆了，这些年，她在外面干活儿，家里的活儿非常陌生，而且她马大哈的性格干起家务和那些细活儿，一时很难适应。有一次她去买菜，把小米扔到卖肉的摊上走了，又把肉扔到了卖菜的摊上，然后拿着菜去绞肉馅了，把人家弄蒙圈了，闹出了笑话。还有一次，她结完账下班回家，有电话打进来，接起来一看，怎么是自己打来的，原来把自己的手机落到店里，把老板的手机给揣回来了，太有才了。这样一个丢三落四的人，要做细心的护理工作，落差太大了。这个病，也只有患者和家人能够体验到它的残酷和无情，对两者都是意志和耐力的挑战。病人和家人的情绪互相感染，需要体谅、理解，首先是家人，必须控制自己的情绪，我知道老婆没少哭，但是她哭完了，很快会调整好，从来不让我看出来，心里真是苦啊。

2018年春节我确诊后，老婆比我心态还不好，急得团团转，一直坚持有病乱投医，死马当活马医的想法，听说哪里能治，就要去，幸亏儿子在检查期间就加了一个病友群，听了老病友的忠告，才没有走弯路。她一直说儿子不给爸爸治病，不孝顺，后来她也加了病友群才知道把孩子冤枉了，又让我加到群里学习，跟大家交流，结果我听到有的病友流口水，我口水就来了，我当时的心态也不太好，就退群了。想不到一个粗心大意的人，在那里学到很多知识。不过她也没少晃我，一惊一乍的，今天解冻药出来了，明天有救了，我说不要相信那些，近年内上市、临床什么的，

把每一天当最后一天过吧。她始终认为我会好起来,当然那都是美好的愿望。

看着她仅仅一年多的时间,鬓角全白,好像瞬间变成了老太婆,我心里很不是滋味。五十几岁的人,没过上一天好日子,挨了那么多累,受了那么多苦,好不容易孩子大了,成家立业了,自己都能自食其力了,我们该歇一歇了,过几天清闲的日子,谁知道我会有如此结局呀。两个人的二人转变成了单出头、独角戏,每天要照顾我的吃喝拉撒,洗漱,清理耳鼻,捶背,按摩,夜间还要翻身,挠痒痒,抹药,一日三餐,抱着上下轮椅,吃饭,打开电脑,擦眼睛戴眼镜……大小事多如牛毛,为了让我舒服,她吃不好,睡不好,真的是病人受罪,家人受累呀!她说希望能多陪伴我,多活几年,保留住完整的家。我却总是感觉没有尊严,拖累家人,不想走到气切那一步,到了那一天,她就更吃不消了,本来就有高血压。可是看着老婆坚定的眼神,似乎在说,只要我有一口气在,她就不会放弃。我很犹豫,真的很难取舍,现在只能说走到哪儿说到哪儿了,真是纠结呀!

前半辈子我们在忙忙碌碌中度过,感觉坐下来好好聊聊天的机会都没有,虽然没有大富大贵,却也衣食无忧,从来不羡慕别人飞黄腾达,自己小富即安。如今我成了"坐轿的",老婆还是拉车的。外孙女经常说,姥爷,你好像皇上,天天有人喂你吃饭,还啥也不干。现在终于有时间天天在一起,谈论的话题却十分沉重。老婆开始时的抱怨越来越少了,渐渐开始鼓励我不要放弃,即使明天是最后一天,也要把今天活好,接下来发生什么,真的谁也不知道。

最让我不忍心的,就是她白天得不到休息,夜间还要为我翻身、接尿,还有各种不舒服,从熟睡中无数次被唤醒,有的时候太不忍心叫醒她,可是这无情的病魔却一点都不让人安宁。

让老婆引以为豪的是,在她的精心护理下,我终于长了十几斤的体重,她觉得很有成就感,因为这个病高消耗营养,如果营养跟不上,一定是加快发展。看着老婆兴奋的样子,露出难得的笑容,我心里不知道是什么滋味,苦辣酸痛,五味杂陈啊。

老婆,今后难走的路还很长呢,命运对你很不公平,我对一切无能为力,只能从心里默默支持你,为了我和这个家,你付出太多了,接下来的日子,无论是甜是苦,我们都要互相勉励,哪怕是最坏的结果,我们也要承受,坚强地走完剩下的路!

> 少小夫妻老来伴
> 相扶相挽情难断
> 夫妻本是同命鸟
> 大难临头打不散

谢谢你!老婆,你辛苦了!

姥爷的小拐棍儿

作者：全心全意

外孙女7个月大的时候，因为女儿有病用药，不得不结束了母乳喂养，由姥姥照顾。经过一段时间的闹腾，孩子渐渐适应了奶粉。可是只要我在家，姥姥喂她就不吃，开始不知道怎么回事，看她总是用眼神找我，姥姥说，孩子是不是让你喂她，我半信半疑接过奶瓶，结果真是这样，孩子欢快地吃了起来，太令人不可思议了。

外孙女3岁时，平安夜收到了苹果，必须当夜给姥爷送来，女儿拗不过她，到底还是送来了，我太感动了。无论外孙女多喜欢的东西，只要说给姥爷，没有不行的。

转眼外孙女上学了，非常贪玩，就是不用心学习，老师总是找家长。因为写作业，娘儿俩天天闹得鸡飞狗跳的，外孙女没少挨揍。只要开始写作业，她不是饿，就是困，再不就是上厕所，但是组词造句却有一套，老师说用"全"字组词，她把姥爷的名字"郭占全"给交上去了。老师让按照书上的句子"小树睡着了，小溪还醒着"，模仿写一句话，她写道："我睡着了，蚊子还醒着。"够奇葩吧，是啊，女儿太粗心，蚊子经常给外孙女送"红包"。

2018年春节，我确诊渐冻症后，外孙女也说不明白，只是说："姥爷是渐冻症，我是多动症，我以后就是姥爷的小拐棍儿，扶着姥爷走路。"她还把过年收的红包送来，要把头发留起来，到时候卖了给姥爷治病。外孙女说要好好学习，当科学家，攻克姥爷的病。我暗自发笑，等你研究出来药，我八成已经变成灰了。接下来的日子里，大人给我按摩敲背、抠耳朵、挠痒痒等时，外孙女都跟着忙活，而且像模像样，擦痰的时候，还告诉别人，都

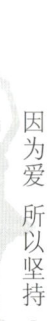

是唾沫,不埋汰。哈哈,童叟无欺呀!

外孙女还经常鼓励我:"姥爷,坚持,我还有好多东西没吃过,姥爷好了,一定给我买。"我答应她,如果我好了,不仅仅是好吃的,还要供她完成学业。

我的病情在逐步加重,外孙女也一天天长大,而且越长越好看,看见她,就是我最开心的时候。我喜欢她充满童稚的歌声,不跑调,舞台感极好,有味道,也很有天赋。昨天晚上,全家人都同意她去学唱歌。希望她长大后成为歌唱家,至于学医,攻克运动神经元病,还是算了吧,我等不起,发挥你的强项吧。

我也必须把自己调整好,争取多活几年,陪着外孙女长大。很难想象,我如果现在走了,她会悲伤到什么程度,对于她的成长影响会很大。也许其他人都会说,解脱了,天堂没有病痛,一路走好!但是外孙女不会的,她会怀念姥爷一辈子!

我想说,外孙女,姥爷的小拐棍儿,你要努力哟,不要辜负姥爷的期望,姥爷即使在另一个世界里,也会关注你的学习和成长。加油,宝贝!

你不是喜欢看姥爷写诗吗?今天就送你一首用你最喜欢看的动画片编的诗:

> 七小兄弟葫芦娃,
> 神通广大小哪吒。
> 贝塔舒克好兄弟,
> 米老鼠和唐老鸭。
> 悟空戏耍猪八戒,
> 大头儿子爱爸妈。
> 上帝赐我小天使,
> 开心笑落俩门牙。

宝贝,你天天问我:"姥爷,你爱我吗?"以前我总是回答"爱",今天我要说,姥爷永远爱你!

北国江南

作者：沙漠钓鱼

江南，长江以南，富庶美丽的水乡，千百年来无数的文人墨客、才子佳人在这片灵山秀水间留下了他们不朽的足迹和传奇。

曾经，烟雨烟花的江南一直萦绕在我脑海间，挥之不去，江南你是否与我有缘？可我从没去过江南。是白居易的《忆江南》，还是许仙和白娘子断桥上的情缘，使我对陌生的江南有了更多的期盼。不知道，江南今生我和你无缘，只能在梦中去你那儿流连。

我生长在北方，北方广袤沧桑，我的性格质朴直爽，就像孕育我成长的土地一样，我爱我的家乡，也神往遥远的南方，我梦中的江南是那样遥远，却仿佛又在眼前。江南烟雨多情愫，那么多的美丽传说，那么多的凄美爱情，谁不魂牵梦绕，谁不寻梦江南。是不是那些才子佳人的离别泪，才成为江南；是不是那些佳丽的哀怨，才成就了江南。情梦悠悠，江南的妩媚脱俗几乎令我痴狂，少女时憧憬爱情，梦想江南的爱情故事会发生在自己身上，尤其是生病以后，常想自己可能生错了地儿，身体受不了北方的水瘦山寒，如果是一年四季没有酷热奇寒、温润的江南，可能就不会得此绝症。

你，典型的北方汉子，身材高大、健硕，性格直率粗犷，笑我幼稚的想法傻得可爱，说我即使是秋香转世又一次到江南，他非唐寅，不可能去千里之外牵我的手，我的笑靥岂不白白便宜他人。

酸涩在我心中翻涌，你牵的何止是我的手，你给自己牵出了一世的负担，你说这负担甜蜜得让你在梦中都露出笑脸。

我每天一睁眼就看到你的笑脸，你细心地给我一件一件穿好衣衫，梳洗打扮，你神情专注，掌心温暖，我望着你，朦胧中你幻化成绝世的江南才子,丹青浸染水墨,在我身上画出芳华万千。

曾经向往江南朦胧的烟雨,如梦幻般飘逸,仿佛缠绵悱恻的爱情故事在里面埋藏、穿梭。

窗外细雨飞扬时节,想学古镇的丁香女子撑一把雨伞在雨中漫步。你的一句"我陪你",刹那间如霏霏细雨,润透我心田,江南雨如雾如纱,北方雨飘飘洒洒,如梦如幻的江南雨中携裹淡淡清愁,纷纷扬扬的北方雨里飘荡朵朵落红,清愁锁惆怅,落红渡暗香,一场雨,一世情,一首婉约的歌,一幅唯美的画!

你才是我的江南,你是我眼眸中最美的风景。感谢生活,让我认识了你;感谢疾病,让我了解了你。你的深情暖了我的红尘,你的柔情醉了我的幽梦,每当看到你疲惫的神情,我都想掬一捧清水,为你洗去脸上的倦容,抚平眼角的皱纹,采一缕暖阳温暖你疲惫的心房,可是我的手怎么还能称其为手,两臂就像腐朽的木桩。你明白我的心思,你说我们两个人有一双手足够,只要有你,生活再苦,心也不觉累。你的手扶我看清晨的第一缕曙光,你的手为我抖落蒲公英的小伞在空中飞扬,你的手为我细心切碎的水果如花瓣飞扬轻落盘中,冲泡的咖啡芬芳着每个午后的时光。

你就是江南,是我的北国江南,有你的地方风景无限。离不开你,江南,因为你我才对生活如此眷恋,你有父亲的宽厚和耐心,有哥哥的宽容和包容,有爱人的温柔和甜蜜,有恋人的体贴和风情,有丈夫的责任和担当。你为我病中平淡的生活打开了一扇神奇之窗,我有生以来才知道真正的爱情的滋味,才知道被人宠爱的感觉是那样美好。是你的柔情点燃了我内心的激情,我也有如火的情,我的情只有你懂。我想感受生命的精彩,站在幸福的边缘,我想融化在你的心里。我爱你、想着你时,内心充满了愉悦,觉得自己的生命有了价值,活着有了意义。我喜欢你温柔甜蜜的话语,喜欢被你娇宠,喜欢被你疼爱,喜欢被你呵护,喜欢静静地依偎在你怀里。

你是我的江南,上苍给了我一个别样的江南,你许我一世欢颜,与我同唱一曲红尘永相恋。江南就在我身边,我每天都枕着江南的臂弯,感知江南的温存,什么平湖秋月、渔舟唱晚,沈园的木棉芬芳了谁的诗篇又与我何干,你才是我一世的木棉,我像攀缘的凌霄花,亲吻你的额缠绕你的肩,日日与你同生共眠。爱你,我的北国江南。

怀念父亲

作者：沙漠钓鱼

父亲是山，伟岸的身躯为我遮挡风雨；父亲是天，挺直的脊梁为我撑起朗朗晴空。

亲爱的父亲，今天是您的忌日，您离开我们整整一周年。今又重阳，往年这个时节，您会挑几盆盛开的菊花置于家中，"重阳唯有菊可赏，黄花陪君度秋光"的画面已成追忆。天堂的父亲，今日可有人为您斟满菊花酒，可有人为您端上重阳糕，阴阳相隔的父亲，想起这些我的泪水悄然滚落。老父亲，三百六十多个日夜女儿没有停止对您的思念，多少次您苍老的容颜在我梦里出现，多想挽着您的臂弯，奈何我已然不能抬起无力的手，只能任由您头顶稀疏的白发越飘越远。

怀念我的父亲，过去流逝的岁月像一部回放的电影，清晰的画面一幕幕在眼前出现。

父亲身材高大，有一身好手艺，车、钳、电、铆、焊，无一不精，有一双巧手，无师自通的哥哥也是遗传了您的基因。我很小的时候，记得您经常被请到周边的县、市工作，少则几天，多则数月，我那时还穿着母亲做的红肚兜睡觉，红肚兜上有母亲手工绣出的五毒图，我不爱穿，看到上面栩栩如生的图案会害怕，每次都是奶奶和母亲连哄带吓地给我穿上，说什么小孩子穿着辟邪、百毒不侵、不会生病。有一天在睡梦中觉得周身热烘烘的，心里怕极了，以为红肚兜上的蝎子、蜈蚣在咬我，我用力扭动身体，耳边却传来您的声音："老闺女醒了。"我睁开眼才明白是枕着您的臂弯，睡在您的身边，您是在承德干完活儿，一路风尘仆仆，夜里赶回了家。早上您送我去幼儿园,给我拿了一个肉烧饼和鸭梨,20世纪60年代末,人民的生活贫困,物资奇缺,很少有孩子能吃到这样的食品。我上幼儿园只有短短几个月的时间,因为不知何故,村里停办了幼儿园,我短暂的幼儿记忆只有父亲温暖的大手,只有烧饼的香,只有鸭梨的甜。

我们兄弟姐妹五个,只有我能独享您的爱,那时候经常有工作组来村里指导工作,他们的伙食被轮流安排在每家每户,轮到谁家,生产队长会提前通知。那个年代,家里来客人时,一般情况下,只要男主人作陪,家中的妇女、孩子要等客人吃完,才去吃那些剩饭。工作组的成员被视为尊贵的客人,受到各家的敬重,礼节更不能马虎,唯独在我家出了例外,因为小小的我会大模大样坐在爷爷和父亲的身边,陪他们一起吃饭,吃的是高粱米和大米掺杂在一起的二米饭、白菜炖豆腐,还有炒鸡蛋,然后去屋外拍着吃饱的小肚皮和哥哥姐姐炫耀。感谢您,我亲爱的父亲,是您的骄纵和宠爱,才有了我一身的傲骨和倔强自信的性格。

您在文化宫上班时,电影院的看门人都和您熟悉,您的朋友经常要您领他们看免费的电影,很多时候您会带我一同去,母亲央求您带上哥哥,您不说话,只板着脸看母亲,母亲便不再出声。长大后我明白,您带我去是因为女孩乖巧听话,如果带哥哥去,男孩子顽劣的天性使您无暇顾及。您带我去看过很多次,唯一印象深的是芭蕾舞剧《红色娘子军》。回到家里,我扶着炕沿,踮起脚,学里面的红军女战士。您在群艺馆上班时,经常带回一些废弃的书籍,书的种类繁杂,10岁左右的我专门挑有故事情节的书看。正是从那个时候起,我养成爱看书的习惯,也是那个时候,我看完了第一部长篇小说《欧阳海之歌》,里面好多生字我并不认识,可书中蓬勃向上的精神风貌同样令我幼小的心脏驿动。

亲爱的父亲,震后第二年,人们还都住在抗震简易房里,您买了一台黑白电视机,屏幕只有九英寸。您是村里第一个买电视的人,在以后很长的时间里,一到晚上,狭窄的房间便挤满了来看电视的街坊,我就是在那小人书般的电视里看了罗马尼亚电影《沸腾的生活》,正是电影中美妙的旋律令我对音乐痴迷,大海的波涛声、海鸥的鸣叫声,三十多年后依然在我耳边萦绕。感谢您,我亲爱的父亲,是您无意间的行为养成了我爱看书、爱听音乐的好习惯,看书增长知识,听音乐洗涤心灵,音乐和书籍让我用美好的心态感受生活,用美好的心态对待生活。

亲爱的父亲,您浓浓的父爱陪我一路成长,走过那纯真的年代,难忘那幸福的时光,我快乐无忧的童年。

亲爱的父亲,感谢您给了我生命,感谢您给了我骄人的容颜,感谢您用深沉厚重的父爱养育我成人。

亲爱的父亲,自从我生病以后您哭过多少次。您心里清楚,病在我身上,疼在您心上,您的双手因痛风骨关节肿胀变形,吃饭已经很费力,您还哆哆嗦嗦地为我择蟹黄、蟹肉,为我剥皮皮虾身上长长的虾籽。您脸上的皱纹写满曲折,头上的白发诉说着艰辛,想起这些点点滴滴,女儿我泪水凄然。

亲爱的父亲,您在巍山长眠整整一周年,巍巍青山不能阻挡您遥望家的视线。您希望我的母亲晚年幸福,希望我们兄弟姐妹团结和睦,希望我们各自的小家庭生活富有。

亲爱的父亲,您喜欢饮美酒、品海鲜,您对酒当歌,饮尽抑郁,释放豪迈,微醺中忘却红尘的烦忧。如今看着家中整箱堆放的美酒,看不到您自斟独饮的画面,也不能亲手将美酒洒在您的墓碑前,我心痛如刀割。

亲爱的父亲,女儿希望您在天国是逍遥自在的酒仙,日日与太白对酌,夜夜与刘伶豪饮,愿美酒佳酿与您常伴。

永远怀念您,我亲爱的父亲。

一场渐行渐远的修行

作者：小乔

一直以来我都很喜欢《目送》里的一句话："我慢慢地、慢慢地了解到，所谓父女母子一场，只不过意味着你和他的缘分就是今生今世不断地在目送他的背影渐行渐远。你站在小路的这一端，看着他逐渐消失在小路转弯的地方，而且，他用背影默默告诉你，不必追。"所谓父母与子女一场，最后就是，不必追。

想想"父母"这个词，内心很有感触。说起它，谁都明白父母是什么意思，可多年以后的今天，忽然又不敢说我真的懂何为"父母"。尤其我在生病之后觉得父母从来没有真正被懂得、被重视、被珍惜，内心都是亏欠。现在我唯一能做的可能就是尽可能地欺骗她们，说我安好，不用挂念！

这些年，父母随弟弟在深圳生活，我留在内蒙古上班和生活。一直都在互相思念彼此，一般都是聚少离多。一方面我这边有自己的小家需要照顾，另一方面离得太远，好几千公里的路程让我和爸妈每次相见都不容易。记忆里，每次匆匆忙忙来去，最不忍回头望见的就是爸妈偷偷抹泪的模样。那一刻，我心里有太多的不舍和亏欠啊！这些年每次自己坐在飞机上，看着天空下渐渐模糊的陆地，想着爸妈在那里等我再回去，是那么不舍得……活在世界上，最爱你的人，就是父母。你的妻子/丈夫可能会跟你分开，你的孩子可能渐渐远离，但只有你的父母，是一生中最割舍不了的人哪。

爸妈一辈子平凡而普通。妈妈在我小学四年级那年得了乳腺癌。那次家庭的变故，让我一夜之间长大了。我带着小自己一岁的弟弟从不会煮方

便面到能包饺子,我们瞬间长大了。最争气的是我和弟弟都以班级第一的成绩回报他们,妈妈说开家长会是她最高兴的时候。记得妈妈去做手术的那些日子,我和弟弟最害怕的就是妈妈死了怎么办,我们没有了妈妈怎么办。就在那份担心中,妈妈挺过来了。回到家的妈妈因为放疗、化疗,头发没有了,虚弱地躺在床上,那一刻我就想,只要妈活着就行。晚上睡觉的时候,看见妈妈因为三十年前手术技术不成熟,被割去了一个乳房连着乳房旁边的所有血肉,我又怕又心疼。妈妈却说不疼不疼,就这样妈妈每天坚持锻炼,奇迹般地康复了。这些年爸爸妈妈相濡以沫,还有妈妈的乐观坚强让我们这个家一直紧紧相拥。

父母一辈子操劳,并没有多少积蓄。爸爸是普通的工人,妈妈是家庭主妇,但这些年他们都努力供我和弟弟上学。还记得每次上学的时候,妈妈都会起得很早,给我煮我最爱的酸菜馅饺子。这些年一直都没落下过,哪怕我是早上5点的飞机,妈妈依然凌晨3点起来给我包饺子。

今年年初,妈妈因糖尿病足溃烂住院。那时的我左手已经没有力气,说话费劲,可我硬撑着护理了妈妈一个月。我每天给妈妈送饭,给她洗头洗澡,虽然做起来很吃力,但一个信念支撑着我:妈妈这个时候需要我,我是她的依靠!自己反而特别感激那段时间,让我和妈妈一起相处的时间长一点。她总是让我歇一会儿,让我睡在她病床旁边眯一会儿。那段时光虽累但暖。

没想到几个月后,转换成我需要妈妈给我洗澡了。妈妈老了,古稀之年的她瘦瘦的,一个劲儿地说:"手没力气,妈给你搓搓吧。"当她一下一下吃力地擦着我的身体,我心里难受,不忍心让她这么大岁数还伺候我,看着她用手术后这些年不敢太伸的臂膀一下下擦洗我的身体,我于心不忍啊。妈妈力气不大但擦得仔细,一会儿额头就浸满汗珠了。我一想到以后妈妈还得喂我吃饭穿衣,伺候我从小到大了,到老了还要伺候我……心里太多的苦涩伴着浴室的蒸汽涌上心头,泪水顺着脸颊滑落。

是啊,我不怕死,也不想自己那么短暂的人生,这么痛苦地活着,可我怕拖累我的老爸老妈,拖累我的家人,心里的酸涩和痛苦在心里无处安放。

就在上个月临回内蒙古的前一晚,爸爸说:"孩子,不要怕,心态好病就能好。爸妈你不用惦记,这边有你弟弟照顾呢!自己放心养病,什么事都没有你的健康重要。需要用钱和老爸说,什么都……"那一刻我泪流满面。本该和弟弟一起孝顺他们的时候,我却成了他们最惦念最放心不下的孩子……

爸妈,对不起……下辈子我好好伺候你们,还做你们的闺女行吗?!此刻,泪流满面……

给儿子的寄语

——渐冻人父亲写给年幼儿子未来成年礼的一封信

作者：心灵

致儿子：

　　桃李不言，下自成蹊，这是你名字的寓意。名字是你妈妈给取的，你妈妈是很有内涵、很有才华的女人，你要好好爱妈妈，尊重她，做个孝顺的儿子。

　　一晃你4周岁多了，上幼儿园大班了，因为爸爸生病，各种医疗器械如呼吸机、咳痰机、护理床、制氧机等占用了房间，加上爷爷奶奶在家护理爸爸，咱家50平方米的房子几乎没有你学习的地方。没办法，为了让你健康成长，你无法在家附近的幼儿园入园，只能去姥姥家附近的幼儿园，由姥姥照顾，辛苦你姥姥了，你一周只能回来一次。我还清晰地记得，你在去姥姥家前，你姥姥让你和我说说话，你摸着我的手让我好好养病，听爷爷的话，让我觉得我应该给你留下点什么。也许，在你的记忆中，爸爸是一个病人，没给你带去快乐的童年，没有尽到父亲的责任，对你妈妈我更多的是感恩和内疚。我的疾病，让她从一个小女人变成了一个女汉子。所以，你要好好对妈妈，她太不容易了。

　　爸爸的身体，一天不如一天，如今已经气管切开，到了疾病晚期。你和你妈妈是我活着的精神支柱，让我在忍受病魔折磨的时候，心里有个意念，就是坚持，咬牙坚持住，看你慢慢长大。你妈妈曾和同事说过，我在，家就在，让我很感动。

疾病是无情的,也许爸爸在你记忆里是模糊的,也许你以后通过妈妈,通过其他人,通过照片,能对爸爸有个印象,但你对你的爸爸,也就是我的思想、我的内心、我的经历,并不一定能知道,所以,我觉得我不能每天养病除了看电脑,就是睡觉,我要给儿子留下点什么。我要给儿子写一些嘱托和爸爸的人生回忆录,我写好后会发给你妈妈,在你18岁生日的时候给你,让你全面了解爸爸,以及爸爸对你的一些嘱托。

爸爸希望你不一定学习多好,但一定要善良、正直、有头脑,听妈妈的话,走好人生的每一步,做个有责任感的男子汉。爸爸祝福你,相信你一定可以,因为你是我儿子,加油,你刚刚4岁,以后的路还很长,相信你一定会有幸福的人生。

寄　语

关于出身。一个人出生在什么家庭,父母是谁,这是改变不了的。所以,要面对现实,通过自己的努力,改变家里的生活,而不是去抱怨自己不如一些人过得好。俗话说,英雄不问出处,也就是这个意思。我相信,我的大儿子,有面对现实的勇气,有克服生活困难的决心,何况你还有个爱你、疼你的妈妈,相信你不会因为以后父亲不在身边陪伴而自卑,爸爸相信你能行。

关于学业。学习成绩目前是衡量一个学生好坏的很重要的指标之一。素质教育提了这么些年,依然改善不大。这也是中国教育的一个悲哀吧。我希望你能全面发展,有特长,头脑灵活,文化课成绩不太差就好。你18岁,应该是高三或者大学,你那时候的大学如何,我不清楚。但如今的时代,更多是靠个人能力,而不是说,你大学学习成绩好,以后就会有个好工作,学习差的以后就过得不好。学习成绩,只是衡量一个人的标准之一,而不是唯一的标准。我的很多同学就验证了这个道理。

关于友情。友情必不可少,人生得一知己足矣,患难见真情。以我的经历来说,我的朋友都是经过考验的。尤其是童年伙伴、同学之情、战友情一类,比进入社会以后结识的朋友更真。朋友分三六九等,有几个要好的就可以。朋友贵在精而不在多。我这一辈子,朋友都很给力,你妈妈知道。我交友的原则,以心换心,别人有事情你尽力帮助,他们会记得,同样,当你有事他们也会义无反顾帮助你。希望你能结交一些性格、爱好、脾气相似的好友,毕竟,独生子女,有朋友,生活会更丰富一些,关键时刻,也有朋友的帮助和关心。

关于爱情。爸爸的初恋,在长春上学时,有点朦胧的感觉。你妈妈后来在你奶奶家看到过我学生时代的东西,发现了一个女孩的照片。哈,你妈妈就说我以前有对象,把我弄得脸通红。后来,参加工作,认识了你妈妈,然后结婚。3岁看到老,你这么大,出去就被人夸,可以说你是龙岗小明星,人见人爱,你见谁都笑眯眯的,还有酒窝,长大以后,也是帅哥一个。你以后,估计也会有人追求,或者有爱慕你的异性。爸爸希望你以学业为主,友情为主,和异性同学交往别想太多,毕竟你还小。爸爸希望你考入大学后,再开始谈恋爱,对于恋爱的对象,多了解,多接触,别轻易确定关系,别做一些不该做的事情,做个有责任的男人。毕竟,爱情不等于婚姻,希望儿子你谈恋爱树立良好的爱情观,珍惜你的恋人,也相信你会做好的,有事情多和妈妈沟通,爸爸相信你。

关于就业。14年以后如何我不一定知道。一个人如果有一技之长,到哪儿都有饭。也许爸爸的思想陈旧,爸爸希望你以后能有个稳定的工作,体现人生的价值。

关于婚姻。结婚,是人生的大事,你的爱人,你一定要多了解,人无完人,都有优缺点,彼此能够包容、宽容就好。结婚,不是两个人的事情,是两个家庭的,所以对待婚姻要慎重,多听你妈妈的意见。一旦确定要和她步入婚姻的殿堂,就要做个有责任、有良知的人,别拿婚姻当儿戏,毕竟结婚后,两人要共同面对未来的人生,携手度过余生。同时,我也希望你尊重你的妈妈,我赞成她以后再婚,你要好好听话,我相信,你也不会反对的。

关于困境。人生,都会有低谷,面对生活的困境,你如果不坚强,没人为你坚强。人们同情弱者,但更欣赏逆境中能够自己独立、自强的人。这一点,你妈妈是榜样,面对困境,不等不靠,自强做代购,让你的爸爸我能有钱吃各国药物,有各种设备用。你的妈妈就是榜样、楷模,身边的人都佩服她。爸爸希望你的人生一帆风顺,但如果碰到不如意,一定要自己开导自己,除了生死都是小事,坚强、勇敢地面对人生对你的考验。

关于亲情。可以说,血缘关系谁也改变不了。我是我这一辈唯一的男孩,我没有重男轻女的思想,没有顽固不化的封建家族意识,所以给你起名字没按家谱。你现在很聪明,爸爸、妈妈、姥姥、姥爷、爷爷、奶奶,叫啥名字你都能说出来。你记住,每个亲人对你都很好,只不过表达方式不同。你姥姥他们家,对你非常疼爱。你爷爷奶奶也很关心你,但他们不善表达。我希望,你以后能看重亲情,别因为我的离开,和爷爷奶奶这边的亲属断了联系,珍惜亲情。

其实,还想写一些什么,但又不知道如何下笔,以后如果身体允许我还会写一些留给你。我不知道你长大后,爸爸留给你的是什么印象,只希望你以后独立、坚强,听妈妈的话,有个美好的人生。最后,别怪爸爸不能陪伴你,这不是我的本意。爸爸永远爱你,言蹊。

——爱你的爸爸

假如我的生命可以重新来过

作者：徐亚洲

假如我的生命可以重新来过……

我一定会更加疼爱我的父母，本可以安享天伦的年纪却还在默默地为我受苦。老爸总是抓挠着满头白发、紧锁着眉头，每天总有他操不完的忧和愁。老妈弯着腰、驼着背，迈着蹒跚的步伐，每天按时为我端来喷香的饭菜，而饭菜总是那么可口。你们无微不至的关爱真的是让我深深体会到可怜天下父母这颗火热的心啊，你们为我所做的一切的一切更是让我感到我依然是老爸老妈心头上的那块肉。

世间爹妈情最真，
血泪融入儿女身。
熬尽血泪终为子，
可怜天下父母心。

假如我的生命可以重新来过……

我一定要更加好好疼爱我的老婆，本该为了我们的儿女和幸福小窝拼命打拼的年纪却只能默默守候在我左右。岁月无情的磨炼让你瘦弱的身躯更加坚强，深感痛苦的我让你脸上增添了许多忧和愁。多少次看到坚强的你在背后偷偷地为我流泪，又有多少次看到你脸上洋溢着幸福的暖流。你无微不至的关爱，还有每时每刻的守候，让我深深感到今生一路走来不悔和你手挽手，因为今生你就是我的所有！

假如我的生命可以重新来过……

我要更加好好疼爱我的儿女,本该撒娇的年龄,因为我的病,你们学会了坚强。是我把你们带到这个美丽多彩的人间,而我却没有亲自将你们引入人生的征途。你们幼小的心灵所受的每一次磨炼都让我感到惭愧直到永久。不管未来你们的人生如何辉煌,我只希望你们能够平平安安、堂堂正正,做个努力拼搏的社会主流。请记住,你们永远是爸爸妈妈的心头肉。

假如我的生命可以重新来过……

我一定还会回到父老乡亲左右,因为我的根就来自你们之中,是你们的陪伴才使我人生的成长变得更加奋勇。深更半夜你们再也不用焦急地呼喊,因为我会时刻陪伴在你们左右,我会更加努力地与病魔搏斗,因为你们的安康是我今生不悔的守候。

假如我的生命可以重新来过……

我会更加爱你们,我的那帮老同学,还有昔日的老朋友,今生很荣幸能够认识你们,是你们让我的人生活得更加多彩自由。是你们在我最困难的时候为我伸出大爱援助之手!衷心感谢今生能够认识你们,我会默默地为你们祈祷和向上天诉求幸福平安,更深深地感恩遇见你们每一位。

假如我的生命可以重新来过……

我依然要决心加入中国共产党,因为只有在这个大家庭中我才真正懂得我的人生的去和留,徜徉在党的洗礼下,让我脱胎换骨,使我真正感到共产党人才是我精神的楷模。这里互相帮助、互相爱护,处处洋溢着感人的暖流。我会为您自豪,我会为您呐喊,我更会感到成为您的一员而无比光荣!因为是您给了我勇敢坚定和顽强不灭的信念,使我面对困难甚至死亡都觉得无所畏惧!

我和仇先生

作者：雨涵

朝花夕拾。

我与仇先生相识、相随、相伴已30余载。那些曾经的点点滴滴，并没有随着时间的流逝而变得暗淡。记忆深处的往事，清晰得无法忘怀。在我们结婚28周年之时，我用文字略表对仇先生的感恩，以示对我们共同生活的纪念。

相　识

仇先生，湖南生、湖南长的广东佛山人。我是湖南生、现定居佛山的湖南人。那一年，在湖南攸县，上天让我与仇先生相遇。我们都是化工部湖南化工机械系统下属单位的职工，只不过我是技工学校的老师，他是化工机械厂技术科的技术员。正值男婚女嫁的年龄，年长的同事就从中撮合从未谋面的我俩。说实话，当时我并没把此事放在心上，因为追我的人实在是太多了。他的好朋友知道后挺热心的，主动请缨代他来我校了解情况。这位朋友在我不知情的状态下，在学校转了一圈，还向其他老师了解了我的情况。事后同事告诉我说有人来了解我，我听后还没当回事。因为在当时类似这样的事儿就像家常便饭一样，不值得我太在意。过了两三个月之后，我从同学嘴里得知有人说我"被化工机械厂技术科的那个技术员踢了"，当时我很生气，未曾谋面何来谁踢谁啊？况且从来只有别人追我，岂有别人踢我之理！我猜想肯定是他在外面为了抬高自己而胡说八道，我把这笔账记在了他的头上。我咽不下这口气,我决定写封信问问他为何要这样说。信很快寄出了。几天后传来消息,他要亲自过来跟我解释。我摆出了一副兴师问罪的姿态,心想让你知道知道胡说八道的代价。仇先生来了,他长了一副娃娃脸,书呆子气十足。不知为什么,我吵架的劲儿提不起来了,但是从心里说,他根本不是我喜欢的类型。我礼貌性地听他解释,心里盼着他早点走,临别时他问我什么时候再见面,我回答以后再说。一周后他厚着脸皮又来了。就这样,我们慢慢地开始交往了。后来我才知道,当时,他厂里的"五朵金花"之一,正在可劲儿追仇先生,听到了我的信息,那朵花担心仇先生跟我好故意这么散布的。仇先生告诉我说,他朋友从学校了解了我的情况回去后对他说:"那女孩长得一般。"他也在厂里宣传窗见过我的照片(那张照片是我当选学雷锋标兵时厂里放在宣传栏里的,胖乎乎的,像个傻大姐),因此他相信了朋友的话。仇先生收到我的质问信后,见我写得一手漂亮的字,还有非常有个性的文字内容,加上宣传窗里介绍我数学好,他认为女孩子数学好肯定聪明,所以决定以"解释"为名过来一探究竟。仇先生还告诉我说,没想到见面后看到的我不是宣传栏里的傻胖大姐,长得还是相当漂亮的,当时他就动心了。就这样,我们谈了三年的恋爱。

相　随

1989年5月14日,我们结婚了。婚房是我们学校的学生楼单间,我上班很近。于是,我责无旁贷地包揽了几乎所有的家务,甚至我离家外出都会为他准备好饭菜。但是,不和谐时常有。由于我与仇先生性格反差很大,我急他缓,我好动他爱静,我爱开玩笑他榆木疙瘩一个,我爱交际他爱在家看书。按现在的说法是"互补型"夫妻,但是千般万般的不如意时常从心底冒出。我发誓要改造他,让他成为第二个我。所以我经常找他的碴儿,动不动对他吼叫,冲他发脾气。然而,沉稳的仇先生两耳不闻窗外事,一心只读圣贤书。通过近30年的改造,他仍然是老样子。反而是我在老天爷的安排下逐步受他的影响,越来越像他了。两年后,我们的儿子出生了,这可是苦了仇先生。原本不善家务的他,笨拙地忙里忙外,精心照顾我和儿子,从早上5点忙到晚上12点,屁股连凳子都没沾过。我心痛得啊,眼泪都流出来了。谁说他不会做事啊,关键时刻多亏有他。脏活都是他做的,儿子的屎尿片都是他包了,儿子吃剩的饭菜也都是他包了。他就是这样一个不善言辞、实实在在的人。儿子9个月大的时候,我们随他父母调动来到了广东佛山。对未来充满憧憬的我满怀对新生活的希望,谁知到地方一看我的心拔凉拔凉的:厂区到市区有七八公里,路两旁都是农田,陶瓷厂运泥土的车飞驰在马路上,尘土飞扬,厂区还没学校大,厂房破旧不堪,规模更是不能与他们3000多人的厂子相比。尽管这样,一个月之后,我还是在新单位上班了。我们的家安在厂里分给我们的一室一厅抬头就见瓦的平房里。屋前屋后无遮无挡,夏天从早晒到晚,房子里像蒸笼一样,根本无法休息,儿子每晚因热哭闹到半夜2点才能入睡。厂里安排我到车间实习,每天工作8小时,中午只有1小时吃饭时间,我每天中午还得回家做饭。当时,婆婆白天帮我带孩子,晚上由我们自己带。疲惫的我头痛病犯了,每天下午4点会剧烈疼痛。我再也忍不住了,开始不停地埋怨,几乎每天都粗口骂仇先生,有时甚至是歇斯底里。遇到我发火仇先生从来不作声,可能是他觉得内疚,所以总是谦让着我。这些只是工作和生活上的困难,还能忍耐。经济上的拮据,压得我们无法喘息。都说树挪死人挪活,为什么偏偏我不是!为了生计我天天逼仇先生外出打工挣钱。每当此时,仇先生都低声说:"我现在翅膀还没硬,去哪儿打工还不都一样。"话音未落,他又捧起了他的书。说服不了他,我就自己出去找工作。工作找好了我没勇气去,因为那是乡镇企业,父亲要我慎重考虑。毕竟我所在单位是国有企业,我没能跳出俗套,只有努力工作,等待时机。

半年后机会来了,厂里通知我考会计上岗证,并将我安排到中外合作公司做出纳。工作稳定了,收入增加了,我的心情也随之好转起来。我非常珍惜这份来之不易的工作,我努力学习、勤奋工作,一年后转为正式会计。记得那会儿我得意扬扬地问仇先生:"假如我没进公司,你会不会出去找工作?"他回答的还是不会,他说:"钱够吃够用就行了,关键是有时间看书不断充实自己。"他这样说,也是这样做的。我们虽然收入不高,但遇上亲戚朋友有困难,仇先生都会倾囊相助,从不吝啬。功夫不负有心人,十年后,仇先生拿到了他所从事行业的高级技术职称和所有专业资格证,跳槽去了香港独资公司。此时,他对我说:"现在才是水到渠成的时候,出去早了没人认可不值钱。"目前,仇先生担任两家公司的技术负责人。

相　伴

俗话说,"夫妻本是同林鸟,大难临头各自飞"。我病了之后,仇先生他没有飞,他守护着他的残鸟,始终如一地陪伴我度过余生。仇先生出去工作的同年我发现自己身体出问题了,第二年我被确诊为肌萎缩侧索硬化症。刚确诊时,我接受不了这个残酷的现实,觉得天要塌了一样,濒临崩溃。但是仇先生却好像若无其事,漫不经心。当时,我不禁感到一阵心寒,恐惧、慌乱充满我的神经,无形中也加重了病情。直到有一天,仇先生下班后迟迟未归,那阵恐惧感再度袭来。于是,我带着些许愤怒打电话给他。可是他说还在外面出差,一时半会儿回不来。我听后彻底爆发了,冲着电话大发雷霆,说家里有人快死了你还有心思在外不回来!说完立马挂了电话大哭了起来,连同这几个月所忍受的委屈和不满,全部发泄出来。不知道什么时候,仇先生回来了。他非但没像以往哄我,反而狠狠地批评我说:"什么家里有人快死了,你不是还好好的吗?你这样吵真的会折寿的,为什么不好好地过,人都会死,只要活得有意义,管它能活多长时间。你要坚强地活着,儿子还小,需要你,这个家需要你。"仇先生的态度让我吃惊:他的话听起来是有些不近人情,但把我彻底吼醒了。从此之后,我不再害怕疾病,不再恐惧死亡了。随着病情的发展,我不得不病退在家,工作没了,收入也没了,儿子还在上高中,家里经济捉襟见肘,此时的仇先生显露出男子汉的本色,挑起了家庭重任,又跳槽去了条件更好的民营企业,周末才能回来。在分开的日子里,我每天都扳着指头过日子,天天盼着周末早日到来,而仇先生对我也是从未有过的牵肠挂肚,一天一个电话嘘寒问暖。

2013年,仇先生被派往兰州工作,和我相隔近3000公里。仇先生对久病的我很是不放心,人离开是生活无奈,心留下是立家之本。他为了让我踏实,决定尽快将我接过去。该启程去兰州了,临行前,平时木讷呆板的仇先生把要处理的细节用纸条记录下来,一共罗列了23项,然后全部安排好后才出发。细心至极,我都不一定能做到。仇先生如此细腻之心让我对他刮目相看,心里感恩至极。

2013年7月我们结束了分居的日子,但是新的矛盾又来了。仇先生没在家时,我害怕得罪保姆,担心保姆撂挑子,所以我对保姆会客客气气。但是对仇先生,我就很挑剔,经常发无名火。得病时间长了,肌肉萎缩得厉害,背上和屁股基本没肉,睡觉要求特别高,背上衣服要捋平,冬天被子不能太重,为了保暖,被子要将脖子捂好,松了会冷,紧了会喘不过气来,必须反复很多次,仇先生总是不厌其烦地帮我,直至我满意为止。有一次仇先生帮我穿袜子,因没穿正我对他又吼又叫,还用脚踢他,仇先生无奈地走开了。我没有解气,开始使用女人的法宝——哭!这次仇先生是真的生气了,我哭,他也不理我,最后我只有耍赖,朝他喊:"你不理我可以,你把手机给我,我打110求助,告你虐待我。"不知仇先生是被我的话吓到了还是同情我,他笑着向我走来,边走边说,恶人先告状,好了不虐待你了,同时帮我把眼泪擦干净。我对仇先生的任性和无赖,有一次连儿子也看不下去了,他开玩笑地问仇先生:"老爸,老妈对你这么厉害,为什么不休了她?"仇先生说:"我能有今天多亏了你老妈,当年如果不是你老妈撑起这个家,我就得出去打工,就不能安心攻学术,也就不会有我的今天。"我当时很感动,我只是做了一个妻子所能做的分内事,但仇先生却记在了心里。仇先生就是这样一个懂得感恩的人。

回首往事,我和仇先生虽然没有举案齐眉的生活,但是却有相亲相爱的过往。仇先生,有你真好!你用你的臂膀、你用你的担当,为我撑起了一片天,让我的人生不再有遗憾。我不求别的,只求我的病发展得慢点,再慢点,让我多一点时间陪伴你,让我依偎在你的怀里慢慢地聊,而你依然把我当成你手心里的宝!从认定你那天起,我就把身心给了你。但是,我在你那里得到了太多太多的爱,和你给予我的用心呵护相比,我自己能做的太少太少了。那么我们说好:我的今生由你来爱,来世换我来呵护你可好!感谢我的岁月中有你,亲爱的仇先生!

辑三

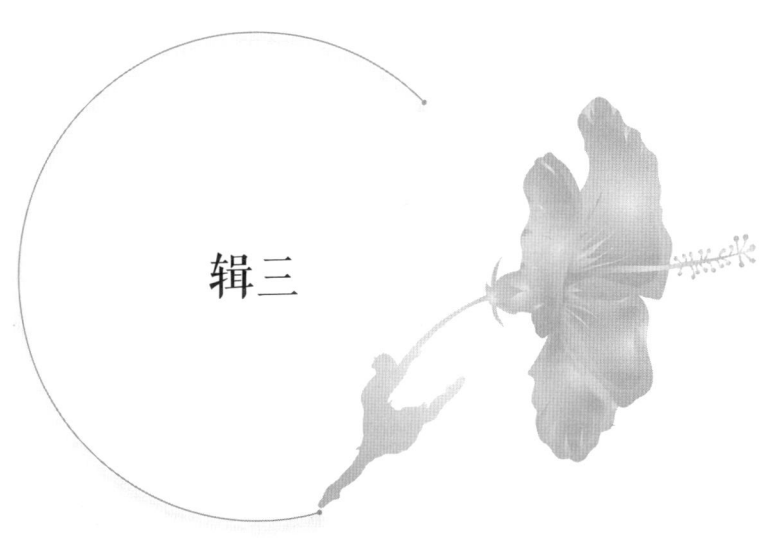

时光在摇曳,流年已辗转

携一缕花香,守一份安然

只想用笔尖的墨韵

将往事搁浅

让心海的记忆依旧

在季节里吟唱

将思绪随记忆深藏

那抹心底的暖意

便是岁月沉淀的芬芳

渐冻人生命中的浪漫

——记钢铁战士王甲

作者：暖禾

一次机遇巧合，在单位领导的引荐下我认识了社会好心人虹妈妈，她便是默默支持渐冻人代表王甲十多年的幕后英雄。一次咖啡厅的促膝长谈，让我了解了王甲的英雄事迹。

一般来说，"英雄"只用于歌颂为人民利益而英勇奋斗、令人敬佩的人。但在我心里，王甲故事的震撼力绝不亚于任何一个英雄。因为我也是渐冻人，我了解这十多年一路走来需要多大的勇气和意志力，甚至是常人所不可想象的承受力。十年磨一剑，磨出了像王甲这样钢铁般的战士。对王甲，我除了钦佩就剩仰慕了。

走出咖啡厅的当天晚上，我便上网把王甲的相关资料浏览了一遍，果然名不虚传。生病前，他是一名年轻有为的平面设计师；得病后，他依然用仅能动的一根手指来操作鼠标，为很多知名人物和活动设计精美的海报。十年抗病期间，王甲先后写过两本书，《人生没有假如：一个渐冻人的悟与行》与《不可阻挡：用眼睛书写生命》，还在宋庆龄基金会的帮助下设立了首个国内以渐冻人个人名义命名的"王甲基金"，用于帮助更多的患者。

最近，阅读王甲的微信朋友圈和微博，我猛然发现，他近期竟然在网上卖口红并且有恋爱的迹象！对渐冻人来说，从商、恋爱是不可思议也不敢想的两件事。渐冻症困扰了他长达十二年，每天和各种机器形影不离，他竟然还有这番闲心和雅兴来做这两件事,真不愧是具有浪漫主义情怀的钢铁战士!

出于好奇心,我采访了王甲的父亲。原来,王甲卖口红纯粹是为了帮助他的资助人虹妈妈。这引发了我新的思考——渐冻人可以在高速发展的网络世界再就业,寻找到新的立足点和社会价值。因为,渐冻症患者仅仅是被"冻"住了身体,他们有思维、有情感,有比健康人更加敏锐的感觉。他们不是医学意义上的植物人,他们尤其渴望亲情和爱情。病魔夺走了他们爱的表达能力和权利,可是,爱情对于渐冻人而言,绝对是一件奢侈品。因为他不仅口不能表达爱意,身体不能和爱人相亲相爱,还成了他所爱之人的包袱和累赘。

王甲却冲破了这世俗的观念。在王甲微博上的每一首诗中,我都能强烈地感受到他对崇高爱情的向往。他在风华正茂的年龄,通过虚拟的网络世界再一次活出自己的真性情。谁说渐冻人没有向往爱情、追求幸福的权利?!在我眼里,渐冻人往往比健康人情感更细腻,更需要被爱和被满足。也许因为身体的限制,渐冻人无法拥有常人的爱情轨迹,但他们完全可以超越身体在精神世界里谈一场轰轰烈烈的恋爱。病魔可以封锁他们的身体,却封不住他们自由的灵魂。只要心里有涌动不尽的异想天开,老天终将会留一丝缝隙让他发出唯一的、只属于他的亮光!

所有曾经熟悉和了解我的人都会在得知我得病后产生惋惜同情的同理心,我也曾经因为生活如此大的反差和打击而自怨自艾,但有一天精神导师的一番话让我茅塞顿开,他的原话是:"我们固然对外要倡导'三不精神'(不气馁、不妥协、不放弃),但对内我们还是要学会逆来顺受、顺其自然。我们不仅要接受命运的安排,更要学会在厄运的安排中努力成为一个快乐的悲剧人。"事实上,再强悍的人都战胜不了或改变不了命运,与其执意地战斗下去不如学会以柔克刚,用顺应的心态另辟蹊径。只有和悲剧结为盟友才能让神经彻底放松、平静下来,接收到来自宇宙磁场的能量,收获科学无法解释的奇缘、奇迹。这难道不是比"三不精神"更有智慧、更有远虑、更高一层的境界吗?王甲创造的十二年医学奇迹,不仅仅是因为他幸运地遇到了好心人的帮助,更多的是因为他做到了自身与命运的和解。据他父亲介绍,王甲从小就有一股不服输的劲头,得病后更是欣然地接受了这样的自己和突变的人生,甚至从来没有说过怨天尤人的只言片语。他之所以能够坚持到今天,是因为他积极投身于各项公益活动,用写书、写诗、写微博、做设计一次次抵御了病魔的袭击,在苦行僧般的生活里寻找到并坚守着精神家园的乌托邦,在那里平静地和厄运友好共处。

王甲的故事不仅突破了医学界对渐冻人生命周期的预示,更在渐冻人生命的厚度和宽度上给予了我们后来者很多启示。在我们等待死亡降临这个漫长的过程中,其实存在着无限的可能性和创造性。也许我们的归途终将一样,但我们所路过的风景却各有不同。我们变的是日趋衰弱的身体,不变的是灵魂深处对生命的激情和对平凡生活的热爱。对于新时代的渐冻人来说,苦熬、反抗、斗争似乎已经不是最智慧的选择。随着国内患者日趋年轻化,生存期正在突破五年、十年,如何规划和管理走向死亡的每一天显得尤为重要。也许不是每个人都拥有王甲那份幸运,不会像他那样被荣誉所包围着、鼓舞着,但即便处于再难的困境,总有一份平淡中的价值感和满足感是需要自己去努力创造和争取的。渐冻症伟人霍金用一生在证明受限的身体可以创造出无限的可能和伟大。这一点正是年轻渐冻人的神圣使命。

最后以我在王甲微博上摘选的诗歌结束此文,以期给我的病友们打气鼓励。

我
病了整整十一年
脱离社会也十一年
性格孤傲的我本来就没什么朋友
加上这一病连平日里打哈哈的朋友也消失不见了
没有手机,不是买不起,是无法操作
我并没有什么可痛苦的
看自己想看的,听自己想听的,做自己想做的
说到通过虹妈妈与传奇今生结缘
虽然我足不出户但是不阻碍我成为阅历丰富的人
什么刀山火海没走过

什么人情冷暖没尝过
什么酸甜苦辣没吃过
连死亡的幽谷我都蹚过几次
早就视死如饴
凡是我认准的人和事
我决不放弃忠贞不渝
这也是我能活到今天的性格所致
我这样一个只有眼球可以动半死不活没有手机的废物都还在坚持这份事业
你们身体健康有朋友有手机的人为何不坚持不做成功呢

我每天都在战斗坚持
受尽了非人的折磨
可是我依然爱做梦
那就是有一天娶你

普通人过年了都是欢天喜地吃吃喝喝
渐冻人过年了都是忍受痛苦成全家人
那种苦逼的味儿恐怕没有人感同身受
恭贺新春猪年大吉大利

夏末秋至

作者：墨香

　　这个夏天仿佛特别短，短到来不及回首就已经结束，不知不觉又来到了自己最喜欢的秋天，四季的更迭里我又蹉过了两季，不管日子如何艰辛，不管自己如何煎熬，都还是要一路向前，不敢回首，不敢期待，只是麻木的朝前走，无关快不快乐，无关幸不幸福，只是一份未尽的责任苦苦支撑着自己……

　　每天凌晨，总会从无边的恐惧中突然醒来，担忧孩子的未来，揪心老公的身心俱疲，恐惧接下来即将发生的一切，眼泪总会肆意横流，心里的苦只有自己知道。无边的黑暗里我连抱抱自己的能力都没有了……每次难过都想用文字来记录自己的心情，可每次心思一动就会更加万劫不复，随着文字流淌的除了眼泪还有鼻涕，常常是一边写一边哭，鼻涕顺着下巴一直流，一遍遍喊来老公擦眼泪擦鼻涕，老公总是无比心疼却又不敢阻止，因为他知道，除了文字我再无人可诉，再无人能懂……

　　这个夏天，我认识了好多陌生的朋友，带给了我许多的温暖和感动，常常让我潸然，也时时让我动容。一个弟弟说："姐，24小时我随时欢迎你的打扰，无论什么时间我都会秒回你。"我相信他说此话时的真诚，也相信所有陌生的善良，可我清楚地知道，感动是一阵风，陪伴却是细水长流，生命来来往往，极少有人会一直陪着你。陌生的善良只一程也应该感激命运的厚爱，这几年，我真的早已经习惯了所有的到来和离开，心怀感恩地看待这一切的遇见和离别，感恩所有萍水相逢的帮助，感恩所有遇见的温暖。

秋天已至,暑气未消,希望这个秋天我能成为更好的自己,可现实中的我却困于执念的苦海中无法自拔,其实人生最大的快乐不是拥有,而是不曾拥有不曾开始,没有拥有就无所谓失去,就不会承受因为失去带来的烦恼和痛苦,我的生活里只剩下了无奈,苦苦挣扎却改变不了的命运,如何努力却治愈不了的疾病,全心付出却留不住的人……

"弃我去者,昨日之日不可留;乱我心者,今日之日多烦忧。"除了接受我已经别无选择,接受生命中所有的无可奈何,接受所有的来来往往,接受不堪的自己,接受一切的无能为力,曾经多少你以为的来日方长,猝不及防醒来却是大梦一场。"林花谢了春红,太匆匆。无奈朝来寒雨晚来风。胭脂泪,相留醉,几时重?自是人生长恨水长东。"

修 心

作者：墨香

　　如果有几天不更新作品，就会有热心的朋友来问我怎么不更新作品，而且我经常看到很多朋友深夜凌晨还在我的作品里驻足徘徊，你悄悄地来，无声地走，这来去之间留给我很多的抚慰和温馨，还有的朋友总担心我是不是离开了，时不时问候一句，这份陌生的感动时时让我倍感温暖，萍水相逢的关怀也常常让我动情……

　　许久不更新真的不是我江郎才尽，也并非我的懒惰和懈怠，而是我的写作素材实在是太贫乏了，我已经脱离社会四年了，外面的万千繁华、光怪陆离早已经不在我的世界里，更无法出现在我的笔下，除了一些修心的文章，我真的不知道我还能写些什么？这几年里我连见过的人都屈指可数，又怎么能描绘出外面的大千世界呢？

　　几年来，病魔的摧残很少让我流泪，相反，却常常因为一句问候让我潸然，孤独太久了经不住温暖，被抛弃冷落久了也架不住关心，一句鼓励一声安慰都很容易打动我，也许真的是因为自己越来越脆弱了，早已经不住任何的风吹草动。但我依然搞不懂自己，明明经历了那么多的寒凉，为何内心还是这般至纯至善，内心简单而又纯净，真诚而不做作，也许我这辈子都学不会复杂和心机了，纵然千疮百孔依然改变不了我对善良和真诚的向往，纵然历经丑陋我还是拥有着深爱一切美好的能力，我依然相信爱，依然相信温暖，依然不舍内心的安宁和慈悲。

　　无奈，除了无奈还是无奈；修心，除了修心还是修心。经常一个人发呆，一个人落泪，哄着自己朝前走，肉体被束缚，灵魂却想飞舞，这种矛盾

和痛苦才是对我最深的折磨和摧残,看似麻木而冰冷的外表下有着极度丰富的内心世界,然而,纵有学富五车却无处挥洒;纵有万种风情更与何人说?

习惯失去,已经是我生活的常态。人,最怕的是执念。你越在意什么,什么就会折磨你。我也常常执念,苦于执念,人往往是这样,劝导别人时像个智者,到了自己身上却像个傻瓜。可是就算万般不甘心又能如何呢?

一剑斩断尘世浪,两脚踏入忘我门。强大不仅仅指你能改变什么,还指你能接受什么,适应什么。我虽然称不上强者,但我也已经全力以赴,人生来就是孤独的,不要奢望能够依靠谁,哪怕是至亲至爱。越是艰难时,往往更孤独。人生无处不修行,能在孤独中心静如水,才能在纷扰里安然无恙。

最有趣的女子,千百年来,仅此一个

作者:墨香

才华,是一个女人出众的标志,君不见,多少美丽的女子,化为历史的尘烟,唯有那些才华出众的女子,留下经久不衰的背影。而这千百年来最有趣的女子,就非南宋婉约派女词人李清照莫属,她的才情前无古人,后无来者。今天我就带领大家来一睹这千百年来第一才女的风采。

千年前的她出身于书香门第之家,父亲李格非是当时著名的学者,聪颖美丽的李清照,11岁就因才华出众而名满乡里,后来嫁给门当户对的官家子弟赵明诚,郎才女貌,志趣相投,琴瑟和鸣,比翼双飞,婚姻生活美满而幸福,夫妻俩共同致力于金石的收藏和琴棋书画。然而随着金兵入侵,明诚病死,李清照的命运发生了翻天覆地的变化,国破家亡的她,被迫带着自己的三大车藏书和丈夫留下来的金石古董,踏上了漫漫的逃亡旅途,所以李清照的词以金兵入侵为界,分为前后两期,前期的词活泼好逗,充满少女情怀;后期的词缠绵悱恻,哀怨惆怅。

活泼的她

如梦令

李清照

昨夜雨疏风骤,浓睡不消残酒。
试问卷帘人,却道海棠依旧。
知否,知否?应是绿肥红瘦。

这是李清照早期的词,整首词都充满了活泼好逗的少女情怀和李清照非凡的语言驾驭能力,"知否,知否"把李清照故意逗粗心丫鬟的调皮劲儿刻画得淋漓尽致,一"肥"一"瘦"更是把春雨过后花疏叶密的景象刻画得生动传神,入木三分。这首小令,有人物,有场景,还有对白,充分显示了她的语言表现力和她的才华横溢,真是绝妙工巧,不着痕迹。词人为花而喜、为花而悲、为花而醉、为花而嗔,实则是伤春惜春,以花自喻,慨叹自己的青春易逝。

深情的她

一剪梅
李清照

红藕香残玉簟秋。
轻解罗裳,独上兰舟。
云中谁寄锦书来?
雁字回时,月满西楼。

花自飘零水自流。
一种相思,两处闲愁。
此情无计可消除,
才下眉头,却上心头。

千百年来,写相思的词数不胜数,而我只认《一剪梅》,这首词写得太美,太柔,太缠绵,太刻骨,太细腻,写尽了对赵明诚入骨的思念。美到我们无法不为她心醉,柔软到我们无法不心动,思念就是一张网,铺天盖地,你越想挣脱,却缠绕得越紧。这种相思,李清照写得婉约:此情无计可消除,才下眉头,却上心头。这样缠绵悱恻的情调,更加令人怜爱。无情不似多情苦,一寸还成千万缕。天涯地角有穷时,只有相思无尽处。

爱喝酒的她

声声慢
李清照

寻寻觅觅,冷冷清清,凄凄惨惨戚戚。乍暖还寒时候,最难将息。三杯两盏淡酒,怎敌他、晚来风急?雁过也,正伤心,却是旧时相识。

满地黄花堆积。憔悴损,如今有谁堪摘?守着窗儿,独自怎生得黑?梧桐更兼细雨,到黄昏、点点滴滴。这次第,怎一个愁字了得!

在亡国、丧夫的打击下,你以为她真的只喝了三杯两盏吗?那我只能说你不懂爱呀,"淡酒",那也是艺术手法,要牵出风"急",不然怎么连个大雁飞过去,都错看成自己的旧知己,这大概是又喝迷了吧?李清照确实是个十足的酒鬼,她的词几乎首首都是醉酒之作,"断香残酒情怀恶""浓睡不消残酒""险韵诗成,扶头酒醒""酒盏深和浅""酒阑更喜团茶苦""东篱把酒黄昏后""愁浓酒恼""酒美梅酸"……只《漱玉词》中,"醉"出现了11次,"酒"出现了19次。她爱酒,却不影响她是个学富五车、才高八斗的好女人。

豪迈的她

夏日绝句
李清照

生当作人杰,死亦为鬼雄。
至今思项羽,不肯过江东。

国难当头,面对政治上毫无作为,还一心想逃跑的丈夫,李清照悲愤万分,挥笔写下了这首《夏日绝句》,此时的赵明诚,就站在李清照的身后。闻听妻子如此磅礴大气的爱国之言,想起自己逃跑的所作所为,赵明诚愧悔难当。如果你不知道《夏日绝句》的作者是李清照,也许你永远都不会想到,它竟然出自一个女人之手。因为,它是那样地掷地有声,它是那样慷慨激昂。充溢在诗中的那种浩然正气和凛凛风骨,令鬼神肃穆、山河变色。

  李清照,一个从藕花深处轻轻走来的女子,一个绝无仅有、旷古烁今的传奇人物,她胸怀大义,历经磨难,才华横溢,满腹经纶。她怀揣赤子之诚、七窍玲珑之心,任世间如何对她,她都以真心待之。她有过深切的爱,她更有过痛彻肺腑的恨。她体验过幸福和甜蜜,她更饱尝了孤苦相思。她生来就是天才,空前绝后、不可复制、不可模仿的天才。她的出身造就了她,她的时代又毁灭了她。在毁灭她的同时,又用另一种方式成就了她。

  李清照以《金石录》和《漱玉词》向世人证明,她的才华是多么全面,又是多么杰出。而她所有的成就,是她战胜了多少人生的失意、孤独和无助才取得的。水星上有一座环形山,是用她的名字命名的。她注定光照寰宇,永垂不朽。她是最高贵的灵魂,最有趣的女子,千百年来,仅此一个。

  这是我耗时最长、构思最久的一篇文字,唯恐亵渎了我心中最完美的女神,然而写完还是觉得不尽如人意,粗俗不堪。也许像我这般小人物永远写不出她的冰山一角,也永远刻画不出那个有趣的灵魂,不足之处望大家海涵。

窗 外

作者：穿过窗棂的光

家人上班以后，我独自与电脑为伴，累了就闭上眼睛休息片刻，或是看看窗外。

窗外其实没有风景，城市里寸土寸金，前后两家房子间距不过3米。春秋两季搬到温度适宜向北的小餐厅，从西边厨房的窗户可以看到繁华的高楼大厦和车水马龙的马路一角。路边绿化带栽满了香橼树和常春藤，郁郁葱葱。秋天金黄的香橼在绿荫里密密麻麻，阳光里格外醒目——这是我记忆里的景象，坐在轮椅上看见远处高楼的玻璃耀眼的反光，就常常想起这些熟悉的画面。弄堂里大部分时间寂静无声，小鸟是光临的常客，扑棱棱的，叽叽喳喳，嬉戏着从窗外一掠而过。初冬听见它们啄预留的空调孔塞的声音，想必是急于寻找温暖的栖身之地。

夏天、冬天待在向南的客厅，偌大的落地窗外，是邻居家陈旧的斑驳的墙。小鸟依然是常客，在邻居家的窗沿上，翘着小尾巴，蹦蹦跳跳，灵巧地来回踱步。一个暴雨后的清晨，我意外地在潮湿的墙上看到一个隐隐约约的"等"字。其后不久，又在后面看到一个略小的"等"，排成一个颇有意味的矢量图。有一天，我看到一个怒目环眼的头像，像极了苏州西园寺罗汉堂的罗汉，一时间仿佛穿越时空，站在了那尊慈眉善目、佛法无边的千手观音面前，放生池里的碧水锦鲤和幼小的我身旁兴致盎然的父亲，都清晰宛如昨日。墙体斑驳如壁画，天气就是画笔，呈现出来的都是天意。

气候微凉了，家人把我推上楼晒太阳，这里没有遮挡，阳光可以肆意洒进房间轻抚我的脸。天空或是晴空万里，或是蓝天白云，我都喜欢。被禁

锢的身体里依然是那个向往自由壮阔的灵魂,思绪随之信马由缰。金秋田野小河边垂钓时的波光粼粼,低鸣着缓缓划过天际的飞机,一望无垠的草原上突然出现的牛羊,生命里那些刻骨铭心的瞬间,在温暖的阳光里,会一一浮上心头,以为什么都可以忘,其实什么都没有忘。

生命依然在时光里前行,回忆,像琼西窗外那片不会凋零的绿叶,在某个时刻会蜂拥而至,给困境里的人无限遐想,在苍白的日子里开出生机勃勃的花。

我存在的时间

作者：黄宇

一直以来，都想写点什么，说点什么，但是提起笔，手指却不听使唤，歪歪斜斜的字写得连我自己都不知道写的是什么。于是，我就想用简短的文字和病友们一起来分享一下我的故事，是的，就是我存在的时间。

人的一生有很多难忘的日子，但是那一日，却让我内心深处现在想着都有一点发麻，ALS，这个离我很远的字母出现在我的诊断证明书上。我看着我旁边的许多复诊的病友们，他们给我那种感觉，手里拿着的不是诊断证明书，而是法院的死刑复核裁定。

来自二次元的疾病

为什么说是二次元？因为二次元是另外一个世界的，离我们现实很远的地方，而这个病，在我心里，也是这样的。儿时有部动画片，叫《圣斗士星矢》，里面有一个片段我们70、80、90后都应该记得，水瓶座卡妙有一个大招数，叫绝对零度，当他把它用在他爱徒冰河身上的时候，冰河从手到腿，慢慢地被冻住了，一段时间后，这些冰形成了一个水晶棺，冰河除了眼睛，其他任何地方都动弹不了。而卡妙说了一句话，即便是数位黄金圣斗士合力，也解不开这冻气。

不是吗？我也中了这二次元的冻气，即便世界医学再怎么发达，目前，也解不开这冻气。

军人意志正视疾病，定位人生，找点乐趣

我用了半天的时间接受疾病，尽管我走不了路，写不了字，但是，我可以做点其他的。曾经戎马生涯，让我想到了自己来鼓励自己，我们当兵的，一不怕苦，二不怕死，我们连死都不怕，还怕什么呢？！那么，我们何必每天去想着自己的身体呢？不如去给自己的人生定位，人生不设限。我想到了儿时的梦想——足球，足球能让我快乐。我找到以前的同学和队友，组建了一支业余球队，我牵头，当教练，踢不了球，我可以把战术理论告诉他们，我撑着助行器，就在场下看着，吼着。至少那一刻，我忘记了疾病和痛苦，足球给我带来了快乐和激情！

相由心生

就像一盒抽纸，疾病会把我的身体一张一张抽走，最后只留下外表，虽然这是不可逆转的事实，但是最重要的，是这些东西，其实都来源于内心。我总是在想，我们以后还能干什么？每天脑子里除了疾病没有任何东西。其实，我们应该把它转过来，佛说，念头转了，命运也随之转变。于是，曾经迷惘担忧的我，就尝试转变，为什么我们要去想疾病呢？我们应该满脑子是人生的规划，并不是疾病，如果这样去想，心态真的会好很多。尽管我现在坐下起来，起床穿衣吃饭，这些连幼儿园的小朋友都能完成的事情，在我而言，却难于上青天，每一次坐下、起来、穿衣、吃饭，都是一次挑战。我曾摔倒过，我看着时间，从爬起来再到床上，用了一个多小时，我并没有想过，哎呀，我又严重了，而是想的，哈哈，我又站起来了！

我存在的时间

《我存在的时间》，这是由日本在 2012 年拍摄的一部日剧，只有短短 12 集，讲述了大学生泽田刚毕业就得了渐冻症的故事。淘宝上有 DVD 卖，我也推荐给各位病友和家属看看，剧情很暖心，他鼓励着一批又一批

的病友像主人公那样,活得精彩。我们不是霍金先生,也不是王甲,我们就是我们,我们要勇敢,我们要去做每一件自己想做的事。不要去管疾病,我们应该管理好自己的心,学会给自己制定目标。我 2011 年发病,我说,我要看到 2014 年的世界杯,然后我看到了,我说,我要看到 2018 年的世界杯,然后我看到了,今年,我还继续制定着目标,我要看到 2020 年的世界杯,我想要和我喜欢的足球、喜欢的球队,一起去享受这个美妙时刻!

听 雨

作者：可可

  6月的江南雨水特别多，俗称"黄梅季"，以前每到这个季节就特别讨厌，三天两头地下雨，天总是乌泱泱、灰蒙蒙的，接连下雨，空气里到处都是湿漉漉的，湿度极大，浑身上下都有潮湿的感觉。好几天不出太阳，屋子里挂满了换洗的衣服，家具也会长出毛茸茸的白斑发出一股霉味。如果连续下十多天雨，地里的庄稼也倒霉了，刚长出不久的菜会烂根，树上的果子味道会变淡，这都是梅雨惹的祸，尤其是室外工作的人，一阵一阵的雨，打扰了正常的工作。以前我从来没有静下心来感受"黄梅季的雨"，每到这个季节会觉得雨下得烦人。

  2020年年初新冠病毒的突然到访，让全球人民至今都在努力携手抗击它，半年过去了，6月黄梅季的雨水也如期而至。今年的雨特别多，从6月10日入梅以来，雨就一直三天两头地下，有时倾盆大雨下一场，有时滴滴答答下一天，有时半夜雷声轰鸣突降暴雨，有时一场接一场下雨，有时大风大雨下半天，有时电闪雷鸣、疾风骤雨下一会儿。6月能让你见到变幻莫测的雨，一个月内能下一年的雨量，足让你在6月见识感受各种各样的雨。

  天天困于斗室、足不出户的我，现如今听到下雨会莫名其妙地兴奋。不能出去感受下雨天的酣畅淋漓，每到下雨时会侧耳倾听，挨着窗户看下雨，透明的雨落到地上打起的水泡，像孩子吹的泡泡一样可爱。有人打伞在雨中行走，能清晰地听到踩着雨水踏踏的脚步声，远处传来汽车行驶过小水塘车轮溅起的响亮的水花声，有的行人未带雨伞边跑边发出尖锐的

叫声,听起来好像雨点打在他身上特别疼,一些淘气的孩子不时从躲雨的亭中跑到雨中感受一下,发出嘻哈顽皮的笑声。看雨是一种境界,听雨是一种感受,细听雨落到物体上敲击出各种优美悦耳的旋律。

春雨贵如油,轻柔而纤细,润物细无声,淅淅沥沥、悄无声息地唤醒大地、小草、青蛙。而梅雨季节的雨,丝雨绵绵、雾霭重重,预示着夏天将至。江南的梅雨能滴滴答答下一天,第二天、第三天接着下,能陆陆续续下二十多天,老人会说这天是不是破了,哪来那么多的雨,下得烦死人。梅雨不如春雨珍贵,雨下多了甚至有些恼人,还会泛滥成灾,尤其江南的 6 月是杨梅、醉李等瓜果成熟的季节。柳宗元的梅雨诗"梅实迎时雨,苍茫值晚春",道出梅雨的厉害。一场场梅雨打落了多少酸酸甜甜的杨梅果子,一场场梅雨让好多地势低洼的人家被迫暂时搬家。被 ALS 困在家里久了,此时的我却尤爱下雨,可看、可听、可赏。雨点敲击窗玻璃,发出清脆急促的声音,雨落到地上便不再是雨,和大地混为一体,颜色变了,形状变了,味道变了。夜半时分如有大风大雨到访,夜黑风高得看不清雨,只能听伴随呼呼大风而来的大雨猛烈捶打瓦片,传来隆隆的声响。此时若有雷声霹雳打破寂静的夜空,会让人从睡梦中惊醒,惊呼这么大的雨。

"乳鸭池塘水浅深,梅熟天气半阴晴",黄梅天十八变,梅雨像孩子的脸忽阴忽晴,说下就下,说停就停,来时乌云密布,倾盆大雨,雨后湿漉漉的环境,像是被清洗过一样干净明亮。雨是多么神奇的东西!雨来时不用迎接,来时给你清爽,给你润泽,给你快乐;雨停了也不留恋,雨走时带走污浊,留下洁净,给你舒爽。

想起当年杜甫描写梅雨季的诗留给长江沿岸的老百姓:

南京犀浦道,四月熟黄梅。
湛湛长江去,冥冥细雨来。
茅茨疏易湿,云雾密难开。
竟日蛟龙喜,盘涡与岸回。

生病后的我与雨有缘,喜欢看雨,喜欢听雨声。好多奇思妙想会在雨天萌发,敏感脆弱的心会在雨天安静沉寂。都说渐冻人的世界只有白天和黑夜，但我的世界除了白天和黑夜，还有晴天和雨天。雨来时带给我瞬间的喜悦，雨一直下，我一直听，听它和大地的窃窃私语，听它和屋顶瓦片劈头盖脸的吵架声，听它和窗玻璃泪流满面地诉说委屈而温柔的情话。它时而温柔，时而粗暴，时而和蔼可亲。好想投入雨的怀抱来一次酣畅淋漓，感受下活蹦乱跳的雨打落到我脸上、身上，可如今我与雨的亲近被 ALS 阻挡了，甚至连触碰一下雨水都是奢侈的想法。呜呼，怒发冲冠，凭栏处，潇潇雨歇。抬望眼，仰天长啸，壮怀激烈。与 ALS 病魔斗争三年有余，有日月星辰为伴，有风雨雪兼伴，ALS 的日子不再孤单，也不惆怅。

2020 年 6 月 20 日

我记忆中的银川！银川！

作者：可可

大漠金沙、黄土丘陵，与水乡绿稻、林翠花红，便是著名的"塞上江南"银川，地处半干旱地区，又有江南风光般的肥沃土地。去过几次银川，每次去总有惊奇的发现和热情的款待，让我这个江南姑娘对那个大西北的城市总有些牵挂和思索。

初次去银川是2001年的冬天，过年时挤上开往银川的火车，和许许多多着急回家的老乡一起坐着、挤着，30多个小时后才昏沉沉地抵达银川火车站。沿途风景给我留下深刻印象的是西北漫天的黄土和黄土之下的窑洞。对银川这个城市我陌生而憧憬，期待友善和热情。大西北人民热情好客，冲泡好一壶芬芳的八宝茶，一桌丰盛的西北大餐迎接我，屋里温暖如春，让我这个千里迢迢初次见长辈的异乡人立刻融入过年的氛围中。屋外零下十几摄氏度，屋内零上十几摄氏度，和江南湿冷、阴冷的冬天比起来，这里的冬天似乎好过些。我惊讶于每个空间都不冷，厨房、厕所都不冷，屋内一件毛衣、一条秋裤足矣，晚上居然只需一条垫被和一床被子就够。2001年的江南冬天特别冷，我在家睡觉要垫两条垫被、盖两床被子，把自己裹得严实了才能抵挡住冬天晚间的寒冷。没想到在银川晚上睡觉时，热得居然脚丫子老往外伸，这样的室内温度着实让我惊讶。唯一有些水土不服的地方，银川干燥，我不得不整天抱着水杯喝茶，放了红枣、枸杞、桂圆、冰糖和茶叶，加水后沉淀几分钟，八宝茶的味道就出来了，微甜而不腻口，我特别喜欢，苏南、上海到无锡这片地方的人喜甜味食物，喝到八宝茶后尤其合胃口，所以至今我对八宝茶的味道记忆深刻，每次去银川回来必带上几包分享给家人或同事。

银川冬天的屋外要比江南冷些,是干冷。我惊奇地发现,过年时家里一次炸好多条鱼,卤好的牛羊肉等卤制半成品、一些蔬菜,都用纸箱分类放在窗外护栏上,等要吃时拿出一部分加大料再烧制一下即可,窗外俨然就是个天然的大冰箱啊!那年银川屋外冰天雪地,出门保护好头和耳朵,别在屋外待太长时间。街边、马路上行人不多,而银川人口本来就少,到了冬天就更少了,我第一次去时好像除了亲戚以外也没结识外人。那时我二十四五岁,略带羞涩,还很腼腆,躲在冬天温暖如春的房子里过了十多天便打道回府了,对银川外面的世界,除了冰雪天地、呼呼大风,再无更多记忆。

第二次去银川是在2009年暑假,时隔八年,忙忙碌碌结婚、生娃、带孩子,爱人和我带着孩子一家三口返回老家,这次身份变了,还多了一个小人儿,公婆和兄弟姐妹自然更加热情。西北地道的牛羊肉,好喝的八宝茶,甜甜的瓜果。银川的夏天是极好过的,昼夜温差大,除了午后有些许热需要风扇吹一会儿,其他时间都不热,傍晚到夜里尤其凉快。傍晚时分街市非常热闹,散步的、纳凉的、赶晚市的和开启夜市的,仿佛一下子变出许多人来,街市上瓜果飘香,伴着西北烤牛羊肉串的醇香味道,热闹非凡。银川的夜里非常凉快,要盖薄被才行,江南人夏天多用席子加空调,在这里都省了。

自古有"天下黄河富宁夏"之说,而银川,是宁夏的首府,西倚贺兰山、东临黄河,最特别的是,它也许是最不像西北的西北城市,虽然是地地道道的北方,但却盛产水稻,且河湖、湿地众多,空气也很不错。珍贵的西夏文化遗迹、诱人的水乡景色、奇特的塞上风光、多彩的回族民俗风情,这是我向往而想去了解的地方。

银川有被世人誉为"神秘的奇迹""东方金字塔"的西夏陵,在方圆58平方公里的范围内,分布着9座帝陵和271座陪葬墓,西夏九代帝王,在此沉睡了900多年。西夏陵坚固异常,甚至可抵刀斧,更令人称奇的是,高高的封土之上,不仅寸草不生,而且从来不落飞鸟,夕阳西下,西夏陵仿佛在安静诉说着那段被人遗忘的历史。

距离银川42公里的沙湖生态旅游区是AAAAA级景区,约有80平方公里,其中水域面积45平方公里,与沙漠湿地约25平方公里毗邻,是夏天极好的旅游地。2009年夏天我们一家三口去了,沙湖是江南水乡之灵和塞北大漠之雄的混合体,我仿佛回到江南水乡,但却又不完全是。金沙代替了湿地,湖中有大片沙地,金沙伴着绿水,湖面荡漾着芦苇。我们乘船游湖,穿梭在茂盛的芦苇荡中,碧绿的芦苇随风摇曳,清澈的湖水波光涟滟,难怪沙湖被誉为"塞上明珠"。沙湖有安静的风景,又有跳动的画面,沙漠骆驼、驼铃声声、玩沙戏水、水上摩托、飞鱼、水上飞机。三个人顶着烈日在沙湖潇潇洒洒玩了一天,刺激过瘾,留下我的尖叫声在沙湖天空中回荡。观赏国际沙雕园,也可自己动手制作沙的艺术品。傍晚徘徊在宁静的湖畔,看落日霞光,游鱼戏水,以及突然从芦苇丛中飞出的白鹭,演绎了王勃的《滕王阁序》中"落霞与孤鹜齐飞,秋水共长天一色"。

有人说喜欢一座城是因为那里有你喜欢的人,确实和银川的交织源于我的爱人,不然我不会了解宁夏,也不会钟情于银川,回味时感慨万千。时隔六年后第三次去银川依然是和爱人孩子一起。孩子转眼已经初一,半大小人儿,出门带上方便,也增添旅途乐趣。2015年趁着孩子暑假,向单位告假而去,银川的牛羊肉依旧飘香,牛肉拉面便宜、好吃、量足,水果蔬菜丰盛,物美价廉,善良的家人们更加热情。银川这些年变化好大,记得以前婆家房子后面是一大片蔬菜区,菜地摇身变成许多鳞次栉比的楼房,宽阔的马路,回民建筑风格的火车站,气派的体育馆,万达广场也来附近凑热闹。对银川的印象越来越好,这次回去玩了银川附近的几个景点,贺兰山和西部影视城,还有中卫的沙坡头。

位于银川市西北面的贺兰山脉挡住南下的寒流,阻挡沙漠吞噬宁夏平原,这才造就了"塞上江南"的银川。远远望去,贺兰山是灰蒙蒙、光秃秃的土山,而进入贺兰山苏峪口国家森林公园里面,却是另一番风景。里面树木茂盛高大,可以观赏到峡谷风光、瀑布溪流、绝壁松柏、高山草甸,还有奔跑的马鹿、跳跃的岩羊、嬉戏的蓝马鸡等被保护起来的珍贵野生动物。6000余幅岩画就分布在贺兰山峡谷的山岩崖壁上,记录了近万年前的远古人类真实的生活画面。

镇北堡西部影视城,许多喜欢电影的人奔赴这里,为了亲临真实场景,穿越时光,感受不同。古朴原始、粗犷荒凉的镇北堡,这里有漫天黄沙、土垒城墙,著名的《大话西游》《新龙门客栈》《绝地苍狼》等多部影视剧,都是在这里取景。有些人为了《大话西游》情结而奔向这里,奔星爷来,奔紫霞来,或者也是为自己而来。这里还可以租借服装道具,真实地"入一次戏",尝试一下演员的滋味,留下美好的回忆。

当然最好玩的地方属中卫的沙坡头,一行十人,老老少少,好不热闹。沙坡头景区是宁夏、内蒙古和甘肃三省交接地,黄河在此特地拐弯过来凑热闹,是古丝绸之路的必经地。这里南靠重峦叠嶂、巍峨雄奇的祁连山余脉香山,北连沙峰林立、绵延万里的腾格里大沙漠,中间被奔腾而下、一泻千里的黄河横穿而过,在沙与河之间,是一片郁郁葱葱、滴翠流红的古朴园林———童家园子。沙坡头景区里游乐项目惊险刺激、激情澎湃,沙漠冲浪、沙漠骆驼、鸣钟滑沙、黄河漂流(羊皮筏)、黄河索道、黄河蹦极,在沙漠和黄河之间寻找激情与快乐。沙坡头只是一望无际的腾格里大沙漠的冰山一角,黄河、黄沙上面每天都演绎着惊险的尖叫,声声回荡在记忆里。

最后一次去银川是 2017 年暑假,那时我已经确诊 ALS,儿子初中毕业,如愿考上心仪的高中,我自知如果这次不回银川,以后恐怕再没机会。30 个小时的火车,我被儿子一路照顾着,喝水、泡面,吃东西后收拾垃圾都是儿子。我心里觉得自己这次出行非常狼狈,而对面卧铺时时传来羡慕的眼光,说孩子懂事乖巧,殊不知,那时的我已力不能及这些简单的事,只能依靠儿子帮助我,能走路稳当不摔跤已经是当时不错的状态。

知道我得病的消息,银川的家人们早早就在车站等候火车到来,看到我被儿子牵着手出来,婆婆当时就掩面而泣,心疼地抱住我,我也控制不住委屈地哭泣。第二天婆婆联系大嫂去医院挂号,安排弟媳开车带我到银川中医院把脉开中药调理。老人相信有病就得早治,凡事没有绝对,万一药对我有效果呢,我也乖乖听话吃中药。在银川的日子是享受的、热闹的,有公婆,兄弟姐妹都已成家,且他们的孩子都大了,人多,热闹。家人们的热情再次温暖了我,连上初中的侄子也会照顾我并悄悄安慰我要坚强,这也许就是兄弟姐妹多的好处吧,小时候的玩伴、争吵对象,成年后可以互相关心、互帮互助。三五小聚,周末大聚,在银川的日子简单、开心、快乐。可能自己只有一个姐妹的缘故,我很羡慕兄弟姐妹多的家庭,几家人凑一起吃饭的场面,哪怕一碗普普通通的西北面也能吃出热闹。几年一见,好多新鲜的事可以聊,孩子大了考学,姑娘大了找对象,还有许许多多琐事,让我暂时忘记确诊的伤心。

在银川20多天的日子一晃而过,没更多出行,与家人们吃饭、聊天、打小麻将,早起和公婆散步于林荫小道,晚上漫步于热闹的街市,其间有安慰、有关怀、有感动、有舍不得离开的念头。公婆年迈,我们不在身边,多倚靠其他兄弟姐妹的关心和照顾,远行的儿子就像远嫁的女儿一样,对父母是愧疚的,病了、老了更需要子女在身边陪伴安慰,但是很多子女因为种种原因而不能在身边。也许我公婆是幸福的,有其他三个子女陪伴左右,可解燃眉之急。而现在很多独生子女家庭,如果孩子一旦选择远行读书或工作,那父母即变成空巢父母,孤独而寂寞,即便在交通发达的现世,网络视频立马可见的今天,身边的同事和朋友有些还是不肯放孩子去太远的地方上学和工作,大概是为了守护一家人在一起的简单与幸福。

银川很远,在2000公里之外,这个让我常常怀念感恩的地方,不仅仅有独特的塞上江南的风光,更多的是在那边有彼此惦记着的亲人们。也许我不能再踏上那片温润的热土,但居住在那片热土的人,深刻而结实地烙在我的心头。愿时光能缓,愿故人不散,不想说太多的伤感,唯有祝福远方的家人们幸福安康,平安顺遂!

年愈近，情愈怯

作者：墨香

  雪花，一朵一朵又一朵，在空中飞舞，皎白如玉，晶莹剔透，它是天宫派下的小天将，还是月宫桂树上落下的玉叶呢？像美丽的玉色蝴蝶，似舞如醉；像吹落的蒲公英，似飘如飞；像天使赏赠的小白花儿，忽散忽聚，飘飘悠悠，轻轻盈盈，让我这囚居之人又一次直观地感受到了四季的轮回，时间的更迭！

  喜悦也好，忧伤也罢，又是一年接近了尾声！年，悄无声息地又要来了，离家的游子总会说"近乡情更怯"，而久病卧床的我却"近节情更怯"。每逢佳节倍伤感，眼见着年一天迫近一天，心头的焦虑和忧伤也就更多了几分。无法购置年货，无法做一顿年夜饭，无法陪伴孩子出门玩耍，无法让一年忙碌到头的爱人休息……万般忧虑都在节日将近的时刻更加一发不可收拾，别人家的年一片欢腾，喜气洋洋，而我的年却是愈加清冷和落寞，所以，过年，于我而言就是徒增伤感罢了！

  嫣然的烟花转瞬即逝，那片刻的璀璨亦如我的心莫名失落，外面的车水马龙、张灯结彩已经与我无关，守着一张床、一扇窗、一部手机就是我的三千繁华。年愈近，情更怯，怯到不敢用任何文字去描述和书写，唯恐任何一个字，心意一动，便会让自己万劫不复，苦心经营的坚强也就会彻底崩塌，所以我逃避心情，逃避伤感，逃避任何情绪，设法让大脑一片空白来应对痛苦的侵袭。有时会用拼命睡眠来麻痹自己，似睡非睡，迷迷糊糊。有时又会编辑一大段文字，却不知道要发给谁，这一路上只有自己，没有一起看风景的人！

"年年岁岁花相似,岁岁年年人不同。"仿佛是弹指间的事,又仿佛经历了半个世纪,又是一个年末岁首,不经意间又长了一岁。昔日的时光里不管你是收获还是失去,不管有多么不堪,一切都已经过去。过年,是一双无形的手,把人生书卷的一页翻过去,新的一页摆在你面前,等待你写下新的人生履历。曾经认为,"年"就是日子开出的最美花朵。时至中年,才知"年"不过是人生旅途中的一个结点。过一个年,就意味着跨过去了一个结点,也就愈加体会到人生的酸甜苦辣,冷暖百态!

总有人会说"你好坚强",却不知道如果可以懦弱,没有人愿意坚强,命运赋予你的东西,除了一力承担真的别无选择。不管你经历过什么,我相信一切都会过去,希望新的一年,所求皆如愿,所行化坦途,多喜乐,长安宁。

人比黄花瘦

作者：墨香

> 薄雾浓云愁永昼，瑞脑销金兽。佳节又重阳，玉枕纱厨，半夜凉初透。东篱把酒黄昏后，有暗香盈袖。莫道不销魂，帘卷西风，人比黄花瘦。
>
> ——李清照《醉花阴》

　　静静的深夜，幸福的人早已酣然了吧，在我落笔之前，思绪混乱。因为这几年对我来说，文字再也无法表达和形容我内心深处的东西了。那些痛苦的煎熬，那些过往的伤痕，那些可怕的一幕幕，那些所有发生和经历的一切都淋漓尽致、透透彻彻地让我蜕变，让我置之死地而又无法重生，对现实的无奈，对未来的担忧总是会在每一个深夜来临时泛滥成灾。

　　每天的每天，我都有好多话想说，可我终究发现，这于我而言是多么奢侈的事情，通信录翻了一个遍还是选择不打扰任何人，这几年我真的习惯了所有人的到来和离开，习惯了一个人默默消化一切的一切，纵使有万般不舍和不甘，还是要臣服于命运的一切安排！

　　我喜欢文字，因为只有文字才是最忠于我的知己，它能听懂我所有无声的情绪。有人说，不能再这样写下去了，写文章很消耗你的体力，你目前的体力已经很弱，要好好保重身体。可是我想说除了艰难地敲击文字，我还能做什么呢？我的快乐，我的痛苦，都需要用文字来排解。当我写着这些文字的时候，小小的字注入了我一百二十分的力，于是，每一段文字在告一个段落后，我忽然觉得生命似乎在零落，一行又一行，长长短短，有叹息，有忧伤，有无数的内涵孕育在文字中。我的人生不会很长，文字记录下

了自己的思维轨迹,也是我自己灵魂对话的见证!

　　人生最大的痛苦莫过于无奈,纵然你如何挣扎、如何努力都改变不了现实时,那种绝望和无奈是如何深入骨髓,只有经历过的人才会懂得。什么人定胜天,什么事在人为,通通都抵不过一场命运的安排,因为没有所以,所以没有因为,既然已成既然,一切都无力改变。所有人都以为我很坚强,却无人知道,我因为无能为力才选择顺其自然,因为心无所属只能随遇而安,可是我真的能做到随遇而安吗? 不过是欺骗自己而已。其实我真的不是圣人,也无法做到百毒不侵、刀枪不入,可是除了面对我真的别无选择。

　　一句顺其自然里面包含了我多少绝望和不甘心。不知道你们是否懂得? 这世上最悲哀的事情,莫过于眼睁睁看着自己的心碎了,还得自己动手把它黏起来继续前行……

　　思绪还是杂乱无章,文字也随之没有逻辑,今晚,突然就想起了易安居士,"此情无计可消除,才下眉头,却上心头""东篱把酒黄昏后,有暗香盈袖。莫道不销魂,帘卷西风,人比黄花瘦",如此这般夜凉如水的时刻,恐怕也只有这两首词才能稍微贴合我的心境了吧……

人间四月，愿你依然愿意深爱

作者：墨香

又到了人间最美的四月天，我痴痴地望着窗外为数不多的几棵白杨，又吐出了嫩嫩的叶片，在微风中轻轻地舒展着自己妖娆的身姿，我就知道春天又回来了。时间的变换是如此清晰而明了，"年年岁岁花相似，岁岁年年人不同""流光容易把人抛，红了樱桃，绿了芭蕉……"

目之所及的方寸的天空就是我的全部风景，忽明忽暗就是一天，杨树从吐绿到凋零就是一年，陪伴我的除了文字就只剩下一遍遍单曲循环的音乐……仿佛一切都已经定格，然而悄然之间就来到了病后的第四个春天，四年里所有的痛苦忧伤只有自己能够体悟，唯一愿意倾听自己心声的就只有文字，万般心思也只有自己的文字能够懂得！病情一天天加重，打字越来越艰难，内心的酸楚也就越发浓烈，因为我不知道离开文字，我还有什么倾听者，谁还愿意陪我挨过那一个个无边的黑夜，和那一个个痛苦的时刻呢？

太多的无奈只是不说，太多的痛苦只是不愿意去想，逃避是我现在唯一面对现实的方法，在一次次伤痛来袭时，我就不停地刷微博、听歌，来拒绝被无边的痛苦淹没和吞噬！回不了的过去，到不了的未来，我希望自己足够坚强，可惜我是演技最差的那个演员，每一次试着微笑，眼里心里却全都是苦涩，所有的伪装往往会被别人一句无心的问候击溃，一次次落荒而逃，一次次溃不成军，一次次泪流满面，我终于不得不承认自己的懦弱和无能！没人知道别人眼中坚强的自己，在每一个无人的时刻是多么狼狈不堪。

生活总是两难，再多执着，再多不肯，最终不得不学会接受。从哭着控诉，到看透一切的沉默，没有人关心你经历了什么，你成功时，放个屁都是真理，你不堪时，你再有道理也都是放屁。到头来，不过是一场随遇而安。除了无奈还是无奈，除了心酸还是心酸，生活的真相就是如此，不是努力了就能成功，不是付出了就有收获，时间，验证了人心；金钱，见证了人性；患难，懂得了真情！永远不要高估你在任何人心里的价值，人性的丑陋远远高于你的想象！

冷眼旁观观不尽人情冷暖，侧目而看看不完世态炎凉，人生如梦梦不醒肝肠寸断，往事如歌歌不停曲终人散！也曾鲜衣怒马少年时，无奈江湖浮沉催白发。人间四月天，愿你依然愿意深爱，愿你依然相信温暖，愿你依然拥有深爱一切的能力！

听 雨

作者：墨香

> 少年听雨歌楼上，
> 红烛昏罗帐。
> 壮年听雨客舟中，
> 江阔云低、
> 断雁叫西风。
> 而今听雨僧庐下，
> 鬓已星星也。
> 悲欢离合总无情，
> 一任阶前、点滴到天明。
> ——蒋捷《虞美人·听雨》

接连下了几天的雨，炎炎暑气终于被这场大雨暂时赶跑，空气清新了很多，我的呼吸也顺畅了好多，每日起床后我都会坐在阳台看雨，听雨。看雨水时而似珠帘悬挂，时而像大珠小珠落玉盘；听雨声时而滴滴答答，时而淅淅沥沥，时而哗哗啦啦，时而急促，时而平缓……而我呢，时而闭目，时而睁眼，初夏的雨是那么无常又缠绵，雨声里总会让你听到一些人，一些事，一些曾经……

病后时光，莫名地越发喜欢下雨天，仿佛只有这样才能平衡一丝丝不能出门的抑郁，不得不承认病久了，人的内心多多少少会有些变化，自卑、敏感、不安、焦虑、脆弱、愧疚等等都会有，窗外陪伴我几年的白杨树也

在这个夏天被尽数伐去,好在我已经习惯了所有突如其来的离开,适应了所有无声的告别,也早已经习惯自己一个人的世界。

初夏的雨是画意,是诗情,是人生的无奈,是世事的苍凉。品味雨声,也就是品味生活,品味生命。听雨,只需一个人,孤独、宁静。孤独是一杯酒,独饮也会醉。它的妙处就是能平添一种惆怅的美感。在雨的世界里,可以梦,可以冥想,可以倾听,可以想象一种久违的恬淡!

就这样,任雨声在心灵里穿行。在这清凉的世界里,清醒地慨叹四季的轮回。梦已醒,情已冷,拷问心灵,重读人生,寂寞如雨,太多的心情无法诠释,而雨依旧轻轻,缠绵不绝。从不曾想到自己会有这么充足的时间用来沉醉于雨声中,去倾听它的浪漫,它的多情,它的忧愁,它的利落,它的坚定。只想说时间你慢点走,你带走了我的青春,带走了我的故事,带走了我的健康,带走了我所有对人生的美好想象,带走了我的一腔热血,最后留下了一颗千疮百孔的心,一副残缺不全的躯壳!

曾有人说过,聆听雨的人都很纠结,容易感伤。在孤寂的雨天里,一个人品味着落寞,习惯了寂寞,学会了在沉稳中隐藏悲伤,假装快乐。 旁人能看见你的疤痕,但终究感受不到你的痛楚。

每个人的人生里都会遇到一场措手不及的大雨,若你身陷雨中,愿有人为你撑伞;如果没有,也愿你有听雨的心情……

二维空间的霍金,走向霍金的你和我

作者:蒲文波

风轻云淡的日子,埋葬了你的往事吧?逝者徒增悲,来者务必为!回忆往事,乃风烛残年之事。恰值创造回忆的年纪,你就不该回忆往事——浪费光阴,虚度未来!

我很了解,你正在绝望;因为我也绝望过,因为我们都一样,因为我们都是跟斯蒂芬·霍金一样的人。但是,你绝不能让绝望阻挡了你的思维、你的心态,因为正常的它们需要正常,如鱼需要水,如白天就该很白。

古有释迦牟尼在菩提树下顿悟,他创造了一座高峰,信徒顶礼膜拜;今有斯蒂芬·霍金,天空面前得以纵深,他创造了一座高峰,半个世纪的坚强——作为同一个群体,你不希望同他一样吗?霍金研究黑洞,黑洞压缩了他的躯体。悲情一生,但他创造了一个"金字招牌"。

这个世界,有太多霍金一样的悲情,但当下的悲情,却与霍金不完全一样,因为一个理由。

1942年,斯蒂芬·霍金出生,当日是伽利略逝世300周年,他的母亲不知道他的未来。1959年,霍金17岁,拿到牛津大学一等荣誉学位,学有所成,前程似锦,尚不知自己的未来。1963年,霍金21岁,被诊断为运动神经元病,晴天响起了霹雳,前程如梦似幻,他已经知道了他的未来会怎样。2015年,霍金申请姓名专利,成立了基金会,于绝望中觉悟、于死亡里重生,他推动了运动神经元疾病的研究。2018年,斯蒂芬·霍金去世,半生疾病如黑洞般压缩了他,一本《时间简史》于历史的上空熠熠生辉,他的骨灰被安置在了牛顿、达尔文的旁边。

浮世一生,生活给你的——是悲、是喜、是恶魔,你都必须接受。你毫无选择的余地。于血泊中如战士一样站起,面对魔鬼像彩虹一样笑对人生,方是真正地活着!生命不可再来,死生无可避免。百种姓氏,千种难生活,只求在一个夹缝中赤裸裸地盛放。无悔此生不负亲,坚强勇敢度残生。

21岁之前,霍金是一个三维空间的人,奔跑、跳跃、举胳膊,无所不能;21岁之后,霍金逐渐走进了二维空间,奔跑、跳跃、举胳膊,化作了天边一道虹。

霍金曾说:"开车直线行进,是在一维空间;左转或右转,形成了二维空间;曲折蜿蜒的山路行进,进入了三维空间。"科幻小说里,有一种打击,叫"降维打击"。三维空间的人,是正常人;如果遭到降维打击,从三维空间降级到二维空间,人会怎么样呢?或者,是一具失去了时间轴的尸体;或者,是一个失去了自由的牢笼之魂。

1963年,霍金遭受了一次降维打击:他失去了奔跑、跳跃、举胳膊的能力。从此以后,他逐渐变成了一棵大树,他被禁锢在了一个地方,他只剩下有限的时光,他生活在了二维空间。霍金,虽然生活在了二维空间,但他的灵魂却依旧在进军。他进军的灵魂,最终开向了宇宙,开向了时间尽头。

霍金研究黑洞,疾病有如黑洞,将霍金的身体压缩进了轮椅。但霍金的心灵是健康的,有如一弯清泉。清泉里,倒映着蓝天、白云,还有那看不见的黑洞。岁月悠悠,霍金用想象力,创作出了一本《时间简史》,扬名立万,不逊于正常人!

霍金拥有一个正循环:思考,让他忘记了疾病,给他带来了成就;成就,让他勇往直前,给他正常人的生活;正常,让他转移了视线,给他无限的希望;希望,让他有了目标,给他思考的力量。霍金的正循环,让他的灵魂登上了一座高峰,前无古人,难以逾越。

海子的诗写道:"目击众神死亡的草原上野花一片,远在远方的风比远方更远。"已然,霍金是草原上开得最灿烂的一朵花。远在霍金脑海里的黑洞比霍金更让人望尘莫及。越来越像一棵大树的霍金,他的思想却点亮了夜空。

昨天的霍金,今天的一群人,一群人里,我已存在。于2014年,我踏上了一个旅途,走向霍金的旅途。二维空间的霍金,走向霍金的你和我。走向霍金,那无疑是一生悲情!但宿命如钩,你有得选择吗?显然,你没得选择!要么模仿霍金,进入一个正循环,等待半个世纪;要么在悲情中死去,让一腔怨气缠绕你,让你死不瞑目。

疾病无情,摧残了血肉之躯;灵魂有义,誓死在捍卫尊严。人生,有太多的起起伏伏,我始终坚信——我的意志可以改变一切。

虽然,我在走向霍金,但我却比霍金幸运。只因为,我们比霍金晚了80年;这80年,科技突飞猛进——势不可当的基因编辑,所向披靡的干细胞疗法,无所不能的人工智能……每一项都有可能成为运动神经元病的终结者,不是吗?那么,你还在悲观什么呢?诚然,新的群体成员,比霍金幸运!乐观于未来,该成为你的姓名。

人之存在,俯仰一世,英年早逝者,不计其数。笑对生活,笑对未来,遗忘过去,遗忘病魔;意念之中,我很正常,转移视线,自由思考。活着就是希望,未来定是一片锦绣。霍金的精神,在这个群体中,当不死不灭。

世界上最遥远的距离

作者：蒲文波

世界上最遥远的距离，不是生与死，而是今天与明天之间，出现了裂隙——那是一道一光年的裂隙，那是一道哀伤到快乐的裂隙。亲爱的朋友，你我近在咫尺，你我远在天涯——你就站在我的面前，我就坐在你的身边，我们却是两个世界。

月季花是一种容易误解季节的花。秋风萧瑟的季节，它竟以为是春暖花开，结出了一个花骨朵儿。误解了季节的花儿，就会付出惨重的代价。深秋季节，天气变幻莫测，闭眼还是冷月高悬，睁眼就是一片白色茫茫。白雪裹住一朵娇红，压弯了枝头。白雪是一座牢，白雪是一场噩梦。

当阳光刺穿树梢，裹住花骨朵儿的白雪渐渐消融，露出了误解季节的容颜。容颜已改变了模样，失去了春季的香、夏季的神以及初秋的沉，沦落到失了花魂。北风落寒鸦，白雪葬花魂。那消融的一滴滴雪水，是花骨朵儿悲戚命运流下的泪。带着残香的泪，落在冰冻的大地上，溅碎成了一朵花儿，那是一个个想象中尽情绽放的美梦啊！

月季花是一种始终自以为是的花。牡丹花、百合花、玫瑰花，一年灿烂一次。唯独它，月月都不缺席——如果身在温室，或许它在大雪纷飞的日子都会开花吧？如果说颜色是月季花的骄傲，那它就有红色、蓝色、粉色、黄色等骄傲；如果说品种是月季花的自信，那它就有成千上万种自信，自信满世界。

骄傲的月季花，总想每个月都有一次绚烂枝头，惹蜜蜂、蝴蝶来光顾；自信的月季花，总能在花开的季节遭遇意外——雷电、冷风、冰雪，猝

不及防。我曾认为这种骄傲、这种自信,是闪亮的夜明珠,不承想同时也是两大陷阱——骄傲者容易暴露自己,自信者容易疏忽自己。

月季花一次次地灿烂枝头、一次次地零落成泥,随便剪一条枝就能扎根土壤。灿烂的花有很多,月季花就是最普遍的那一种。它美丽却容易凋谢,有如我们的人生。我是一个结果论者,说过程最重要的人,大多数是得不到结果的一种自我安慰。谈一段恋爱,就必须以结婚为目的;做一份事业,就必须红红火火;活一世人生,就必须有始有终。

显眼的月季花,每一朵都那么美丽,每一朵都容易凋谢。好比一个身患绝症的病人,他的人生,就是一朵月季花——结果是那么遥不可及、那么虚无缥缈!这样的生命,便只能重视过程,好比大海上没有灯塔的航船,它只能步步为营,它只能小心谨慎,它没有工夫计较结果。

世界上最遥远的距离,在一场大雪前后,在性格与规律之间,在结果与谎言分界。坐在轮椅上看世界,误解季节的代价、自以为是的因果、没有结果的结局。月季花仿佛站起了身,化进了我的身体……

这世界我来过

作者：乔儿

如果可以，我愿意一辈子吃斋念佛。

每天坚持诵读《阿弥陀经》，愿世间不再有老病死。

如果可以，我想拥有一个哆啦A梦。

管他借一台时光机，驾驶时光机穿越未来，找到能治愈ALS的良药。

如果可以，我想变成白雪公主的后妈。

拥有一面会说话的镜子，它能告诉我未知的事和物。

如果可以，我要成为改变世界的决胜者。

像超人和蜘蛛侠那样，穿上战衣就充满使命感，拯救陷在水深火热中的生灵。

如果可以……

生活中我们经常会听到"如果、假如"等带有假设性和富有期望值的词汇，这些不过是人们在心里有落差后造出来的精神食粮。然而，这些假设性词汇，带给人们的心理安慰和精神抚慰，让人心情平静，让人生活充实，让人内心充满激情，让人心态积极向上，会把失败变为成功，把消极化为积极，把噩梦变成美梦，把痛苦转为快乐。力量是无穷无尽的。

人生过多地沉寂在这种假设性的精神世界里是很可怕的。没有苦难磨砺，人就不会成长，就不会有坚强、刚毅、坚韧等有力的词汇。

人，终究无法逃脱死亡。这是听起来比较沉重，看着略显灰度，触及灵魂深处，又让人在心灵上不愿提及和不能洒脱面对的词。感谢命运赐予我磨难，是疾病给了我清醒的头脑，是疾病擦亮了我眼前的灰蒙，是疾病磨

平了我身上的戾气。在苦难中，我学会了思考。思，教会我身处困境该如何难中求易，思是改变；思，告诉我世间困苦皆因"取"，思是解脱。

人的一生中，美好时光总是比不如意少一些。常言道："吃得苦中苦，方为人上人；历经难中难，才懂活不易！"人在苦难磨砺面前，才能更清醒，才更容易找到方向，才会竭尽全力励精图治。

不管别人眼中的你有多么不堪，永远都要昂首挺胸，傲骨不能丢。学者周国平在《人生的两种保险》中说："要不给自己制造痛苦，就必须想明白人生的一个基本道理，叫作价值观。这就是要分清人生中什么是重要的，什么是不重要的，对重要的要看得准、抓得住，对不重要的要看得开、放得下。"

当我们站在生活面前，面对那些突如其来又必须去面对的困苦与磨难，承受一些本不该承受的嘲讽，感受过无奈和万千次的心酸之后，可能你就会明白，上苍其实是公平的，他之所以会把疾病撒向世间，就是我们之前没好好爱惜过他给予的健康体魄，他才要急于收回。

当你们在上下班途中，放学上学的路上，看着身边经过的残疾人时，不知道你们有没有过这种感觉，原来生命里有许多事情还是很美好的。

过去经历过的艰难，曾经失去的人或物，这些都不重要，重要的是你依然还拥有着健康，依旧拥有着十足的勇气和对生活的热忱。

我今年34岁了，半生时光都在跟病魔做斗争，与命运博弈，从不曾低过头，生命的长度虽然短暂，但宽度足够丰富、璀璨。

因为，我也爱过、恨过、傻过、疯狂过，更无悔过……

这个世界我来过，足够了！

慢下来的时光

作者：小乔

生病之前的那段时光，我总是走路带风的模样。熟悉我的人都知道我是个急性子的人，凡事都要好好地面对，力求完美，总是想尽力而为、不留遗憾。工作中、生活中的自己就像上了发条的钟摆一刻不曾停歇地忙碌着。生病后，身体一下子不再适应以前的快节奏，肢体能力的退化如影随形，时刻告诉你要慢下来，否则你定会栽跟头。

在经历了打翻热油被烫伤，在卫生间站起摔倒划伤后，我缴械投降了。起初，面对生活，我完全不知道怎么适应这样的变化。想到工作了二十年，早已习惯每天上课、下课、批改作业、搞业务，习惯了在学校去卫生间都步履匆匆，习惯了回到家马上做饭、打扫房间，太多的习惯刻在了骨子里，不容易改变。而今，我早上起床失去了生活的目标，起床了去哪里？能干吗？日子一下子定格，没有了拼搏的状态。

每天看见老公起来忙碌地做饭、熬药，把我要用的东西放到我身边能随手拿到的地方，一切忙碌随着他咚的一声关门声，我的世界清静了，能听见自己的心跳。当我穿着睡衣慢慢起床，都会临窗而望匆匆上学的孩子们，望着同事们步履轻盈地奔向学校，心里无比羡慕……是啊！远远地听见隐约的上课铃声，这时看见工作群里各种活动的通知，我才发现自己已经无法工作，那份忙碌中不再有我的身影了。带着说不出的苦涩，我呆坐在沙发上好久好久，有一段时间里泪水总是不争气地流下来……

是啊，人也许就是这样，失去了才懂得珍惜。那时工作的辛苦如今都是我遥不可及的幸福。多想肆意地走在冰雪之路上，多想端坐在会议室记下一行行文字,每天伴着余晖拖着疲惫的身体回家,这些都是可望而不可即的幸福啊!

也许难过攒够了,就是面对现实的时候吧。我才40岁啊,我不能消沉下去,也许留给我自理的时候不多了,现在的每一天都是我以后最好的一天。我还有好多梦想没有实现,我还想看着女儿结婚,看着她工作啊。我不能颓废,不能每天以泪洗面。我在内心挣扎,在大家的鼓励下我找到了生活的另一个状态,一种内心丰盈、平静的生活状态。有人说:"人生如同行路,无论羊肠小路,还是康庄大道,都需要走过;无论是荆棘丛生,还是一马平川,都是一种体验。路上的风景,就是人生的风景,不管你看见还是没看见;路上的历练,就是躲不过去的险滩。"每个人的生活也许就是宿命,我的命运和我开了一个大大的玩笑,也让我瞬间理解了活着的意义。

于是,在慢下来的日子里我尽量过得丰盈而平和。属于我的时光在确诊后的一个月的这一天真正来临。

我先洗漱,笨拙的手指已经僵硬得不能再柔和一点,我只能用面巾纸沾着洗面奶,再硬邦邦地擦拭脸庞。脖子上的清洗需要费力去够,对于我来说,绕脖子一圈不亚于体操运动员的高难度动作。刷牙缸因为我是一只手拿着发出抗议,我赶紧倒出一半的水,不然非得开始它的蹩脚摇摆舞。当我清清爽爽地坐下来吃饭又是一个考验。软的、小的饭菜我都需要内心评估一下,然后一下下吞咽。一定不要呛咳,这是我时刻谨记在心里的。有点难过的是最近由于右手肌肉萎缩,筷子已经退出历史舞台,我开始用勺子吃饭。我慢慢地咀嚼,这个是我幸福的高光时刻啊。许多中期病友已经失去吞咽功能,气切、胃造瘘了,这份属于食物味蕾的幸福是多么珍贵!我要一口一口好好吃饭,珍惜当下每一次的品尝。虽然舌肌萎缩变形,吞咽困难,但至少还能吞咽,于是我就在淘宝上买来印有精美图案的汤匙和碗,我要把已经烂成泥的牛肉吃成西餐,苦中作乐吧。

吃过早饭还有好几碗中药、一大把西药等着我吃,按照半个小时的间隔一样样地喝进去。我曾经说过人家广东人喝早茶我喝早汤药,人家喝下午茶我依然需要继续喝下午药。老公虽然每次听见我的牢骚都自动屏蔽,却依然还是早早熬好汤药,让我一碗一碗喝下去。我觉得武松三碗不过冈,我一天至少十碗汤药,应该可以做他师姐了吧。家里更是满屋子的中药味儿,我现在和老公戏称自己"百毒不侵",喝过药,心里暗示自己有力气了,锻炼去。于是我在屋子里慢慢地走路,以免身体僵硬,萎缩太快。病友姐姐发微信告诉我千万小心,十天前她因为在屋里走路摔倒磕到额头,差点和我永别了,我于是格外小心。走了一会儿,身上都是汗珠,不过心里舒服,我战胜自己啦!想想每天夜晚病痛折磨我的时候身体痉挛好久,每次都会咬牙坚持,想想自己也挺过一次又一次了,生死都不怕,还怕疼吗?就这样,在身体不抗议的时候我就要去寻找慢下来的美好。

家里的长寿花儿开了,一朵朵的小花儿从花骨朵儿的时候我就每天都要问候一下,盼望着。一朵、两朵、一堆开了起来,娇艳欲滴。花瓣下是嫩绿的枝叶,生命力格外旺盛。在阳光底下一闪一闪的,每开一朵我都特别高兴、惊呼、雀跃。以前从来都没有细细研究过它们的成长,这样一个生命就在我的精心呵护下长大了,真好!淡紫的花瓣总是对着我扬起笑脸,好像在问美不美,这傲然怒放的生命啊!

剩下的时间我读了好多以前没有读完的书。村上春树的系列、杨绛先生的作品、余光中的书是我最爱看的。书让我的内心得到一份宁静,暂时忘了自己。就像杨绛先生说的,有梦不觉人生寒。我有好好活着就是存在的梦想,给自己熬一份心灵鸡汤未尝不可,至少可以感觉到丝丝缕缕的幸福和甜蜜。

画画也成了我慢时光里的一部分。《林中漫步》这幅水彩画历时十一天完成了。看着自己的处女作,虽然技术不咋样,但成就感爆棚。老公逢人就介绍,弄得我都不好意思了。望着相拥散步的两个老人,我也想与老公相拥到老……

我想,生活少一分无奈、多一分忙碌,少一分乱想、多一分充盈,少一分惧怕、多一分坦然,自己才会变得强大一些。做一些自己喜欢的事、能做的事,苦中作乐尤为甜。不幸的终究还是会来,在来之前,来之时,我都想坚强地活着,让自己的日子发光。

记得三毛说:"我来不及认真地年轻,待明白过来时,只能选择认真地老去。"芸芸众生,都想要活到垂垂老矣,将世间风景看尽,将世事沧桑尝遍,将万千世味品尽,让人生的故事饱满而厚重,让生命的旅程延向绵绵无尽处。可惜,你我都未能如愿,半路坎坷生病,可这样的渐冻人生为什么不可以凝神思索、品味生命的美好,也许注重精神世界的充盈才能度我们身体上的苦。暂且让自己拥有信仰,一份信念:我可以苦中作乐,我可以坦然面对。我想放下可以放下的,让日子慢下来,让生命之水于来鸿去燕的悄无声息中缓缓流淌,让生命的天空多一点温暖,让生命的余晖闪耀得更亮更久,努力迎接解冻的那一天……

被"神经病"的故事

作者：雨涵

故事一

2009年，随着我病情的发展，不得不请保姆来照顾我。那天我与老公一起去家政公司找保姆。那时我虽然还能行走，但是要有人拉着手，极不方便，所以我没下车，老公独自进去与应聘的保姆交谈。

不一会儿，老公带着保姆出来了。保姆看了眼车里的我，开口就问："平时打不打人啊？"问得我丈二和尚摸不着头脑，愣了一会儿才缓过神来，原来这位保姆把我当成神经病了。

回家的路上，我问老公是如何与保姆交谈的。老公说就是跟她说你得的是运动神经元病。问题就出在这里了，运动神经元病有多少人知道呢？保姆又怎会明白呢？我想她可能仅仅记住了"神经病"三个字。所以，我第一次被"神经病"了。

故事二

2012年的某一天，我跟老公一起去剪发。发廊里有几位老婆婆看到我坐着轮椅，便投来同情的目光，然后围着我老公说："这么年轻怎么中风了？"我老公说："不是中风，是得了运动神经元病。运动神经元逐渐丢失，造成肌肉得不到营养而萎缩，所以全身无力，造成走路不方便。"

我坐在一旁听着他们对话，眼睛不停地跟随着老公和她们的表情

转。忽然一位老婆婆看着我说:"你们看,她知道我们在说她,看她两个眼睛碌来碌去的(广东方言,意思是'转来转去')。"完了,这几位老婆婆把我当成了人事儿不懂的神经病了。老公赶紧解释说:"她神志很清晰,智力一点问题都没有。"那几位老婆婆还是用疑惑的眼光不解地看着我。这是我第二次被"神经病"的经历。

故事三

前两次被"神经病"还只是短暂的,第三次可真成了"神经病"。

有了前面的两次经历,我便叮嘱老公,以后不要再跟人这么介绍了。这病非专科医生都不了解,跟保姆和老婆婆们怎么能说清楚呢?以后就说肌肉萎缩好了。我还跟老公开玩笑地说:"再这么说,我就是神经病了。"原以为老公有了前两次经历后会有所改变,谁知他是个"死不悔改"的家伙。

2013年2月,老公因工作需要被派到兰州,考虑到我身体特殊,单位领导同意把我也接到兰州。我也有此意,便欣然同意了。作为南方人的我对西北有着遐想与向往,黄土高坡长什么样?窑洞怎么住人?水窖的水清吗?冬天那么冷,人们怎么出门,会不会把身体裹成粽子一样?许多的疑问和好奇,让我期盼能够早日踏上这片神奇的土地。

经过一系列的准备工作,我的愿望实现了!我们乘飞机抵达兰州。出了机场,映入眼帘的便是光秃秃的山,经过黄河大桥看到的是夹杂着黄泥的水,这与南方的山清水秀形成了鲜明的对比。我并没有因眼前的景象而后悔来这里,反而觉得能在这种环境中生存的人值得称赞,能为这片土地做出贡献的人值得敬佩。

当天晚上,单位举行晚宴为我们接风洗尘。席间他们边吃边聊,我因说话不太清楚很少开口。当老公说:"我们都是奔五十的人了,再不干出点名堂就没时间了。"我顺口说了句:"你还奔五十啊?"此时,负责行政的副总问我老公:"您夫人说什么?"老公说:"她说我说错了,我已过五十还奔什么五十?"副总听了之后说:"她还挺清醒的哦!"完了,我第三次被"神经病"了!我知道一定是老公又一次把我"卖了"。老公兴许听出了问题,赶紧打圆场说:"她很厉害的,曾经代表学校参加地区数学竞赛,拿了第一名。"大家向我投来赞许的眼光。原以为事情到此为止了,可是后来发生的事情让我更加哭笑不得。

我们住的简易房就在厂区外,出门左边是厂区,右边是六车道大马路。由于是刚开发的高新技术开发区,马路虽大,但几乎没什么车经过,更没什么人经过。100多平方米的房子里,白天就我和保姆两人,冷冷清清的。下班后保姆经常会推着我进厂转转,门卫工人会跟保姆打招呼,一双眼紧紧盯着我。我不以为意,因为我说话不太清楚,也懒得搭理。

由于是简易房,水、电、气经常会出问题,电跳闸、水管漏水、暖气不通等,遇上此类事,行政副总总是亲自来过问情况,但奇怪的是他从来不问我,而是问保姆怎么回事。我一直以为他怕我说话辛苦而不问我,后来发生的事让我明白了原因。

有一天门卫当着我的面,问保姆知不知道我家Wi-Fi密码,保姆指着我说:"那要问她。"他说:"她怎么会知道?"他的回答让我弄明白了,他们为什么不跟我说话,还用眼睛紧紧盯着我,肯定也是把我当成了"神经病"呗。这次我是真的成了神经病了,我想解释,但能解释得清楚吗?越解释越像神经病,我唯有坦然接受别人对我的印象。后来在保姆的解释下,门卫及部分职工知道了我不是神经病。但是在大多数人的眼里,我依旧是个神经不正常的"神经病"。

在兰州的一年半时间里,虽然发生了这件窘事,但我仍然热爱这片神奇的土地。这里和广东相比,虽然经济欠发达,但是勤劳的人们在这片贫瘠土地上种出了又大又粉的土豆、又长又甜的玉米,他们用智慧贮存了天上雨水供自己饮用,他们利用本土的地理优势挖了冬暖夏凉的窑洞。在这里我见到了天下黄河第一桥——黄河铁桥,铁桥横跨黄河,远远望去犹如一股巨大的波浪漂浮在黄河之上,气势恢宏。这里的人们憨厚、朴实、重情、重义,这里的气候很适合我这样的病人居住,干燥、气压稳定,不会让人闷得透不过气来,夏天更是一个字"爽"。

这一切的一切,冲抵了我被"神经病"的不愉快,我的精神越来越好,从心底喜欢上了这西北黄土高坡的风土人情。

秋 思

作者：在水一方

一直都喜欢秋天，喜欢秋天那一份透彻心扉中清冷的安宁，喜欢天空那一抹明净和白云的清幽。转眼又是一年芳草离离时，当秋风起时，那一片片随风飞舞的黄叶便完成了它的使命，叶落归根。有人说"秋天是多思的季节，是薄凉的开始"。处暑过后，气温开始有所下降，没有了盛夏那种炎热沉闷的感觉，给人以舒适怡人的惬意。秋天，也最容易触动在外游子思念家乡的那一根敏感的神经。

我老家在湖南宁乡西南部的农村，十五年前我怀着"给我一个支点就可以撬动地球"的梦想来到一个相距一百五十多公里的城市，希望能干出一番事业，摆脱祖祖辈辈面朝黄土背朝天辛勤劳作的命运。没想到的是，当初背上行囊挥手作别的家乡成了我现在心心念念、魂牵梦绕的故乡。

初来到陌生的城市，如无根的浮萍，心里一片迷茫，摆过地摊、做过夜宵，干过好几个行业，因为职业的关系，需要在凌晨两三点大多数人酣睡时起来忙碌，也曾厌倦，也曾想放弃，但为了生活、为了心中的梦想，只好激励自己："三更灯火五更鸡，正是男儿打拼时。"慢慢地适应了都市繁华而快节奏的生活。经过几年努力，渐渐在这个城市扎下了根。一家人融入了这个城市的生活和工作，这里成为我们的第二故乡，一晃就是十五年。

离开家乡这么多年，很多记忆随着时间的推移被淡忘，踏上漂泊之路，不停地为生存奔走，忽视了太多的情感。一直以为时间还有很多，经得起我的漫不经心和浪费，现在才知道没有来日方长，只有时光匆匆一去不

复返,再也无法追回。

家乡有我年迈的老母亲和兄弟姊妹、亲朋好友,有我们离开家乡前为之奋斗多年、付出无数心血才建好的两层小楼,有我青葱年少一路成长留下的印记,那里留下了我儿时的欢声笑语,还有绽放在那些年华里的青春梦想。

有人说,没有家的家乡只是故乡,没有亲人的牵挂只能成为那里的过客。我说,在外的游子如放飞的风筝,飞得最高最远,那一根线始终牢牢系在生我养我的家乡。

当初挥手作别母亲,没想到一个转身便是十多年,李白诗曰:"青山横北郭,白水绕东城。此地一为别,孤蓬万里征。浮云游子意,落日故人情。挥手自兹去,萧萧班马鸣。"这么多年来,母亲对在外打拼的我们赋予了多少殷切的盼望,不图我们衣锦还乡,只希望能常回家看看,能多一点时间陪伴在身边,而我们总是以忙为由很少回家。如果没有特殊的情况,一般只有过年才回去几天,像一个匆匆忙忙的过客。每次离别,母亲都是泪眼婆娑,千叮咛、万嘱咐,再问归期。

俗话说树高千丈,叶落归根。不管在外漂泊多久的游子都忘不了对家乡的眷恋,本想着过个几年回到家乡好好享受田园生活的乐趣,本想着能有机会好好孝敬母亲,没想到一场始料未及的疾病粉碎了我的梦,太多的来不及成了我一生无法抹去的痛。患病六年多的我身体如被冰冻住,基本上成了轮椅上的人体标本,吃喝拉撒睡都离不开家人的照顾,眼控电脑互联网,我的世界尽在"网"中。

家乡虽然不算远,却成了我的咫尺天涯。多少次午夜梦回,窗外的都市依然万家灯火,我努力地朝着梦的方向回望,寂静秋夜只留下我一个人怅然若失的叹息。可知那叹息里,有着我无处安放的对家乡的牵念,有着一个儿子无法尽孝的悲凉。李商隐有诗曰:"晓镜但愁云鬓改,夜吟应觉月光寒。蓬山此去无多路,青鸟殷勤为探看。"那一刻,我尽情放飞心空的青鸟,划过静夜的苍穹,飞往老家的方向。

家乡是流浪异乡的遐想,是刻骨铭心的遥望,是崇山峻岭的呼唤。

这几年家乡也起了翻天覆地的变化,国家提出了建设美丽乡村,振兴乡村经济,基本上实现了水泥公路家家通,生活垃圾集中投放,种花、种果树,美化家居环境。液化石油气代替了远古时代沿袭下来的柴火灶。那种弥漫烟火味道的日子,包裹着浓郁生活气息的炊烟,渐渐消失在视线里,成了回忆。

"春花秋月何时了,往事知多少?小楼昨夜又东风,故国不堪回首月明中。雕栏玉砌应犹在,只是朱颜改。问君能有几多愁?恰似一江春水向东流。"每次念及故园,南唐后主李煜的词不觉萦绕在心头。

老家是我温馨的回忆,是我梦里的惆怅,是我对故园的依恋,是我灵魂的栖息地。老家承载了我多少期盼,家乡不光是一处房子,更有一种花草树木都浓情的感觉。回不去的过去,我只好把记忆里的片段一一串起,在每一个思念的季节里,慢慢回味。终有一天,我会如一朵疲惫的云朵,飞回故里。

活 着

作者：墨香

前几天，我的初中同学，也是我青春时代最好的朋友给我发信息说："被关在家里的这些日子，我终于明白了你的心情，我尚且能动能干活儿，而你不能动，这几年你是多么痛苦啊。"我听了很感动，因为有人懂得和陪伴是人这一辈子最幸福的事情！我也相信通过这场疫情，每个人对生命都会有了更深的感悟。自由和健康才是生命中最宝贵的东西，活着就好！

还记得，在我刚确诊 ALS 进入病友群的时候，看到很多晚期病友，做了气切和胃造瘘手术后依然倔强地活着，我心里会暗自觉得他们真怕死，这样没有质量地活着有什么意思，然而时间越久，我越觉得他们才是真正的勇士，每天饱受无法描述的摧残，仍然顽强地和命运抗争。每次他们发的视频我都不敢打开，我不敢面对他们被病魔折磨得面目全非的样子，然而他们依然用眼睛打字，在群里谈笑风生，用自己的经验指导着更多的新病友！他们最爱说的一句就是"活着就好"。人的生命只有一次，越是接近尾声，人就会越发珍惜活着的分分秒秒！

还有一位病友玩抖音，我看她做得很好，也有很多粉丝。人生不易，总有太多不舍和牵挂，哪怕遍体鳞伤也会为自己爱的人涅槃煎熬，赴汤蹈火！

转眼就病了四年，四年里经历了太多的世间百态，对于死亡我还是一如既往地冷静和坦然，不改初衷地选择顺其自然地离开，并且一再交代老公不抢救，遗体捐献！不是我有多伟大，也不是害怕那样活着，而是那样活着，人力、财力缺一不可，每一个勇士的背后都有一大帮无私奉献的亲人,而我一个条件也不具备,看着老公越来越多的白发,我时时祈祷早日结束人生这趟苦旅,而看到年幼孤苦的孩子,无论多苦我又想咬牙坚持,每日在矛盾中左右摇摆,苦不堪言!心里的苦远大于肉体的痛苦!人到低谷才会明白一切寒凉、绝望、无奈和那种在每一个深夜来临时的惊慌失措,在每一个白天来临时的惶恐不安。只是活着,只为活着,再无快乐而言!生命尾声又是多么渴望温暖和安慰,可是你却发现你除了自己的影子你什么都没有,每天活着都是那么孤独和害怕!生活的真相,缺一次钱,生一场病,就足够你看得透透彻彻!

所以只要你健康地活着,你就没有理由去抱怨生活,这场疫情过后,希望你可以丢掉无用的圈子,丢掉无用的社交,和真正爱你的人在一起。规律作息,调节你的生活,珍惜该珍惜的,舍弃该舍弃的。不要忘记曾经帮过自己的人,好好活着,不要因为最不值钱的钱丢了人间最宝贵的感情,丢了,就再也回不来了!

人生这条路,苦是苦,但还是要哄着自己走下去。"不能忍受生命中注定要忍受的事情,是软弱和愚蠢的表现。"勃朗特的《简·爱》中这样说。

每当我在肉体和精神的泥潭里挣扎时,总会有意无意地想起勃朗特的这句话,也一度承认自己的懦弱,可更多时候我会觉得人非圣贤,谁也无法躲避生活之痛带给自己的绝望和挫败感,特别是我这种要依靠别人而活的超级巨婴,所以,我觉得敢于面对自己的脆弱和眼泪,才是真正的坚强,而一味地回避和逃避,不敢正视命运的残酷,抑或是伪装坚强,其实都是自欺欺人,在我看来那才是真正的懦夫!

2020这个寓意着"爱你爱你"的年头,新年伊始就给了我们太多的措手不及,中东混战,澳洲大火,非洲蝗灾,新型冠状病毒,NBA传奇科比意外坠亡,噩耗接踵而至……明天和意外哪个先来,你永远也无法预知和改变。天灾、人祸、疾病,每天都在你不知道的角落上演,跌跌撞撞、坎坎坷坷原本就是生活的模样。在黑暗里生活得越久,对人生的体会就越深刻。参透人间百味,还是要一路向前,历经磨难,终于会明白万般皆是命,半点不由人!

村上春树说:"如果你掉进了黑暗里,你能做的,不过是静心等待,直到你的双眼适应了黑暗。"如今的我早已适应了黑暗,可是我依然会挣扎,依然会痛苦,依然会成为情绪的奴隶,但我从不觉得自己有多差,如果换位,你未必如我!历经世间百态,几度沧海桑田,终于明白,心太软的人是很难快乐的。拒绝别人就像自己做错了事,心软是一种不公平的善良,成全别人,委屈自己,如果老天再给我一次机会,我是否依然如故?我是否会做坏人,背负所有骂名愉快地生活,而不是在深夜痛哭,辗转反侧,茶饭不思,做一个痛苦的好人呢?

  生活对我总是百般刁难,处处设阻,恶意挑衅,我无数次想缴械投降,无数次幻想一睡不起,可每天睁开眼看到灿烂的阳光,我就知道老天的磨难还没有结束,我的使命还没有完成。列夫·托尔斯泰说:"每个人都会有缺陷,就像被上帝咬过的苹果,有的人缺陷比较大,正是因为上帝特别喜欢他的芬芳。"我不确定我是否是那个有着特别的芬芳的苹果,我也知道我不过是沧海一粟,可无论生活多苦,还是要哄着自己活下去,因为这是对生命最起码的敬畏和尊重!希望山高水长,终有回转!

接纳,才是最好的救赎

作者:墨香

经常有人问我:"你怎么能如此坚强,身处逆境还能笑得如此坦然?"我想我可以用两个字来回答这个问题,那就是"接纳",接纳不再健康的自己,接纳病魔的摧残,接纳死神的迫近,接纳无法逆转的事实。虽然很难,但唯有接纳,你才能勇敢地面对不堪的现实,也唯有接纳,才是最好的救赎!

其实我也曾歇斯底里地控诉过,撕心裂肺地痛哭过,肝肠寸断地哀怨过,可当我发现,不论我如何哭天抢地,都真的无力改变这一切时,我就只能劝着自己学会接纳,接纳所有无法更改的事实。没有人关心这个过程是多么痛苦和煎熬,只有自己懂得,在逐渐失去的过程中,自己的身体和心里承受着多么大的伤害和绝望,可是为了活着,我只能默默地忍受这一切。

也有人说,如果是我,我肯定会提前解脱。我想说,如果是你,你一样也会坚强地活着。哪一个病友在确诊初期没说过这样的话呢?可是又有哪一个提前结束了自己呢?那些曾强烈抗拒呼吸机、胃造瘘的病友,在死神的威胁面前也老老实实地妥协了,接受了。对生的渴望,也许是每个人与生俱来的本能。为了活着,人的适应能力真的完全超乎你的想象。为了活着,为了爱,为了肩负的责任,我只能砥砺前行。死亡于我而言,根本不值一提,我早已经接纳了所有的一切,并且做好了随时赴死的准备,如此卑微地活着并不是我想要的,却是一个妈妈竭尽所能的坚守!

所以,我希望每一个身处逆境中的你,每一个迷茫的你,都能学会接纳,接纳失去,接纳离开,接纳失败,接纳沮丧,接纳不完美的自己,接纳不

完美的生活……人,生来不易,学会接纳,愿意接纳,能够接纳,你才能在不完美的生活中活得快乐,你才能在人生苦旅中获得超脱的力量,你才能让疲惫的灵魂得以救赎,你才能拥有笑对一切磨难的能力。

漫漫人生路,充满无数的未知和变故,得到的都是侥幸,失去才是常态,生活岂能百般如意,正因有了遗漏和缺憾,我们才会有所追寻,也唯有拥有一颗处变不惊、笑纳一切的心,方可成为生活的强者。

春的萌动、夏的勃发、秋的收获、冬的凋零,四季轮回,各有千秋,我们要学会习惯那些不该习惯的习惯,学会接受那些不想接受的东西。放得下就不孤独,站得远些就清楚,不幻想就没感触,不期待就不在乎。我们都曾不堪一击,但我们终将刀枪不入!

无论这个世界如何对你,都请你一如既往地勇敢、坚强,充满希望。若晴天和日,就静赏闲云;若雨落敲窗,就且听雨声。唯有接纳,才是最好的救赎……

九月,愿你安然,我亦无恙

作者:墨香

昨夜,是我入秋以来第一次感受到丝丝凉意,我不自觉地蜷了蜷身体,想要拉一拉被子,却发现胳膊根本抬不起,拼尽全力用腿挑起被子终于盖住了下半身,却已经睡意全无,嘴角掠过一丝苦笑,从不曾想到,自己的人生会不堪到如此地步……

"凉风至,白露降,寒蝉鸣",不知不觉间已经过了白露,大自然的鬼斧神工把四季雕刻得如此分明,就算足不出户,依然可以感知斗转星移,时间流逝。这几年,我早已经习惯了麻痹自己,劝着自己做到"不去想,糊涂过",然而,人非草木,孰能无情?我终究发现,自己真的做不到百毒不侵,刀枪不入。那些愁肠百结的残酷现实,总会在每一个深夜和黎明,把我摧残得无路可逃,俯首称臣。很多时候,我都会迷惘,我曾对生活付出了全部的温柔和善意,真诚和努力,可命运为何如此不垂青于我和爱我的人?无数美好的梦想,一个个全力以赴的过往都被现实狠狠地击碎。我不得不流着眼泪接受所有无奈,所有的不甘心也都不得不在现实面前卑躬屈膝。

生而为人,不仅仅为了自己而活,身上还肩负着责任和使命。作为一个母亲,如何能做到只为自己痛快,而抛下未成年的孩子撒手人寰?又如何能做到在孩子心里成为一个懦弱脱逃的妈妈?你对抗病魔的顽强会成为鼓舞孩子的一束光,而你的临阵脱逃也将会成为孩子一生的阴影。

死,真的很容易,活着却很难。每一个努力的人都值得被敬仰。臧克家说:"有的人活着,他已经死了;有的人死了,他还活着。"衡量一个人健康与否,不仅仅指身体,也指精神世界。有的人靠体力创造价值,有的人靠

精神创造价值,二者没有贵贱之分。有的人残而不废,活得很有意义,如霍金、海伦·凯勒;有的人金玉其外,败絮其中,如同行尸走肉。有人身体康健,有人内心丰盈……所以,每个人都有其存在的价值,冥冥之中,一切都是最好的安排。所以,我希望每一个身处低谷的人都不要妄自菲薄,自暴自弃;也希望每一个在高处的你不要扬扬得意,张扬张狂。人生无常,世事难料,安于现实,珍惜当下,多一些慈悲和宽容,多一些理解和感同身受,才是你最美的模样。

"碧云天,黄叶地,秋色连波,波上寒烟翠。"这个秋天,不管岁月赐予我们的是凉薄,还是馨暖,唯愿你我拥有一颗素心,静守一池清秋的恬淡,既能守心自暖,也能温暖岁月。我始终相信,内心有旖旎风光的人,定会在薄如蝉翼的光阴里,读痛苦如诗,品流年如画。生活会塞给我们很多无奈,我们也回报生活许多苦笑。你我一路风雨兼程,一路艰难挫折。坚持走下去,直到无能为力,直到柳暗花明。这一季清秋,愿你安好,我亦无恙。

辑四

一束阳光,足以掀起心灵的狂澜

一束阳光,就是这个世界爱的使者

一束阳光,就是一团希望的火焰

一束阳光,挺拔着令人仰视的高度

温暖了生活,焐热了诗语

更点燃了梦想

感恩,阳光如你

感恩,你如阳光

让爱汇成一条河

——《因为爱,所以坚持》出版的幕后故事

作者:暖禾

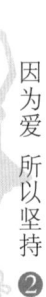

《因为爱,所以坚持》出版后,光明日报出版社的资深编辑谢香女士让我写写出书的整个过程,并谈谈自己的收获和体会。我考虑了片刻,一时不知如何下手,就将这事儿搁置了。直到有一天从一本书里看到了一篇短文,题目叫作《爱是一种慢性循环》。我仿佛邂逅了苦苦找寻的灵感,一下子有了提笔的冲动。直觉告诉我,爱也许有起始,但没有终结,它孕育着,循环着,传递着。说句心里话,最初创建公众号,只是想给孩子留一笔我以生命为代价换来的精神财富,或许可以顺带帮助到同病相怜的病友们。绝没有想要出书、出护理片,更不会预料到当初只是作为玩票的一个公众号,今天竟然能给我带来来自全社会的肯定。倒叙一下,我能有今天的成长,仰赖社会方方面面的爱心的汇聚,其中有六位爱心人,他们在关键时刻出现,给我关键力量,促成我生命一次次的超越。他们是我的女神沈培艺老师,我的伯乐谢香女士,我的大学同学朴美花和她姐姐赵宏丽导演,还有我精神的导师卢新华、杜卫东两位作家。

故事还要从2018年3月说起,有一天沈培艺老师通过我的微信朋友圈发现了不对劲,便给我留言:"妹妹你这是遭遇到什么了?"当得知我人生遭受如此打击时,她第一时间在文促会美育工作委员群和中戏舞剧系教师队伍群为我和"冰语阁"写了长达500字的请大家关注和支持的信息。一瞬间,我得病的消息在舞蹈圈公开化,接着老师、同学、朋友的慰问短信如潮而至。当时我即兴写下了一段统一回复大家的话:"感谢大家的关心,承蒙沈培艺老师多年的厚爱和关心,今天将我的公众号正式在舞蹈圈推广。在这里我向大家汇报,第一,我和病魔已经相处三年了,人生最难熬的日子过去了,目前除了吃喝拉睡以及呼吸,其他功能都在逐渐消失,正式步入残疾人的队伍;第二,我为在舞蹈圈公开公众号思考了很久,因为我现在带领着150名患者的团队,所以希望大家来关注和关爱,也希望'冰语阁'有正能量带给健全的你们;第三,上帝把十万分之四的概率降临于我,成为舞蹈界的第一人,这是我的不幸,也是我的荣耀,所以只能逼迫自己抓紧时间做有意义的事情,闭门好好修炼身心,避免重蹈北大女博士的悲剧,希望像霍爷爷一样啥也不缺地活着。关注我的公益事业就是对我最好的帮助,感谢!感谢!算命大师说我能活80岁。医学权威专家说我至少还能活20年,因为我属于渐冻症里最特殊、最稀少的病例,所以不用担心。过几年等到解冻依然还会东山再起,我只是临时被上帝派去干公益而已。"

随后沈老师提议要用她的培艺基金为我组织一场义演,被我婉言谢绝了,我顺口问了一句:"您认识出版社的人吗?我想为'冰语阁'的病友集体出本书,由于经费有限,希望多咨询几家出版社。"

没过两天沈老师就给我推荐了光明日报出版社编辑谢香。经过短暂的微信交流,认真商议出版事宜,后来,她告诉我,出版社将此选题纳入出版社公益图书出版计划,我兴奋异常。从此,我在众人的托举下,将一场史无前例的创举拉开帷幕。

出书的大事终于落实了,但如何发动病友积极参与,如何让新书后期得到全面推广便成了压在我面前的两座大山。谢老师建议我,可以找明星代言宣传公益活动。于是我再次想到了社会人脉资源较广的沈老师。她二话没说,当天就逐个给文学、影视、舞蹈、传媒各界明星大腕朋友发出请求代言的信息。随后于丹、何炅、周国平、张凯丽等众多明星、学者纷纷回复表示极力支持。于是明星团队很快组建成功,这份暖流逐渐在社会各界蔓延,很多名人、专家都表示自愿为我们推广新书而出镜出力。其中让我最为感动和意外的是,国内渐冻症方面最权威的三位医学专家都愿意全力支持与配合。无论是破格出镜代言,还是为新书写序,为护理片出镜推

广,三位医学界专家的加入,无疑都为我们这群患者的新书增添了浓墨重彩的一笔。

在沈老师的帮助下,不光落实了出版社和明星代言,更重要的是,在她的号召下,还为我组织了两次微信募捐活动。一次是为"冰语阁"患者,一次是为渐冻人家庭护理片。对于刚刚起步的"冰语阁",真可谓是雪中送炭。

在沈老师的牵线下,2018年4月,我正式和光明日报出版社合作。各种大大小小的事务接踵而至,拟写书名、讨论封面设计、安排目录和章节、邀请专家写序……这期间,我和谢香女士几乎天天微信办公,经常为了一个点子或想法讨论至深夜。书稿中几十篇文章,都经过谢老师逐字逐句的审核。谢老师不愧是资深且有爱心的编辑,她不只是从工作的层面为我们这群患者出版了一本书,更以她的爱心为新书的推广煞费苦心。在她的努力下,上海游读会捐赠给"冰语阁"几百件印有新书封面的志愿者文化衫。之后,她又引荐了后来为我和"冰语阁"写作文章并三次登上《人民日报》的两位著名作家——杜卫东和卢新华老师。

杜卫东老师骨子里透着那种军人的正直和善良。起初谢老师只是想通过杜老师的人脉关系为渐冻症患者找位记者写两篇文章,谁知杜老师听说了我的故事后,决定亲自来写这篇文章,这让电话那一边的谢老师颇为惊讶。不久杜老师便主动加了我的微信,并用十个问题简单采访了我,最后还附加一句"哪天见面希望一定请你吃个饭"。有一天谢老师微信告知我,杜老师为我们写的文章登上《人民日报》啦。文章刊登后不久,网上阅读量就突破了两万,还得到了上级领导的高度评价。到了年末,为了迎接新年,《人民日报》主动向杜老师约稿。杜老师再次洋洋洒洒写下了那篇《致敬——平凡中坚持的你》,将我和我的伙伴们第二次展现在党报上。看到文章的那一刻,我有一种虽死亦值的感动。将杜卫东老师的两篇文章收入书中作为序时,我给他发了条微信:"您为渐冻人立了大功啊!"他只淡淡地回复了一句:"一切归功于谢老师。"

与卢新华老师结缘也许早就命中注定。那是在菲律宾,一辆满载来自世界各地的华文作家的大巴上,谢老师就在其中,而她的前排就坐着这位伤痕文学的鼻祖。谢老师本来只是想试试看能否邀请他也为本书作序,结果一路聊下来,居然发现卢老师和我是南通老乡。卢老师二话没说,不仅同意作序,还提出要亲自看看我本人。

在一个细雨蒙蒙的日子,他真的从上海开车过来,走进我南通的家中。起初我有点受宠若惊,心想就为一篇序,让这么大的腕儿,在这样的雨天,来回开四个多小时车。很快我们就无所不谈,他把困扰我几年的病痛与生死,用佛家的精神解说得如此超脱、淡然。他的真诚、他的人生境界深深打动了我。临走时,他又将最近一次讲座的所有酬劳,都捐赠给"冰语阁"。不久,谢老师发来微信祝贺我说,卢老师不但要给新书作序,还要以此书顾问的身份为新书发布会做全国的推广。不久,卢老师的《暖禾》让我和"冰语阁"第三次上了《人民日报》。紧接着他又参与组织并参加了北京、上海、山东、南通、如皋五场高规格的新书发布会。一篇《我和葛敏有个约》又把我作为南通精神文明的典型人物在各大媒体进行了宣传,使我在靠近死亡的日子里,感受到被荣誉包围的自豪与幸福。

卢老师对我的帮助,绝不只是在这些具体的事务上,他发自内心的关怀和感同身受的开导,更成为我人生中最为重要的精神支持。各地发布会结束后,他虽然已经回到美国,但还是隔三岔五地嘘寒问暖,尤其是在我情绪低迷的时候,他总能用他丰厚的人生体验和深邃的生命智慧帮我解围脱困。与卢老师的结缘,让我的心坦然了很多,开阔了很多。

最后,我想说说我的大学同学朴美花。

2017年10月,我在医院输依达拉奉,为期21天。无聊中,忽然想起我前期做的中学舞蹈课例还没完成。眼看着自己的身体一天不如一天,一种紧迫感使我脑海里闪现出几个我在校时的挚友,很快我就锁定了女强人朴美花。我给她发了一条求助信息,告知她我得了绝症,不能动也不能说,希望她来帮助我实现一些教学上的想法。她得知我的病,悲痛万分,让我有什么愿望一定告诉她,她会尽全力帮我实现。当她得知我创建了"冰语阁",并且有做一部宣传短片来为病友发声的想法时,斩钉截铁地告诉我,这个愿望她来免费帮我实现。我们商量好拍摄方案后,她用了半年的时间搜集了我从上海舞蹈学校到上海歌舞团,再到北京舞蹈学院,本科至研究生阶段乃至工作单位所有的同学、老师、同事对我一路走来最想表达的心声视频,同时还搜集整理了"冰语阁"很多病友的资料。她姐姐赵宏丽（人称赵导）的影视公司全力投入拍摄和后期制作。

2018年6月，当我回到北京时，美花告诉我过段时间她想给我一个惊喜。果然，7月里一个燠热难当的日子，在美花的安排下，我们所有参与新书工作的人员，聚集在艺术工厂的一间会议室里，观看拍摄制作长达半年的宣传片。美花和在场的所有人都被感动得热泪盈眶。在同学朴美花、赵导的传媒公司、光明日报出版社三方共同努力下，一场别开生面的新书发布会开始酝酿。

2019年4月20日，《因为爱，所以坚持》新书发布会在北京西城区第一文化馆如期顺利举行了。

新书出版凝聚了如此多的爱意，终于面世，却并不意味着爱的停止或者暂歇，相反它成为更浩大的爱意的开端。随后的日子里，更多的爱心人士因为这份爱意和善缘将"冰语阁"的光亮源越做越大，遍布全国各地的渐冻症患者和家属因此而受益。

行文至此，我还在思考爱的源头在哪儿，它又如何发端，如何孕育。我的人生在风华正茂的巅峰，一夜之间跌落谷底，30多年的追求奋斗和梦想也化为乌有。我经常在思考自己还有什么武器能和病魔做斗争？我非常幸运地找到了答案，那便是用爱意抵御每一个想放弃的坎儿，用爱创造重生的机会。

爱是一种慢性循环，我最初那一点善愿不过是细细的随时可能干涸的小溪，它有幸流过沈培艺老师、谢香老师、杜卫东老师、卢新华老师、朴美花同学、赵宏丽导演这些爱的深潭大湖，沿途还汇聚了无数人的善心爱意，最终成为一条水量丰沛的爱河。这里的每一滴水，都成就了这条河，也都因这条河而成就。

爱是一种循环，爱发自内心，在经历了岁月漫长的冲刷后，不会有一丝一毫削减，反而不断生长、汇聚、循环，最终激荡成磅礴的力量。

陷于困境时不妨读书吧

作者：暖禾

前几天"冰语阁"的一位女性病友添加了我的微信。她患病后遭到了爱人的遗弃，情绪非常低落沮丧。从她身上，我似乎看到了确诊后颓废了一年的自己。尽管我非常努力地分享我面对疾患的心得，面对窘境如何超越的心路历程，但她好像什么也听不进去，始终被困在自己的世界里。

细想当初，自己又何尝会因为朋友的几句好言相劝就心开意解呢。无奈之下，我给她回复了几个字：陷于困境时不妨读书吧。

读书和不读书的确带来了不一样的人生风景。2016年一场疾病使我再也无法穿上精致的高跟鞋，再也没有兴趣套上各式华丽的服装，再也没有机会戴上曾经如此迷恋的首饰。在这种被逼无奈的情境下我也只能乖乖去读书。读书可以消除疾病带给我内心的不安和恐惧；读书可以让我每天吸收全新的养分，不至于厌恶和重复原来的自己；读书正在潜移默化地转变着我的世界观、人生观以及思维方式；读书更让我在一切厄运面前，有了抬起头生活的足够的底气与勇气。唯有书中的力量会毫无保留地伴你一生。在书中，你会遇知音；在书中，你会遭遇伟大；在书中，你也会看尽浓缩的欢笑与悲伤。

在上海举行新书发布会时，有幸认识了×××公司的COO郭女士。离开上海时，她送我上飞机。一路上，我们聊了很多。她和我有相同的经历，小时候练舞蹈，文化课耽误了，工作后，由于文化水平低，也很难胜任职位相对高一些的岗位。面对这种境况，她逼迫自己读书，虽然我是第一次听说COO这个称呼，但依然在华丽的服装和气质中感觉到她不是一

般的女人。我们聊到她读过的书,《人间失格》让她尝试坦诚面对真实的生活,《这个社会会好吗》唤醒了她的行动力,《自卑与超越》让她超越自卑,将注意力投向社会和他人……

这些书,让她的心胸、视野渐渐开阔,她开始勇敢地面对工作生活中的种种挑战。她的事业与生活因为这些书而改变。

刘岩是我的学姐,作为全国著名的舞蹈家,她是 2008 年奥运会舞蹈演出中唯一的 A 角演员。不幸的是在奥运前夕的排练中严重摔伤致残。一个拥有百万粉丝的舞者,却不得不面对自己今后的轮椅人生。而帮她走出人生低谷的也是书。她在出席北京《因为爱,所以超越》发布会的时候,分享了她在人生的谷底中读书的经历。她特别提到《相约星期二》,这本书是写一个患了渐冻症的教授,在渐冻症的威逼下,从容生活,从容思考,让人生有意义,让生命有尊严的故事。这样的故事、这样的书,让她开始思考人生真正的意义和价值,开始意识到自己的生命仍然大有可为。

确实,书让人有超迈的视角,使人从日常的禁锢中挣脱出来,使人在精神世界中,自由地遨游。

我们的人生终将会走向越来越孤单的岁月,当你有了一种阅读习惯时你就不会孤单。随便拿起一本书就好比邀请到一个朋友随时对话,你可以反对它,你也可以和它产生共鸣,你甚至可以随时拿起另一本书,让第三个人插入你们的对话,你不会有真正的孤单。因此,阅读从来不是一件功利的事情,而是一种生命方式,是生命中不可或缺的一部分!

读书让我们变得更加勇敢、自信,也更加坦然。书帮我们看到了厄运之外新的风景,书也让我们收获价值相伴的人生。在书中你会发现你所有的困惑都能找到答案,曾经的过来人给你提供了无数种解答之法。书里究竟有没有颜如玉我不知道,但一定有让未来的我免于焦虑和不安的保护神。这点我是深信不疑的,并且坚信在每一本书里都蕴藏着未来我希望的我自己。

也许你正被疾病所困扰,也许你在感情方面受到打击,也许你的事业遭受过无数次失败,无论怎样,试着去读书吧。人生不管孤寂还是喧哗,有书在,永远踏实!

感谢生命中有你

作者：冰冻

人生起起落落，在哪里跌倒就要在哪里爬起来，说起容易做起难。我自认为自己是一个刚强的人，正当意气风发，想通过自己的工作经验、才华和人脉，创造属于自己的小天地时，一场疾病改变了我一生的轨迹。古言道："好汉就怕病来磨。"从不了解 ALS 疾病到深知这个疾病的残酷，给病人和家庭带来无法抹平的伤害。我想只要喘气就不能放下生活的权利和责任。

当我从家庭的中流砥柱变成沉重负担，从以前我照顾别人到我完全需要别人照顾，洗澡时看见自己健硕的肌肉消失，心中的酸楚只能自己默默承受。我也抱怨过我从未做过一件坏事，为什么这么残酷的疾病会发生在我身上，性情大变，家人不理解，我一度消极，离开人世的想法多次冲上头脑。

这时我生命中的第一个贵人出现，詹少红护工大姐，大姐只是晚上照顾我，但她每天精心帮我洗漱，嘘寒问暖，和我聊天，我心中的结慢慢打开，又燃起了对生的渴望。第二位贵人好心大叔徐师傅，我住院期间他照顾我三天，出院后还经常到我家来看我，早上只要来就给我带吃的，虽只是简单的包子、油条之类的食物，但足可以验证前人说的话，当你绝望无助时别人给你需要的东西，哪怕那东西只是一颗小石子都比黄金贵重。徐师傅看白天没人照顾我又过来帮忙照顾我，岁月不饶人，毕竟 66 岁高龄的他，照顾瘫痪的我还是比较吃力，又积极帮助我寻找适合照顾我的人。到现在我都不知道徐师傅姓名叫什么，真是惭愧至极。第三个用心照顾我

的是护工老大哥高启南,高师傅初到我家看见我消瘦的身体,说起话来都带有伤感。他积极为我做好吃的,变着花样做,他来的短短的一周时间里我的食欲大增,现在说话感觉声音都大些,力气比原来好像也大些。

当我透过窗户看见小区的花儿开得那么艳丽,是园丁的精心呵护才使它们茁壮成长,花儿把自己最好看的景色展现给大家,给自己带来骄傲,给别人带来美感。我这个日落黄花会不会在大姐詹少红、大哥高师傅的精心呵护下,枯木逢春,绽放自己独有的光芒,活出精彩,喜迎解冻药的诞生。看着远方,双眼渐渐模糊,看着自己禁锢的身体,莫名的伤感油然而生,调整心情想想护工姐姐说的话。人活精气神,不要为不必要的事烦恼。气顺则人通,把自己的气理顺了,精气神自然就来啦;气瘀则病,自己老是郁郁寡欢,气不顺肯定会生病;开开心心过好每一天是最重要的。朴实的话语中含有对养生和生活的积累,大姐詹少红,感谢您的开导和孜孜教诲。

感谢我身边帮助过我的所有人,祝愿你们每位都有好身体,前程似锦、幸福安康。

致同学

作者：祖鸿宾

"来吧来吧，相约九八，来吧来吧，相约九八。"听着那英愉快的歌声旋律，我们从五湖四海来到美丽的江城芜湖，来到了芜湖工业学校1998-7班，让我们成了一个集体。我们在这里为自己的梦想和未来奋笔疾书。匆匆三年转眼即逝，三年里留下了欢声笑语，留下了抹不去的浓浓同学情；我们又在这里匆匆分离，憧憬盼望着毕业后的五年、十年、十五年、二十年，甚至更远重聚的样子。

天有不测风云，2018年10月一次不经意的脖子痛，在芜湖弋矶山和中医院来回治疗四个月，不仅没有好转，反而严重导致左臂近端无力。2019年1月底到上海华山医院住院检查，被确诊为运动神经元病（渐冻症）。当时还想病因找到了，好对症治疗，大医院就是厉害。医生告知这个病全世界无药可治，只有一种延缓药叫力如太，是法国赛诺菲公司生产的，一盒3900元，可用28天，加上护理内脏的药每月大约需要1000元，一个月共计药费大约5000元。用药周期18个月，据报道可以延长生命周期三个月，后面还有必需的护理设备：呼吸机、咳痰机、吸痰器、口水机、5升医用制氧机，大约共计需要100000元，该病平均病程三到五年。医生的话犹如晴天霹雳，我万念俱灰，心情久久不能平静。回头再想，为了孩子有个完整的家，我必须重新振作起来，在有限的时间活出不一样的自己。摆在面前的最大障碍就是经济，我爱人无奈地发起了社会爱心救助——水滴筹。当我在微信朋友圈转发时，我看见昔日的同窗为我捐款，为我转发，再看到他们鼓励的话语，如冬日暖流给我莫大信心。

随着时间的流逝,我的病情慢慢加重,我们的团支书经常打电话给我,告诉我要有信心,现在科学日新月异,肯定会有新药能治好你的病,病魔是你强它弱,你弱它强,拿出你在学校时立的人生信条——顽强的毅力可以征服世界上任何一座高峰,翻越高峰,我们都等你回到集体中来。听了团支书的话我仿佛又回到了学生时代。今年国庆期间班长和团支书来我家看我,我的心情是高兴中带有酸楚,高兴的是毕业这么多年组织还记着我,班长见到我的第一句话是"全体1998-7都是你坚强的后盾,加油"。酸楚的是本应久别重逢高兴的事,却因我的重病在家见面,心中波澜起伏而产生惭愧。班长再次联系我说周末同学们想来看看我,我不想让大家因为我而打乱自己的生活安排,没能给大家带来欢声笑语而给大家添乱,再有就是心中的自卑。我永远记住这天,10月11日,憧憬的毕业后的重逢景象与现实落差太大,心中黯然。当大家出现在我家,看见久别的同学,我想站起来和大家打招呼问声好,四肢和语言却不受大脑控制,不能自主呼吸,靠呼吸机支持来维持生命,顿时心中五味瓶打翻,眼泪不受控制地滑落,默默地低下头,许久不能平静。你们得知我不能脱离呼吸机,纷纷伸出慷慨之手给我捐助,让我购买备用机器和不间断电源。

感谢同学们的大爱,让我感受到不是亲兄弟姐妹胜似亲兄弟姐妹的爱,让我在生命的尾端,再次感受到集体的温暖。若有幸解冻,我会将你们的爱永远传递,若将走向天国,我会将你们的爱带到天国传递。

渐冻人生活秘籍总结

作者：潮潮

1. 病友常用药就是 Q10、力如太、熊去氧胆酸、依达拉奉、维生素等等。

2. 流口水常用药：阿米替林。

3. 腿部肌张力高、肌肉抽筋疼痛常用药：单纯抽筋多用巴氯芬。如果胀或抽筋似的痛，按摩，涂些扶他林，巴氯芬加量。如果刺痛，刀割、触电一样，吃卡马西平。

4. 痰多常用药：沐舒坦、乙酰半胱氨酸、祛痰灵、橘红片。咳不出痰的家里备一个鱼跃吸痰器或 T70 咳痰器。

5. 解决心率过快常用药：富马酸比索洛尔片或倍他乐克。

6. 口腔溃疡常用方法：用盐水漱口，早晚刷牙，把绿茶叶放在嘴里。

7. 患者呛咳解决方案：及时鼻饲或者胃造瘘，防止吸入性肺炎。

8. 吸入性肺炎常用方法：做痰培养化验或 CT 检查，更准确地知道是什么霉菌，对症下药！

9. 浓痰雾化常用配方：2 毫升沐舒坦针剂配 10 毫升生理盐水。

10. 吸痰技巧：放管子时，顺着舌头慢慢放进喉咙里，患者配合吞咽动作，就像吃面条一样。多放几次，胆大心细，就熟了。

11. 在家排痰的急救处理方法：

a. 用空心手掌拍背帮助病人咳出痰或用哈姆立克法；

b. 服用化痰的药或口服液；

c. 用雾化器做雾化稀释痰液；

d. 再咳不出痰，用吸痰器吸痰。

12. 二氧化碳潴留表现,大脑皮质发生抑制,患者逐渐转为表情淡漠、嗜睡、意识不清、昏迷等。

13. ALS 常用仪器:无创双水平呼吸机,5 升制氧机,吸痰器或咳痰器,血氧仪,血压计,呼吸机备用电池,沟通工具如头控仪或眼控仪等。

14. 常用呼吸机:常用瑞思迈、伟康呼吸机 AVAPS。

15. 胃造瘘病友消毒注意事项:每次进食后 20 分钟左右,用棉签蘸温开水擦拭干净瘘口,保持干燥,这样瘘口就会很漂亮。因为进食后胃肠道消化会让胃内压增高,有时会把胃液从缝隙顶出来,而胃液是有胃酸的,会刺激皮肤,长期不处理,瘘口就会发红发炎,甚至有肉芽。

16. 大便干、便秘问题:便无力是卧床久了才经常会有的事。注意饮食调理肠胃,多喝水,多吃水果蔬菜之类的食物,平时在腹部顺时针按摩一下,可用热水袋敷一下试试,的确没办法就用开塞露或人工掏。

17. 手脚肿的问题:金水宝胶囊,空气波按摩仪,苍耳草煎水洗,鲫鱼赤小豆汤,人工按摩,这些都是消肿方法。多数病友是因为行动不便、血液循环不好引起,如果以上方法用了都不能解决,就要考虑是否缺蛋白或者由其他问题引起。

18. 褥疮:防褥疮气垫。

附上渐冻人药箱,仅供参考:

1. 降心率:倍他乐。

2. 抑郁症:来士普、百忧解、西酞普兰。

3. 睡眠差:曲唑酮、阿米替林、米氮平。

4. 排便难:杜密克、开塞露。

5. 强哭笑:来士普、N 药。

6. 肌肉跳:氯硝西泮。

7. 流口水:阿米替林、多塞平。

8. 痉挛痛:巴氯芬、卡马西平。

9. 一般痛:扶他林。

10. 绿色痰:沐舒坦。

11. 白黏液:安富露。

12. 头屑痒：康王。

13. 有痔疮：马应龙。

14. 有耳鸣：地黄丸。

15. 手脚肿：金水宝。

16. 化痰药：N-乙酰半胱氨酸、β-受体拮抗剂。

17. 支气管扩张剂：异丙托溴铵。

——大问题：遵医嘱！

大病失能患者与志愿者服务构建对接新模式的畅想

作者：佳明

可能每个患者都有切身体会，我们的社会救助制度尚不完善，一旦患者得了重病失去部分或者全部自理能力，不但自身痛苦，更给家人带去诸多不便。很多家人都要放弃工作来照顾患者，这样一来，患者治病要花费大量金钱，如果家人再放弃工作，无疑让家庭雪上加霜。雇用护工风险大，成本高，一般家庭也承受不起。长期一对一照顾病人，对照顾者的心理和精神也是考验和折磨。由于种种原因，失能人士家庭苦难重重！

但与此同时，我国有成千上万的志愿者，他们有着助人为乐的热情，却缺少对应的信息和渠道。现有的一些志愿服务机构平台多限于捐款捐物和打扫清洁等活动，社会效果见仁见智。

试问谁敢说自己永远不得病，就算不得病不见得不衰老，不见得永远行动自如。因此构建完善的志愿者服务失能人士的机制，势在必行，迫在眉睫。

如果通过地方政府，公益平台构建志愿者对接失能家庭，每个失能家庭根据需要进行申报，志愿者根据自身时间选择服务对接。每次两名志愿者上门，保障了患者和志愿者的安全。志愿者在所在地政府备案，志愿者每服务一小时，就累计一公益时，用来以后对接自身和家人。

这样一来，一方面全部或者部分解决了失能家庭的困难，另一方面也为志愿者提供了服务平台，更是对社会救助制度的补充，可能促进社会和谐。

渐冻症病友应该过的五关

作者：佳明

我相信大多数新病友还不知道应该如何面对 ALS 这个世界公敌。作为确诊的老病友，我来为大家讲讲自己的经验和心得。

第一关　过自身关

我知道，我也非常能体会各位病友的心情，这个病无疑比癌症更残酷，比艾滋病更恐怖，这个病的痛苦只有我们病人才能够亲身体会、感知。那种无助孤独，也只能独自承受。但是我想说的是，这个病，必须坚强地去面对，因为除了坚强，你别无他法。所以要做到接纳，接纳这个事实，乐观并且积极地应对，抱怨无济于事，抵触于事无补。你痛苦的表现只会让爱你的人一起痛苦。所以接纳它，做好与它共生共存的准备，并且积极乐观过好每一天。眼控仪早点准备也不是坏事，毕竟还要保持与外界沟通的渠道。

第二关　过家人关

家人关最难过，我听到不少因为疾病和家人起冲突的。父母那还好说，有的配偶、子女不支持的，甚至有虐待病人的，还有抛弃病人的。这些咱们应当乐观地看，拿起法律武器保护自身权益。我想说的是，大多数家人是支持的，因此我们要和家人们沟通好，包括今后护理和愿望的实现

的问题，以及后事处理的问题。要和家人团结一致，在我们最无力的时候家人才是依靠，家才是港湾。制订治疗计划，邀请朋友亲属对自己定期访问，以便身体情况被掌握，避免不利情况发生。也不要因为自己有病了就把负面情绪发泄给家人，这样没有意义，还会浪费家人的精力。

第三关　过医生关

这一关比较复杂，社会上、贴吧里有形形色色的人，有的打着中医的幌子欺骗病人。我想说的是，这个病西医基本无解，只能服用利鲁唑或者注射依达拉奉延缓病情。中医能不能治好暂时不知道，我认识的病友中就有，在北京确诊了，不死心，还要去上海，还要去国外，没有意义。这个病确诊很简单，肌电图和发病表现结合就能确定了。所以反复确诊除了浪费金钱以外，肌电图和腰穿对身体的损伤很大，没有必要的情况下，大家一定要慎重。最重要的是不要轻信他人，北京有几家民营医院号称能治，真能治早得诺贝尔奖了，你让他把病历和治疗的患者拍出来，看看或者问他敢不敢签约治疗，不敢的，大家慎之又慎吧！

第四关　过金钱关

这个病大城市好一点，小城市三甲医院有的药都买不到，何况西医能报销，但是治不好，民间大夫和中医能不能治的不说，花销咱们承担不起。而且治疗也好，调理也罢，病程较长，花费较高，因此治疗上一定要慎重选择，不要盲目，也可以和病友商量，你在这儿治，他在那儿治，看哪种治疗方式更有效果。有的病友病情控制住了的，请把经验和心得分享一下。帮助病友树立信心，节省资金。这一关最好过，有钱您就多花，没钱就少花，实在困难可以求助，众筹。我所在的城市把这个病列入慢病和残疾了，大家可以咨询自己所在城市有没有相关政策，该申请也得申请。

第五关　过护理关

　　能动的时候,一定要确定好护理你的人,并且有一个替换的。家里亲人少的那就没办法了。所以我号召看见这个文章的病友,如果可以咱们共同建立完善生活不能自理病人的互帮互助机制,引入义工和志愿者制度,增加对患者的关爱和保障。家里人要工作,还要照顾病人,确实不容易。有个病友和我说过她现在就是小婴儿。护理不到位,分分钟出危险。包括造瘘、呼吸机的使用等等,都需要极强的责任心及专业的知识。所以,一定提前安排好护理事宜。

　　想说的还有很多,总的就是希望能对大家有用,不要放弃希望,科技在进步,我们只要不坐以待毙,积极面对,也许你就是发生奇迹的那个人。在这里我以一名普通患者的名义祝福大家早日解冻。

生活不易 安之以美

作者：墨香

　　一天又一天，盼望着度过难熬的冬天，因为冬日里的每一丝凉气都能让我越发僵硬，难耐，可是真的来到了春天，心情却没有预期中的欢愉，反而愈加落寞和忧伤。烂漫的春光、迷人的春风与久病的我形成了巨大的反差，正如"小桥流水人家"的温馨愈加能烘托出"枯藤老树昏鸦"的凄凉，我想天涯游子的马致远当时一定有着我今日这般的苦楚和无奈吧。大好春光，万千繁华都已与我无关，一声叹息叹不尽生活凄苦，两行清泪流不尽命运多舛！

　　转眼就是暮春时节了，同学说要来看我，我说别来了吧，我也不能陪你聊天，她说我们不需要说话，就静静坐着就行，我拗不过她，就同意了，几天后的一个中午她就来了，我竭力抑制自己的感情，坐在那里傻傻地冲着她笑，她也陪着我傻傻地笑，气氛仿佛有些尴尬，但是又很温馨，这是我小时候的同学，也是我病后才来到我身边的朋友，之前的很多年我们都失去联系，杳无音信，彼此都在不同的生活轨迹里忙忙碌碌，但无论光阴如何荏苒，记忆里的她依然清晰无比，依然在心灵深处的某个地方搁浅！

　　她得知我得病的消息后，想方设法和我取得了联系，她还是一如从前的热情、善良、阳光，刚开始她说来看我时我一度推托阻止，不仅仅因为自己的自卑和懦弱，更多是因为不想如此不堪的自己让她难过，因为我知道生活的浮浮沉沉里她也过得坎坎坷坷，所幸不管命运如何待她，她的眼神里依然保留着那份纯真，对生活依然如此深爱，她时时地鼓励我，劝导我，并且只要回鹿邑就会来看我，二十多年前的友谊失而复得，并且是在我人生的至暗时刻,这让我的内心充满了温暖和感激!

　　世事短暂,如春梦一般转眼即逝。人情淡薄,就如秋天朗空上的薄云,但我们依然要相信世间至美至纯的友谊,总有一些朋友,是不用金钱就能结交的,如俞伯牙和钟子期之交,如范式和张劭的"鸡黍之交"。人生充满变数,很多东西是我们不能掌控的。有些事是没有答案、不可更改的,这就是命吧。譬如我们的出身、我们的天资,再譬如突如其来的天灾人祸……但无论你正在经历着什么,你都应该知道,千难万险中得来的东西最为珍贵,患难与共中结下的友谊必将铭记心间。成长无憾,有你为伴;人潮拥挤,感觉到你;人生不易,安之以美!感恩一切美好的遇见!

渐冻人如何挑选和培训新保姆

作者：暖禾

保姆是渐冻人患者家庭不可回避的话题。一个完全失去生活自理能力的病人对整个家庭来说都是沉重的负担。对于还有点经济条件的家属而言，请人照顾患者是解决家里没有空余人手的最好途径。

保姆虽能减轻家属的负担，但由于具有流动性和不可控性，也给患者家属带来了很多担忧和烦恼。最为头痛的莫过于病人刚刚适应，业务也刚刚熟悉的老保姆，出于各种原因要离职，而新保姆由于从未有照顾渐冻人的经验，不得不重新培训磨合。频繁地更换保姆不仅造成一定经济损失，还是渐冻人和家属最不愿意面对的无奈的事情。今年我自己有幸经历了整个更换过程，一点小经验与心得与大家分享。愿这篇文章能够为有同样烦恼的同胞们起到一定的借鉴作用。

什么样的人适合做渐冻人的保姆

我认为首先应该是有爱心，愿意帮助弱势群体，而且具有耐心、包容心和责任心的人，如果有一定宗教信仰更好。因为渐冻人不能说，不能动，护理起来比较费心费力，时间长了容易疲倦，甚至厌烦。照顾渐冻人，在我看来要像照顾自己孩子那样用心对待才能做好。

其次，要有一定的护理经验。主要包含服侍患者日常起居的生活护理经验以及渐冻症常用仪器设备的使用经验。渐冻人生活完全需要依靠别人，从起床、穿衣、洗漱到喂饭和上厕所，再到病人坐卧躺，都需要护理技

术。具备一定护理方法和技巧,不仅可以增强病人的舒适度,预防一些渐冻症引发的其他症状出现,还可以帮助患者减轻痛苦,延缓病情发展。

同时,会一点电子产品操作方法的保姆,可以优先考虑。护工阿姨最好能熟悉手机上各类软件的操作方法。患者由于不能说,不能动,唯一与外界交流的工具,就是眼控仪和手机。手机上除了微信的很多功能外,也可以帮助病人下载一些视频、音乐、听书软件,来丰富患者的业余生活,满足精神需求。

下面,就把我自己此次更换保姆的一些经验和小窍门分享给大家。

首先,我会向各个中介发出招聘新保姆的详细要求和说明。在第一次面试的时候,通常会比较注重第一眼眼缘。由于保姆是陪伴患者最长时间的那个人,有眼缘是后面一切因素的前提条件。同时,我会就穿衣、洗脸、上厕所等三四个日常护理动作,让新保姆亲自上手体验一下。从她这几个动作手法的熟练度和规范程度上,基本就能判断出她的护理经验和个人能力。

基于第一次面试的印象,再来决定第二天要不要让新保姆跟随老保姆进行患者一天的生活体验。在第二次面试之前,提前把患者一天生活要完成的具体事情整理归类。大致分为以下几类:(一)肢体动作暗示性言语;(二)室内护理;(三)室外护理;(四)仪器的使用方法。

肢体动作暗示性言语,在患者没有眼控仪交流的情况下,通过能力范围之内的肢体动作,让照顾者能快速领会患者的意图。此方法不适用于晚期患者。以我为例,总结几条暗示性肢体言语供大家参考。

1. 左手手心在上代表要手机。

2. 如厕后向前趴身体代表擦屁股。

3. 眼睛眨呀眨代表要戴眼镜。

4. 低头看一下前面吃的东西再看下厨房,代表食物冷了需要热一下。

5. 手垂下来往前方向晃动代表把椅子往前挪动。

6. 头抬起来噘嘴代表要擦嘴。

7. 眼睛看去哪个地方代表需要拿哪个物品。

8. 咧嘴龇牙代表食物嵌牙齿需要剔牙。

视频示范典型动作,方便新保姆了解和学习

根据患者一天的生活规律和生活日常,选择典型动作拍摄成示范视频,以便后面替换的新保姆一目了然。

视频一:起床穿衣(文字总结)

1. 准备衣服,按先穿在上,后穿在下的顺序摆放好。
2. 操作前应向病人说明操作目的,取得合作。
3. 根据季节,关好门窗调节好室温,以22℃~26℃为宜。
4. 操作过程中,动作敏捷轻柔。
5. 拉起坐好,将双手放在身体两侧撑住床垫,让双腿下垂。
6. 穿套衫时,先认清前后面,双肢健全的可以先套头(原则上先穿患肢,套头,再穿健肢)。需要注意的是,把衣袖从袖口套入自己的手腕处,用此手握住病人的手腕并抓住里面的衣服,另外一只手拉衣袖。
7. 穿开衫时,让病人手臂下垂,先穿患肢再穿健肢。需要注意的是,将一只袖子套进去以后袖管不要往上拉,等两只全部套进去一起往上提,然后整理好。
8. 穿裤子时,先将两条裤管套入自己的手臂(可以呈S形套入自己的一侧手臂),拉住病人的脚踝将裤管分别套入,裤腰拉到大腿部。

视频二:室外轮椅的使用(文字总结)

1. 检查轮椅各部件是否完好。
2. 在坐前或站立时,应将轮椅闸刹住,闸的性能要好,防止轮椅滑动。
3. 对身体不能保持平衡的人要使用保护带,防止跌伤。
4. 病人身体坐于轮椅中间,两侧有一定的活动空间,身体背部向后靠。
5. 根据季节,天凉时用毛毯覆盖好双腿。
6. 上坡时,护理员稍弯腰,用力稳推轮椅向前。
7. 下坡时,护理员身体稍离开轮椅,双手捏住轮椅扶手,以倒着走的方式使轮椅慢慢向下。

视频三：呼吸机使用方法（文字总结）

1. 用湿巾纸将面罩擦干净。

2. 面罩的松紧上下要调到最佳位置。太紧了，会压伤面部，太松了，会漏气。

3. 打开开关，通气管子不能受压。

4. 拿好呼叫器，调整睡姿，根据季节，盖好被子。

5. 起来时，先关掉呼吸机，再拿掉面罩。

拍摄保姆的日常护理过程并整理视频、图片及文字。一方面，为不断更换的保姆提供了具有可复制性的学习标准；另一方面，也可以把老保姆和患者磨合后摸索总结出来的经验教训，保存并传授给新保姆，供其参考和学习，缩短新保姆与患者互相了解磨合的时间，尤其是可以减轻患者不能表达、家属没有操作经验的尴尬，减轻因换保姆带来的焦虑。当然，每个患者症状轻重和身体状况都不一样，以上视频和文字，只是依我个人情况，总结出来的一套替换新保姆时可供大家参考的小技巧、小方法。每个患者家庭也可以在此基础之上，继续创新和完善，使照顾者和被照顾者能在最短时间里合作愉快。

特别声明：文中所有护理视频和文字，均不作为在医学上渐冻人专业护理的经验参考标准。本人保留个人最终解释权。

您的爱心温暖我心

作者：佩佩

几十年的风风雨雨就这样从我身边无声无息地过去了。本来一直认为来日方长，可是这个世界哪有什么来日方长，病来如山倒。我还没来得及开始收藏，呈现在我眼前的已是另外一个世界了。

回首往事，人生不长不短，苦过累过，哭过笑过，明白过，糊涂过。曾经还有点小聪明，甚至有点傲慢，以为自己有什么了不起，现在想想都觉得可笑。难道和我一样想法的人还少吗？其实有这种想法的人都是有些自以为是的，因为那些人根本就没有看清楚自己。所以只要看清了自己，醒悟了，才不会轻易地瞧不起别人，其实生活在这个世界的每个人都是很不容易。但是人只有经历不平凡的遭遇之后，才会感受更深刻，才会活得更明白，更通透。也许每个人因为善良，所以才幸运。自从我2015年被确诊为ALS以来，得到了社会上各界人士的关爱和帮助，我常常一个人独处的时候都在想，我虽然得了这个病，但有这么多人关爱我，我也算是一个非常幸运的人了。记得有这样一个故事，有个寺庙，供奉着一串佛祖戴过的念珠，而供奉念珠之地只有庙里的住持和七个弟子知道。一日，那串念珠突然不见了，住持对弟子们说："不管你们谁拿走了那串念珠，只要放回原处，我便不会追究，佛祖也不会怪罪。"可弟子们个个都摇头。七天过去了，念珠仍然不知所终。住持又说："只要承认了，念珠就归他。"但仍然无人承认。住持很失望："没有拿念珠的人明天就下山吧，拿走念珠的那个人想留就留吧。"翌日一早，六个弟子一起下了山，只有一个弟子留了下来。住持便问："念珠呢？"弟子说："我没拿。"住持又问："那你为何留下，白白背上个偷窃的罪名?"那弟子便说:"这几天我们几个相互猜疑。如果有人能站出来,其他人便能得到解脱。再说了,念珠不见了,还有佛祖在嘛。"住持笑了,从怀中取出那串念珠戴在弟子手上说:"你能想到自己,更能想到别人,这就是善良。"于是,这名弟子继承了住持的衣钵。上面这个故事告诉我们,善良的人自有善缘,所以会吸引更多善良的人在身边,才能常有贵人相助。上帝其实对每个人都是公平的,因为他根本就不认识任何人;生活中每个人都难免会遇到意想不到的难题,也不要怨天怨地怨人生,顺其自然吧。

2020年的这场突如其来的疫情,让我更加明白了许多。明天与意外哪个会先来,这是谁也无法预料的事。当一个人高高在上,无视一切的时候,不要扬扬得意;当你坠入谷底,无法自拔的时候,也不要自弃自卑,做个坚强勇敢的人,才能赢得别人对你的尊重。正在上山的那个人也不要瞧不起下山的那个人,因为下山那个人曾经也在山顶上面浏览过你熟悉的那道风景。如果有一天你把玫瑰赠予了别人,玫瑰花的余香必定会留在你的手上。善良是一种美德,只有做一个善良的人,才会赢得别人的认可,这个世界最不缺的就是人,不会有人天天围着你转,因为每个人都有自己的人生,都有各自需要忙碌的事情。别人帮助过我,我一件一件地把它记在心中,我觉得滴水之恩,当涌泉相报。

仔细想一想,算起来我得这个ALS已经有六个年头了,这些年四处求医,吃的各种药都可以用车来拉了。假如没有他人和社会的支持关爱和帮助,也许早就"挂"了。记得两年多以前,我的内脏损坏非常严重,最厉害的那几天大小便都失禁了,当时我还以为这一生走到尽头了。于是我用尽了我最大的努力,写了一篇《我的坎坷人生》在网上发表了,没想到刚刚发表不到几天,就被江苏一对做保健产品的傅新华夫妇看到了,当时他们联系到了我,询问了我当时的病情发展程度,没过几天他们就给我寄来一箱保健产品。经过一个多月的调理,体内各项指标都有好转。他们知道后非常高兴,分四次给我寄来一万多元的产品。经过半年多的调理,内脏功能和精神状态都好了很多,是他们夫妇又一次让我活过来了,我一直心存感恩,可我心有余而力不足,我只能在此真诚地说一句:"有你们真好!"

感谢西洞庭管理区工会、妇联、共青团委及育才居委会这些年来对我的关心和帮助。记得去年12月2日妇联李主席带着管理区刚刚调来的团委书记刘欢来看望我,刘书记还给我带来了那么贵重的礼品。我心里偷偷地傻乐了好久好久。特别是疫情期间,管理区多位领导(妇联李主席、工会叶主席、共青团委刘书记及育才居委会领导)一行五人又一次冒着疫情的危险来家里慰问,并送来了生活急需物品。我非常感动,再次感谢西洞庭管理区各位领导这些年来对我的关心和帮助,你们的爱心温暖我心,我时刻感觉到自己生长在这个伟大祖国的怀抱实在是太幸运了,同时也非常感恩在这茫茫人海中能遇见像你们这样的人,在这里我只能说一句:"有你们真好!"

去年差不多年底的时候,我痛失了一位北京的病友。他是一位优秀的共产党员,受人爱戴和崇拜的优秀的人民警官,他还多才多艺,既善良又正直,在病友群里他经常帮助病友解决各种遇到的难题。没想到他还那么年轻,40多岁就先我们而去了,当时听到他去世的这个消息,我的心真的好痛好痛,伤心难过了好久。虽然未曾谋过面,不是亲人却胜似亲人。在他去世两个多月后,他善良的家人把一台崭新的呼吸机及一些药品足足有两大箱,从北京给我寄了过来,无私地赠予了我。也不知道我是哪辈子修来的福,茫茫人海能遇上你们这么好、这么善良的人。我感恩我生命中每一次的遇见,有你们真好。陌尘,虽然你离开了我们,却永远地活在我们心中。

蕙质兰心是我的同学、知己,患病这些年来始终如一,从没间断过对我的关心和帮助。我知道你也非常不容易,这些年逢年过节你总是以发红包或转账的形式资助我,在这里我只能用四个字来表达我此刻的心情:感谢有你。三朵金花,平安姐姐,我儿时的伙伴和闺蜜,这些年感谢你们的不离不弃,始终如一。还有我未曾谋过面的乌兰察布市敬老爱老的优秀模范李福明大哥,一直在微信上鼓励我,从未间断过每天早晨的那一声问候。对别人来说那是一件微乎其微的小事而已,但对我来说却胜似春天的温暖。我要对您说一声:"有您真好!"在这里我还要特别感谢那位两年以前不愿透露姓名的爱心人士,你委托别人转账给我的一万块钱,早已经收到了,我一直想找一个机会以合适的方式来表达我对您的感激之情。在此我只能对您说上一句:"祝您好人一生平安健康,幸福快乐!"

生活对于每一个人来说都是不容易的,对于我这样一个瘫痪多年的病人来说,更是难上加难。我常想,我真是一个无比幸运的人,今生今世能够在茫茫人海之中遇见你们这些人,感恩我的亲人、朋友、恩师、同学,我常想也许这一切都是上天对我的恩赐。回想这些年来,有多少病友已离我先去,虽然我现在活得不健康,可毕竟还活着,我把活着的每一天都当成是我最后一天来活。我要好好珍惜和体会这生命的可贵,让今天的每一秒都胜过昨天的每小时。如果真的有来世,我会用爱心去善待身边的每一个人,以热心去帮助那些曾经温暖过、支持过和帮助过我的朋友,我会努力做得更好一点。感谢今生所遇到的一切,相遇就是今生的缘,感恩我生命中遇到的每一位贵人,祝愿你们健康快乐一生一世!

让生命创造奇迹

作者：求佛

时间流逝得真快，一晃发病至今已经有十多年了。经历过悲伤，经历过痛苦，经历过绝望……

也许不完美的人生痛过了就不再知道疼痛，伤过了就没有了绝望。是啊，我们面对ALS，对生死似乎没有了选择，似乎死神就在咫尺，随时会降临自己的头上。无法改变命运和现状，我们往往选择了随遇而安。人的生命只有一次，我们有梦想，有期待，也想多看看日出日落，更愿与亲人长相厮守，面对生命的挑战，我们真的不想低头！

前几天红姐姐在群里发了一个网址链接，打开是一则国外关于ALS患者通过不懈努力，积极乐观对抗病魔自愈的报道。仔细看过之后，我就像打了鸡血一样，亢奋得不得了，脑海里无数次浮现我康复在奔跑的画面，就似在梦里，若隐若现。

记得泰戈尔说过一句名言："只有经历过地狱般的磨砺，才能练就创造天堂的力量！"

那么，面对生与死命运的抉择，我为什么不选择活着？！既然选择了活着，还在乎脚下的一切磨难吗？

当晚我久久未能入眠，红姐姐发的这个视频给了我启发和灵感，我的内心在呼喊，我也要锻炼，我也要解冻！

第二天，我构思了自己的康复理念，制订了每天的锻炼计划。即：意念＋暗示＋心态＋信心＋锻炼＝康复。按照这个计划我尝试了二十几天，小有成效，这里就迫不及待地分享给广大病友，希望对你们的现状有所帮助。

意念 + 暗示

"意念"这个词在我浅薄的理解中就是一种神奇的力量,即用意识来完成身体内在的行为,达到一个强身健体直到康复的结果。使用意念的时候暗示自己的神经活跃起来,跟着自己的意识在全身肆意游走,比如说意识在腿部,你就感觉腿部神经在跳动,你就暗示肌肉神经活跃起来,让睡着了的肌肉快快醒来,让冻僵的身体,温暖起来,早些康复,康复了去看外面的风景,去做想做的事情,心里默默地想着这些,起到一个心理暗示的作用。

心态 + 信心

大家都明白,不用太多解释,既然疾病选择了我们,我们就坦然面对,不急不躁,乐观平和,对未来不绝望,不气馁,不放弃,不抱怨。

锻 炼

锻炼分主动锻炼和被动锻炼。主动锻炼可以促进血液循环,提高身体各项机能,提高免疫力。被动锻炼可以防止关节坏死,保持原有功能。白天我尽量站立,轮椅是用绳子捆绑固定的,很安全。开始只能站立五六分钟,经过几天努力我可以扶着电脑桌子站立半个小时,一天至少两个小时,脚脖子天天疼痛浮肿,不过第二天就不痛了,继续锻炼。站立锻炼也可以尽量吸气憋气,锻炼肺功能,延缓呼吸肌肉萎缩,改善呼吸。

也许有人会笑我大言不惭,异想天开,那都没关系,怀揣一份美好的求生欲望也不会有错吧。现在锻炼二十多天了,腿部比以前有力,呼吸较有改善,最让我欣喜的是手脚热乎了,不像以往每年冬天都使用暖贴、暖脚宝,还有插电的鞋垫。另外,锻炼要适度,不要过度,以免适得其反。找到一种适合自己的锻炼方法,那才是最好的。卑微地低头不如高贵地昂首。这仅仅是我的开始,相信未来会一天比一天好,我也充满了信心。

我亲爱的病友们，希望我的这些经验对您能有所帮助，大家一起加油，战胜病魔，让健康向我们走来。

最后引用汪国真的诗句作为结束语："你若有一个不屈的灵魂，脚下就会有一片坚实的土地！"

身在地狱，心在天堂

——如何做个快乐的渐冻人

作者：石头

我们谁也不是钢铁侠，都是血肉之躯，无论身体上还是灵魂上，从发病时的抗拒到接受、适应都需要一个过程，那些从发病之初就乐观面对、无畏无惧的人我认为是不存在的。就连从小激励我们意志坚强的保尔·柯察金、海伦·凯勒、张海迪等人物也不是与生俱来的坚不可摧，也都迷茫过、彷徨过，所以我们有一些不勇敢、有一些负面情绪也是正常的，关键是我们能不能从中走出来，让自己变得更强大，我们都可以成为比保尔·柯察金更强的人，因为我们的困境日日加重。

真正的猛士敢于直面惨淡的人生，敢于正视淋漓的鲜血。

——鲁迅

快乐的基础是情绪。我们可能都有反复问自己"为什么是我？！为什么偏偏是我？！"的经历，有这种情绪其实很正常，这是心理挫败感的一种合理反应。但是如果任自己深陷在这种情绪之中无法自拔，每天活在抱怨与抑郁当中那就太不划算了。子非鱼安知鱼之痛？别人的幸与不幸我们又怎能得知？有时我们不妨想想地震中、空难中毫无征兆就消失的生命，而我们还可以感受世界；想想非洲没有饭吃、中东饱受战争摧残的人民，而我们还可以过和平的生活。这样想想，心里是否会得到一丝安慰呢？其实我们所想的不应该是老天公平与否，不应该是谁比我幸与不幸，我们所想的应该是如何让自己当下的每一分钟都变得更加美好，这每

一分钟都是上天恩赐的,生命每长一分钟都值得我们去庆幸,我们都应该珍惜并快乐地度过。

欲速则不达。

——《论语》

我并不完全赞成"与绝症做斗争"的说法,结合我自身的经历,鲁莽地与绝症做斗争,绝症只会变本加厉。我见过很多病友开始发病时虽然都知道无法医治,却都还满怀希望"撞南墙"式地尝试着各种各样的方法与疾病进行着"殊死搏斗",而结果,每一个希望都变成了失望,心理落差的加剧和失望的不断堆积,会使内心慢慢变得绝望,反而更会加速我们疾病的发展。就如同陷入沼泽泥潭,越挣扎,下沉得愈加迅速,还不如省些精力多欣赏一下周围的风景。当然,不与绝症对抗并不是破罐子破摔、完全放弃任其肆意发展,只是以一种平静的方式对待 ALS,不要太把它当回事,科学理性地处理疾病引起的并发症。这样,病魔不被你的意识唤起,它的吞噬也就不那么急迫强烈了。知其不可为而为之,必头破血流,知其无可奈何而安之若命,道之极也,这不失为一剂抗冻良方。

当回首往事的时候,不因虚度年华而悔恨,也不会因碌碌无为而羞愧。

——奥斯特洛夫斯基

我们不求有为,不求大展宏图,只求我们每天能过得充实,不给悲观思潮以翻滚的机会;不求做什么轰轰烈烈的事情,不求"为人类的解放而献身"那么崇高,只求能很好地转移精力到喜欢的事情上,让自己身虽如顽石,心却似飞鸟。找个有兴趣的事或者以前喜欢做却没时间做的事去做,来拓展自己的生命宽度,体现出自己的价值,让自己活得有意义。比如,可以写写文字,哪怕一篇文章要写一天、写一个星期。可以做个网店,哪怕赚的钱不够买一盒药。即便不能实现所谓的人生价值,也可以看看电视、读读书、看看新闻,或者和病友聊聊天,到群里听病友唱歌等等,这样我们的生活就不会过于苦闷。ALS虽然降低了我们的生活质量,但它阻挡不了我们追求快乐的脚步。

在生活的路上,将血一滴一滴地滴过去,以饲别人。虽自觉渐渐瘦弱,也以为快活。

——鲁迅

在兴趣的基础上,我们还可以帮助别人快乐自己。一个小小的帮助就可能让病友渐冻的身体感到一丝温暖,一个小小的爱心就可能让病友透过阴郁的乌云看到蔚蓝的天。你要知道,给永远比拿愉快。我从进入我们的病友圈就慢慢地爱上了这个大家庭,感觉帮助病友是件快乐的事,还可以一直刷新自己的存在感,利用自己学到的微薄知识帮助病友解决电脑及呼吸机问题,解答疾病护理问题,寻找有价值的知识、资讯分享给病友,为病友制作图片、视频,管理病友论坛等等。每当看到病友的微笑,我就能感觉到自己存在的价值,这样即便再累,自己也感觉由衷的开心。正如马克·吐温所说:"多做些好事情,不图报酬,还是可以使我们短短的生命很体面和有价值,这本身就可以算是一种报酬。"

全世界在我眼中这时分为两半:一半是她,那里一切都是欢喜,希望,光明;另一半是没有她的一切,那里一切是苦闷和黑暗。

——列夫·托尔斯泰

人是有感情的。我们生活在这个世界上,除阳光、空气、食物滋养着我们的身体,还有感情滋润着我们的灵魂,即便是一个健康的人,没有了感情也只能是一个冷血的行尸走肉。友情、亲情、爱情,都能给我们带来不一样的快乐,看着聪明可爱的孩子、孝顺懂事的儿女、不离不弃的爱人、慈祥可敬的父母、热心有爱的朋友,这些都是我们罹患绝症后,继续留在这个世界上的牵挂、前进的动力、快乐的源泉。或许还会有那么一个人,是你的精神支柱,抑或心灵伴侣,想着他(她)会快乐,看见他(她)会快乐,有他(她)的世界就是快乐的世界。他(她)的一个微笑会让你忘记痛苦,给你安定,他(她)的一句话语会让你不言放弃,给你坚强。他(她)是你快乐的制造机,因为他(她)的存在而幸福,有他(她),身在地狱,心却在天堂。

难过是一天,快乐也是一天,既然能开心快乐地过何必郁郁寡欢呢?我们的疾病是进行性的,每每随着病情的恶化反应在身体上,多少都会有些沮丧,可是"今天"都是我们余生里最健壮的一天,"今天"即使再痛苦,也会令"明天"羡慕不已,这样看来今天是不是更应该释然了。我们应该活在当下,让每一天都成为最特殊的一天。生病前我们或许都为了生活忙碌地奔波,疾病让我们停下了匆忙的脚步,可以驻足看看原本身边瞬间掠过的美景,可以有时间陪陪原本爱你却被你忽略的亲人朋友。放下不属于自己的,珍惜现在拥有的,带着一颗感恩的心,我们就可以做一个快乐的精神强者。

正能量问候语

作者:岁月的梦

用感恩的心迎接今天,用平和的心态面对今天,用快乐的心情拥抱今天,用幸福的笑容渲染今天。ALS不可怕,可怕的是你内心里的放不下。病友们,如果你学会了爱自己,那么就没有什么放不下了。命运对我们已经很不公平了,所以好好珍惜属于我们的每一天,爱自己多一点吧。

哭过了就让泪水属于昨天吧。今天放快乐在手里,微笑在心里。做个鬼脸,对自己说加油,我要精彩每一天。平凡的岁月,活出不平凡的自己,早安,亲爱的朋友们。

快乐就是渐冻药,它就在你的手里,放下心里的坏情绪,让快乐围绕着你每一天吧。早安,我最亲爱的群友们。

美好的一天开始了,帅哥美女们早上好,祝大家越活越年轻!用18岁的心态面对属于我们的每一天。

心有多大路就有多长,胸怀有多大幸福就有多广阔,主宰你的不是命运而是你的心胸。做自己的主人,每天都对自己说我要做最快乐的自己,忘掉所有的烦恼、苦闷,开开心心过好每一天。早安,我亲爱的朋友们。

伴着小鸟的歌声,呼吸着清新的空气我们迎来了崭新的一天,美好的今天让我们尽情享受吧。用快乐的心拥抱今天,我想轻轻地对你说一声,早安朋友。

生活给予我们太多的艰辛与磨难,但面对新的一天我们依然笑容灿烂,因为我们没有时间奢侈浪费。珍惜今天,用最美的微笑迎接它,美女帅

哥们一起加油吧,一起喊出最温馨的一句:早上好,朋友。

太阳每天都是微笑着迎接每一个人,不同的是你面对它的态度。朋友们不要辜负每一个微笑,拿出你的热情拥抱它,让今天更美丽。

告别2019

作者:王彦华

过去的一年,注定是我们这一生永难忘却的一段。我们风华正茂,憧憬未来,美好生活离我们越来越近。但不经意间的手抖、无力、腿疼、肉跳,为我们敲响了警钟,毫无征兆的变化打破了平静的状态,突如其来的变故改变了我们的生活,无法治愈的疾病侵蚀着我们的身体。从此,人生轨迹急速转弯,瞬间跌入低谷,失望、不甘、恐惧、绝望,埋怨老天的不公……

为父母做一桌可口的饭菜,带亲人来一场说走就走的旅行,泡一个全身舒服的温泉,穿着帅气的衣服和朋友聚会聊天,嗑着瓜子看电视,干着自己喜欢的工作……这些在过去再普通不过的生活,瞬间变得那么艰难,慢慢地都将离我们远去,就连最基本的睡觉、吃饭也越来越难,看着满桌的饭菜夹不到嘴里,我们是那么无助和沮丧。

我们一直是父母的骄傲,爱人的依靠,子女的榜样。现在,却成为他(她)们的精神负担。为了我们,他(她)们强忍着眼泪,在内心默默地流淌,只为不给我们增加心理负担。他(她)们为我们甘愿付出,放弃了一切。合理搭配营养,按摩调理身体,寻求治疗方法……成为他(她)们生活的全部。看到我们的身体变化他(她)们眼含泪水,睡不好觉成为他(她)们的常态,看到他(她)们头上不断增多的白发,而我们却无力为他(她)们拔去,那一刻,我们是多么心痛和绝望。是爱让他(她)们无私付出,希望通过他(她)们的努力,能延缓我们病情的发展,减轻病痛的折磨,等待解药到来的那一天。

现实无法改变,埋怨无济于事。我们应该乐观面对,坦然接受。感谢疾病,虽然让我们渐离社会,却把我们这些未曾谋面的陌生人,变成兄弟姐妹,相互安慰,抱团取暖,传授经验,共渡难关。从此,全国都有了我们的朋友。早上的一句问候,睡前的一声晚安,都是那么温暖。

新年新气象,往事随风去。愿我们都能正视现实,勇敢地面对困难,为自己、为家人,在磨难中活出精彩,在努力中不留遗憾,相信风雨之后定有彩虹,拨开乌云必然重见阳光。我们还要孝敬父母,为他(她)们养老送终;我们还要陪伴爱人,和他(她)白头到老;我们还要照顾子女,让他(她)们茁壮成长;我们还要游玩美景,让心情放飞起来……我们不能放弃希望,我们不能丢掉梦想。

今天是大年三十,我在遥远的地方为大家祈福,愿我们在新年里都慢慢好起来。祝大家春节快乐,阖家幸福,心想事成,万事如意!

奉献自己，成全别人

——一个遗体捐赠志愿者的故事

作者：心灵

生命尽头，让爱延续。

大家好，我是心灵，一个ALS患者，今年38岁。如今我已患病六年，生活不能自理。无法自主呼吸，依靠呼吸机维持；无法说话，用眼控仪、电脑和外界沟通；无法吃饭，依靠胃造瘘打流食；靠年迈的父母照顾。2019年2月28日，是世界罕见病日，是我父母结婚三十八年纪念日，也是我做气管切开手术重获新生的日子。这天，我申请了遗体捐赠，让胡路区红十字会康会长亲自到我家，在亲人的见证下签订了眼角膜、遗体捐赠协议书，完成了我的心愿。下面，我讲一下自己的故事，在国际红十字会日来临之际，希望有更多的人参与红十字会事业，改变传统思想观念，成为一名器官遗体捐献志愿者。

天降噩耗，患上绝症。我是个普通人，出生在农村，按部就班地上学、就业，是个普通的工薪族。原本我觉得我的人生就应该这样，平平淡淡地过完一生，但一切都在2013年5月改变了。某一天，我同事发现我胳膊肉跳动，但我自己不知道，没感觉。同事开玩笑地来了一句："你别是帕金森。"我就去了四医院，做核磁共振没查出啥问题，然后又去了油田总医院，在那里，肌电图科室的孙医生给我做了全面的检查。从她唉声叹气的语气里，我感觉不妙。后来根据她的肌电图报告，神经内科教授初步诊断我为运动神经元病，也就是ALS渐冻症。当时的我一脸茫然，不知道是啥

病，回家百度后才知道是世界五大绝症之一，那一天我哭了。2014年9月，不服输、不认命的我和爱人一起去了北京协和医院，希望翻盘，但神经科李晓光教授经过一系列检查，最终维持了原判，就这样，我成了一名渐冻人。

坦然面对，带病生存。患病后，我低落过，痛苦过，面对无药可医，连发病原因都未知的疾病，医学是那么苍白，那么无助。我当时就想，我应该怎么办？我应该如何面对被疾病毁掉的人生？我人生的抱负、理想都不能实现了。在家人、朋友的鼓励下，我慢慢走出了疾病的阴影，我想通了，怎么过都是一生，虽然以后会残疾，但我也要活出不一样的自己。就这样，我活跃在渐冻人圈子，成了国内最大ALS论坛运动神经元病论坛的超级版主，成了东北ALS患者QQ群的管理员。我在新浪开了微博，账号为"渐冻人心灵"，传播疾病知识，帮助病友排忧解难。在做这些的同时，我在想，我还能做什么？偶然间看到了纪录片《人间世》，有一期讲遗体捐献，让我也萌生了捐献器官遗体的想法。

感受关爱，回报社会。随着我的病情越来越重，生病后吃药，购买呼吸机、眼控仪、咳痰机、护理床、吸痰机等设备已经花了将近二十万元，而以后的护工、昂贵的有创呼吸机费用，还没有着落。在我最需要帮助的时刻，我感受到了亲朋好友、社会各界、街道社区、红十字会的关爱，他们的爱心，让我有了活下去的勇气。我因为病情加重，进了龙南医院监护室，做了气管切开手术，用大家帮助的善款，购买了五万多元的呼吸机和二万多元的配件以及气切后的用品。可以说，是社会的大爱成全了今天的我，让我活着。如今的我，不能再为社会做什么了，犹如活死人一样萎缩在床上，忍受疾病的折磨，委曲求全地活着。但我不甘心就这样走，我要尽自己最后的力量回馈大家，我能感受到疾病带来的痛苦，我不希望以后别的家庭再承受渐冻症带来的痛苦，我要把自己捐给科研机构，希望他们能通过研究早日找到渐冻症发病的原因，让渐冻症不再是不治之症。同时，将我的一对眼角膜奉献出来，帮助他人重获光明，让他们从失明的痛苦中走出来，好好地生活下去。就这样，在说服家人、取得家人同意后，我成了一名眼角膜、遗体捐赠志愿者。

人人为我，我为人人，只要人人献出一点爱，社会会更美好。社会上有大爱的人很多，我感受到了，我相信你也会感受到的。随着我国红十字会事业的发展，社会公益组织日益庞大，各类志愿者人群日益增多，我相信我们的社会以后会更加充满爱。如果你也想成为一个有大爱的人，一个器官捐献志愿者，请联系当地红十字会，让我们转变观念，从小事做起，不以善小而不为，共同营造一个充满爱的社会。

清明时节话感恩

作者：徐亚洲

感恩冰语情

在手机里不停地翻阅《因为爱，所以坚持》，感谢"冰语阁"给了我们这样一个平台，一个让我们渐冻人吐露自己心声的窗口，更让我意外的是我的作品《渐冻·呐喊》和《抗冻诗集》也被选入其中。我现在也没啥远大理想，更没有太多的奢望，只求在我能动之时还能够以我微薄之力帮助到我那一个个可爱的病友，希望他（她）们在抗冻路上少一些烦恼、痛苦，多一些开心、快乐。书里一个个抗冻感人的故事总让我浑身充满力量，充满更多的希望……

> 横刀立马啸长空，
> 雄心壮志抗渐冻。
> 敢与天地争日月，
> 不惜捐躯做鬼雄。

当我拿到确诊书的那一刻，心里就像打翻五味瓶，啥滋味都有，瞬间把坠入人生最低谷。整个家庭乌云盖顶，各种困难随之而来。因为没有了经济来源，家里也没有了支柱，上有70多岁的父母双亲，下有两个尚未成年的孩子，查病、治病、车旅费花去家里所有积蓄且借遍所有亲戚。我愁得夜夜不能眠，餐餐没胃口，精神几乎崩溃，到了死亡边缘。多少次我背着家人偷偷暗自流泪,又有多少次走到水塘边独自徘徊,真想一头钻进去,一了百了,可当我想起年迈的老爸老妈为我祈祷的泪眼还未干,颤抖的双手依然在召唤我时,我犹豫了,又想起两个可爱的孩子学业未成、前途未卜,柔弱的妻子吃力地撑起家庭重担、孤苦无助,我彻底打消了这个自私的念头。

我虽然生病了,但是家人的日子还是要继续过下去的。虽然我失去了劳动能力,但是我相信"车到山前必有路",谁家没有几分辛酸呢?谁家又不曾流过泪呢?今天病魔虽然把我折磨得没有了人样,但是依然改变不了我这颗坚强的心。病魔虽然把我的人生摧毁,但是依然摧毁不了我和病魔抗争到底的勇气。亲爱的病友们,在我们人生最关键的时刻,请拿出我们最后的坚强,拼出我们最后的勇气。只要我们调整好心态,送走每一个不舍的今天,坚持,坚持,再坚持!加油,加油,再加油!迎来充满希望的每一缕曙光就是胜利,我们就有希望!依然能够证明自己还喘着气,我们更是自己人生的奇迹!今天我们除了勇敢面对现实、笑对当下,其他已经一无所有了,即使再苦、再痛,也没有人可以为我们分担,哪怕一点点。我们唯有坚强,自己默默承受,坚强,坚强,再坚强!抛开一切,好好活一回,把握住真正属于我们自己的最后一段人生,因为我们曾经也是有尊严的。

我个人认为活着的意义并不能仅以时间论长短,还有存在的每分每秒所带来的真正的价值。接下来我要用更多的时间来帮助更多的病友和身边的每一个人,因为我要证明这个美好的世界我也来过。

> 我自横刀向天笑,
> 病魔再狂奈我何。
> 健壮肉体虽耗尽,
> 一身正气留人间。

最后还要感谢"冰语阁"自创的"一米阳光消融""ALS冰桶皇子""ALS紫竹苑"及"见证奇迹开心抗冻"等病友群。病友们每天徜徉在自己的家族里,这里更是我们自己的天堂,大家在群里畅所欲言、无所不

谈。有谈不完的人生漫漫,也有诉不尽的家长里短,还有发布抗冻新知识的,更有不辞辛劳及时为病友们提供各种所需药品器械的,等等。总之在这里大家抱团取暖,相互鼓励着,相互搀扶着,相互快乐着。有时还有家庭宽裕的病友在群里做做慈善捐赠爱心活动,我就受赠了一台家用料理机,我和全家至今都很感激那位病友,为我生活上解决了很多不便。有时还有乐观的病友在群里说上几个笑话,发上一连串搞笑有趣的小视频逗得我乐半天。每天到各个病友群里畅想遨游是我现在生活的主要内容,我时不时还在各个群里冒个泡,和美女帅哥们问个好,打个招呼,聊上几句,就这样不知不觉在快乐中度过每一天……

五湖四海皆有缘,
未曾相识心相连。
无形桥梁系你我,
幸福安康一线牵。

感恩老同学

在手机里看着老同学们发来的视频一遍一遍又一遍,也不知看了多少遍,直到泪水模糊了双眼,那一句句铿锵有力的鼓励由心底震撼着我,那一张张曾经那么熟悉的面孔如今也悄悄爬上了岁月。有几年、十几年,甚至二十多年未联系的老同学,闻及我的情况均纷纷向我投来温暖的"阳光",校园里的那份深厚友谊此时此刻伴随着这股暖流再次得到无限升华。我亲爱的老同学,虽然我的身体即将慢慢冰冻而去,但是在抗冻路上我一点也不害怕,不孤独,因为你们的鼓励和陪伴,我更加有勇气和病魔抗争到底,因为有你们在远方默默为我祈祷,我对这段曲折人生增添了无限的勇气和信心……

昔日校园里的朝朝暮暮和难忘的岁月至今仍然历历在目。清晨明亮的教室里传来我们琅琅的早读声,放学又一起伴着夕阳去校外小道旁背书,一起在操场上挥汗如雨打篮球,一起在食堂里边吃饭边讨论应用题,呵呵,还有一些至今班主任都不知晓的秘密往事。时光如梭,转眼即逝,那一幕幕、一件件仿佛就在昨天,曾经的那群懵懂少年是那么天真可爱,那么单纯无邪,就如同一群刚刚出笼的小鸟,自由自在嬉闹于校园每个角落,又如同一卷即将绘图的空白画卷,更如同一池清澈见底的清泉………

看着桌子上厚厚几捆同学们特地为我送来的"温暖",看着昔日老同学慢慢远去的背影,瞬间泪水夺眶而出,这浓浓的情,这沉甸甸的爱和这无法形容的深厚友谊就好似一团熊熊烈火在内心深处炙烤着我,此时此刻真的好想好想尽情地大哭一场,万分感激伴着无尽的怀念,想让泪水把这几年所有的辛酸委屈全部流出我的躯体,想让泪水把昔日的友谊和那些珍贵的精彩画面通通找回……

相逢三年太匆匆,
校园繁花几度红。
友谊长存魂梦里,
大爱永志我心中。

我亲爱的老同学,很感谢此生能够认识你们!感恩我的生命中有你们!此生虽然不能再与你们一起继续前行,但是我不后悔,这个美好的世界我也来过,因为有你们,我的生命更精彩!

"舞"者人生,爱不停步

——记葛敏二三事

作者:在水一方

2016年我认识了病友陈君(不幸于2019年12月永远地离开了我们),为他的人品与才华所折服,相处的时间虽然不长,但我们志趣相投,遂成知己。

当时为了方便交流,陈君把我加入一个几个人的小群,也让我有幸认识了葛敏老师。四年多的接触,让我感到由衷的敬佩,葛敏处处以帮助困难的病友为己任。她常说,多帮助一个困难的病友,就为这个家庭带去一份温暖、一份希望、一份信心。我深深为她高尚的品德所感动,她也是我学习的楷模。

葛敏,一位酷爱舞蹈的舞台精灵,曾被幸运女神格外眷顾:小学四年级考上上海舞蹈学校,毕业后成为上海市歌舞团主要演员,后又到上海戏剧学院舞蹈系读大专,2003年考入北京舞蹈学院,完成了本硕连读,开始从事专业舞蹈教学。

现在葛敏身患渐冻症四年多,目前行动能力、呼吸吞咽都受到了极大影响,出行时与轮椅为伴,眼控电脑与外界沟通,病魔依然没有停止侵袭的脚步,但她柔弱的外表下包裹着一颗强大的内心。她鼓励自己说:你可以不够坚强,但你不能怯懦;你可以不够勇敢,但你不能退缩;你可以被生活打败,但是不应该向生活缴械。

这几年我见到了太多的病友的无助、无奈,还有生命的无常,葛敏虽然离开了心爱的舞台,却切切实实用行动致力于公益,将全部身心投入对渐冻人这个群体的关爱。

为了给病友们带来信心和希望,发扬互帮互助的精神,2017年开始,在葛敏老师的倡议下,创建了一米阳光群和"冰语阁"公众号,大家一起在群里讨论分享抗冻经验和体会,并鼓励病友和家属把抗冻心路历程和温情故事发表在"冰语阁"公众号平台。

2017年下半年,葛敏老师利用自己文章的打赏金和亲朋好友的捐助五万多元作为启动资金,决定每年元旦节前和6·21渐冻人日分两批次用来帮助困难的病友家庭。

三年多来,"冰语阁"用收集的文章的部分打赏金和社会爱心人士的捐助帮助了七十多个家庭困难的病友,为病友送上一片关怀和温暖,赢得了病友和社会各界的高度赞誉。

2019年,由葛敏老师主编,光明日报出版社出版了《因为爱,所以坚持》一书,书中收录的是"冰语阁"公众号收集的病友和家属共同撰写的文章。4月20日在北京彩虹剧场举行了首发仪式,各大媒体进行了报道,社会各界人士高度重视和关注我们这个特殊和罕见疾病群体。

2019年,葛敏老师又建了南通病友交流群,并利用自己的社会资源及毕生追求和爱好的舞蹈,创办了南通暖舍慈善协会,聘请专业的舞蹈教师,亲自指导,免费帮助困难和有缺陷的残疾儿童学习舞蹈,用另一种方式表达自己对舞蹈的热爱。

为了使家属多了解渐冻人后期的护理知识,葛敏老师邀请摄制组和医护专家并亲自参与出镜拍摄的渐冻人家庭护理片成功制作完成,在指导病人的后期护理等方面具有重要意义。

生不易,活不易,渐冻人的生存更不易,很多困难的病友家庭买不起渐冻人赖以延长生命的设备,随时可能有突发状况而徘徊在生与死的边缘。2020年,在葛敏老师倡议下,"冰语阁"和惠民康恩公司携手,共同搭建了设备再利用平台,已向七位家庭困难的病友免费捐赠了咳痰机、呼吸机、眼控仪等设备,为病友架起延续生命的桥梁。

为更好地服务病友,解决病友和家属感到疑难的问题,葛敏特邀请北医三院樊东升教授、301解放军总医院黄旭升教授和北京协和医院崔丽

英主任为特约顾问,定期为病友群答疑解惑。

由葛敏老师主编,病友和家属共同撰写的《因为爱,所以坚持》一书出版后,社会反响极为强烈,很多人开始关注渐冻人这个罕见病群体。应广大病友和家属的要求,葛敏计划再次主编、出版"冰语阁"公众号病友和家属投稿的文章,为病友和家属在抗冻岁月里留下永恒的记忆。

"挑战无处不在,为梦越战越勇。"11月24日,葛敏接受中央电视台三套综艺栏目邀请,赴北京参加《越战越勇》节目,昔日的舞台精灵,如今虽然被病魔夺去了行动能力,只能坐轮椅登上央视的舞台,但她不妥协,不气馁,为心中的梦想而战。

正如11月21日、22日由南通更俗剧院演出的以葛敏为原型的舞台剧一样,主人公白冰不甘心梦想就此终结,为自己创造了另一个平行世界,在那个世界中没有渐冻症,只有轻舞飞扬的红绫和她所热爱的"诗舞人生"。白冰在美好幻象与残酷现实中不断轮转,渐冻症虽然锁闭了她的身体,却无法限制灵魂的自由。尽管命运设置了最崎岖的道路,行动能力和语言能力的丧失没有击垮白冰,她用强大的精神力量重新解读了生活,让冰层下依旧奔流着热血,让缺憾的身躯拥有无憾的人生!

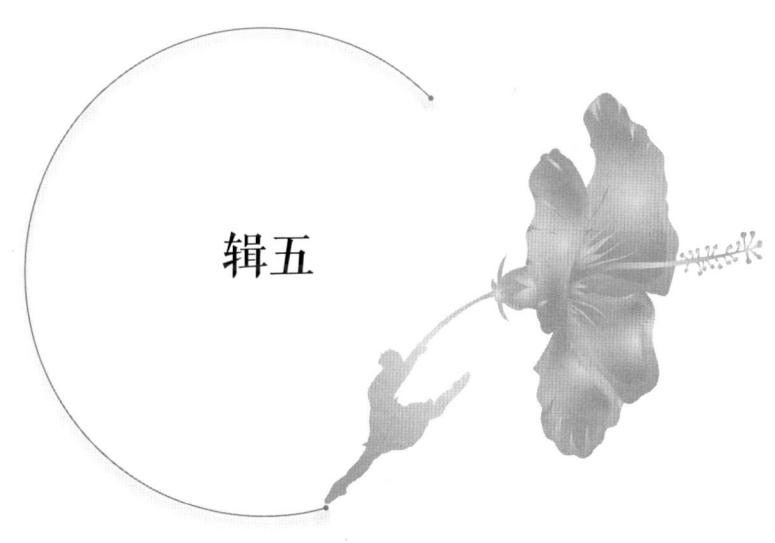

辑五

这一程,沐浴着暖阳

揣一颗向善的心

在爱的路上

一路随绿意盛放

感受花香,如暖流般涌动

感恩相遇,开启了尘封的心门

轻然一诺,冰封世界

将,冰消雪融

阳光如你

作者：光

阳光如你，带我飞过季节
徜徉在辽阔的草原
感受博爱风情
你让我明白了心跳
或悲或喜，或苦或甜
都是生活中的作料
尝了就会有甜蜜的味道

阳光如你，带我穿越云雾
点亮眼眸赏尽山川
醉在彩云之巅
幸福就像不谢的花朵
在春天的怀抱
快乐就像不落的太阳
总会把我照耀

阳光如你，带我闻着花香
开放在轻波禅意之上
敞开心扉
让情谊蓬勃成长

冬日里，听见春的希望
梦生出翅膀
在白云间自由飞翔

阳光如你，带我走进诗意
闪烁着那深处的荣光
曾经的创伤
在暖阳下蒸发淡忘
让欢笑不再寂寞
让心胸更加宽阔
让生命更加顽强

这一程，沐浴着暖阳
揣一颗向善的心
在爱的路上
一路随绿意盛放
感受花香，如暖流般涌动
感恩相遇，开启了尘封的心门
轻然一诺，冰封世界
将，冰消雪融

享受着春光
听到种子破土的脆响
把枯朽的树木
摇曳成绿色的原野
听小鸟明亮的歌唱
曾经的故事里
色彩艳丽依然
一缕缕，一浪浪
再次怒放

一束阳光,足以掀起心灵的狂澜
一束阳光,就是这个世界爱的使者
一束阳光,就是一团希望的火焰
一束阳光,挺拔着令人仰视的高度
温暖了生活,焐热了诗语
更点燃了梦想
感恩,阳光如你
感恩,你如阳光

念在秋

作者：光

如若尘世所有的情缘
都是为了眷顾一份美好
只想期盼一场秋风
将每一个喜怒哀乐风干
如若人间所有的遇见
都是为了成全一份圆满
只想期待一场夜雨
将每一刻悲欢离合冲洗

今秋你来与不来
我都会在文字里写尽细水长流
倘若你我此生
只能以这种方式守望
今晚你在与不在
我都会在记忆中盈满初见馨香
我愿对月斟酒
一杯敬初见，一杯敬曾经

雨和花的相遇
是一场意外的际遇

风与叶的团聚
是一次瞬间的欢喜
多想在枫落片片桂子飘香的清秋
将高山流水的尘缘层层叠加
在一诗一韵、一花一叶间
缠绵萦绕，反复重现

世上有些光阴
只适合放在梦里
红尘有些缘分
只适宜藏于心底
多想在繁星点点月色弥香的秋夜
将绵延不绝的情愫遍遍蔓延
在一朝一夕、一尘一念间
悄悄向暖，缓缓生香

沁园春

作者：还我健康之体

天山雪崩,五尺躯体,身陷冰川。

望身躯渐冻,挣扎枉然,腿足瘫痪,轮椅伴身。

肌肉萎缩,食难吞咽,不尽磨难伴身前。今生劫,更与何人说,望救目穿。

纵国医施妙手,却奈何无处觅岐黄。

不堪添悲切,希望不灭,此生一次,怎能放弃,信心犹在,顽强坚持。

抗冻征途路三千。可怜我,痛苦受熬煎,只为求生。

何时共相依,再品人间苦与甜

作者:君男

时光流转,白马过涧,转眼八年。回忆当年,平阳漫步,秋雨绵绵,相依共伞,海誓山盟,爱到永远,快乐融融,幸福满满,从此发誓:心只一念,唯一爱人,无人替代。每时每刻,牵挂思念。寒风凛冽,苦等路边,唯恐我妹,眼看不见。福祸夕旦,染病八年,医学术语,三至五年。妹为我病,流泪淌怀,唯一唯一,你是我的生命源泉,倘若没你,早离人间,你是我的,知己红颜。近期以来,彻夜难眠,自我感觉,病情发展,我盼亲人,让我排难,剩余时日,不留遗憾。假以时日,结草衔环。我盼唯一,能见一面,企盼渴望,雨露甘甜!

夜

作者：墨香

静静地，深夜来了
苍穹抱着星光
裹挟着温柔的月
如期而至
我在等待……

等待
那一绺无边的夜光抚慰我的满目疮痍
我喜欢在黑夜里沉思
喜欢在一个人的时候
捕捉灵魂失落的感伤
曾经破碎的梦想
已经慢慢地风化掉了
我只能在静默中消融俗世的烦躁
而潮湿的眼泪总会打湿我的脸
那些在指缝间悄悄溜走的
不是时间
而是我的青春
我的梦
我不堪的过往

和所有全力以赴的煎熬

我想到不算遥远的未来
阵阵刺痛穿透我的神经
又一次撞疼了心灵的疤
疼痛让我变得有些麻木
我想在沉默中掩盖所有的忧伤
闭上双眼,闭上双眼……
我知道我被冷落在世界的一角
那残存的一丝光亮
就是你期盼的眼神
被撕裂的绞痛
吞噬了我的魂
我在旋涡中打转
不停地打转……
坚持,还是放弃?
一直在我耳旁撕扯
我愿随风飘荡
带着无限的幻想
还有我的思念
我对你的眷恋
还有我的难过
我的疼……

阳光伴我坚强

作者：求佛

老天
请你还我自由
不要再禁锢我的身躯
老天
请你还我健康
重新拾起对生活的希望
涨潮般的泪水啊
无数次淹没我的身体
使我，一次次沉沦
一次次奋起
承受着生命的痛苦与沧桑
幸好我已学会忍耐
面对渐冻的人生
早已习惯独自把苦难品尝
任凭无情的岁月
拖着我疲惫的身躯前行
经历了风雨
不再为昨天的烦恼而忧伤
经历了风雨
不再为昨天的困惑而迷茫

用明媚的阳光冲淡内心的彷徨

把过往凝聚成力量

让阳光伴我坚强

渐冻诗

作者：上善若水

序

我
命如草芥
也曾
沐浴阳光
春风吹又生

烟火人间往红尘
留恋
繁华三千
弹指一挥间

向死而生
即是
天人合一
回归大自然
……

偈　语

终日寻春不见春，
芒鞋踏破岭头云；
回来笑拈梅花嗅，
春在枝头已十分。

渐冻心语

众人一条心
拧成一股劲
只要有试验
我愿去挑战
只要能试药
全当是奉献
小米加步枪
消灭三座山

庚子·鼠

多事之秋年，天价医疗药。
个人事是小，众多民意高。
利国最硬核，利民纳医保。
罕见病之首，渐冻最残酷。
艰难解冻路，奏折上京书。
呼吁再发声，奠定里程碑。

医学科研究，越来越提高。
成功靠试验，挑战最关键。
招募试药者，甘愿去奉献。

人生一世了,草木一秋尽。
烟火人间情,繁华刹那间。
从善便是德,福荫子孙安。

感 恩

执手风风雨雨
偕老简简单单
你有你的担当
我有我的温柔

肩担日月星辰
赡养妻儿双亲
家外风来雨去
家里嘘寒问暖

期 待

曾经那古老的爱情……
"所谓伊人,在水一方!"谁不曾年少轻狂,情窦初开……
"沅有芷兮澧有兰,思公子兮未敢言!"
情浓我浓纯朴真挚的,人间自然情怀……
"至今思项羽,不肯过江东!"霸王虞姬,豪情凄婉……
"陌上花开,可缓缓归矣!"大丈夫的铁血柔情,爱之深情之切……
喜鹊搭鹊桥,牛郎会织女!牵牛织女星,下界入凡尘……

我伴你柴米油盐酱醋茶,你伴我岁月静好诗和远方……
我陪你慢慢老去,颤颤巍巍,你陪我昏黄烛下,呢喃而语……
温暖如窝……暖心如你……

持久战——致敬缅怀

流泪,流血,鲜活生命
成功,成仁,前仆后继
信念,信仰,五星红旗
盼头,盼望,黎明曙光
有国,有家,繁荣富强

渐冻人——病魔来袭

罕见,罕有,绝症之首
残酷,残忍,灾难打击
芳华,年华,凋零殆尽
艰辛,艰苦,崩溃面对
抗冻,解冻,难上加难
有你,有我,抱团取暖
病友,战友,抱团取暖
解救,解冻,期待明天

慈母恩——伟大母爱

女本柔弱为母则刚
古有先见孟母三迁
慈心善爱惦念怀间
山高水长青丝鬓白
恩深似海尽孝眼前

两重天——渴望新生

天有不公妒英才
地不仁以最薄情
凤凰涅槃浴火生
烟火人间善与爱

携手解冻

作者:小铃铛

病魔缠身心无奈,身心摧残只等待。
生死边缘苦挣扎,泪洒床枕无办法。
幸有病友共相慰,曙光照亮病心扉。
齐心携手共抗冻,解冻之日与相逢。
回到岗位共奋战,回报社会感恩情。

我等到芳华尽消,你依然没有回来

作者:墨香

我还在冷风中徘徊
期待你的到来
风很冷
还伴着无边的阴霾
我已经瑟瑟发抖
苦苦守候你的到来

月儿圆了又缺
缺了又圆
我心急如焚
我翘首以待
我已经支离破碎,奄奄一息
希望你能
用深情一吻
换回我最初的模样

曾经的我一身傲骨
如今的我一身狼狈
这世间最悲惨的事情
不是你的离开

而是明知道你已经走了
而我还是在原地
迟迟不肯离开
固执地等着你回来

起风的日子,我在等
雨落的时候,我在等
我以为你会出现
带我回到从前
可是,我望穿秋水
却望不到你的身影

山川湖海
昼夜与否
不管你在哪
我都在这
等你风尘仆仆归来
如果等待
可以换来奇迹
那么我愿意一直等下去
一年
两年
三年
……

我希望终有一天
你会来的
跨过山和大海
穿过人群
风尘仆仆地

来到我面前
满怀欣喜与激动
又带着几分自责
对我说
亲爱的,不好意思
我来晚了
——致我越来越远的健康

活　着

作者：岁月的梦

天天研究吃喝　练练写作诗歌
看看体育比赛　场场都是直播
闲来无所事事　网上切磋自摸
实在闹心无聊　想想美女帅哥
哭哭啼啼何必　快快乐乐生活
郁郁寡欢无用　没心没肺活着
风风雨雨走过　谁没有点波折
纵然一路风顺　也会经历坎坷
善人善心善事　胜过烧香拜佛
呼之欲出解药　横空出世华佗
不管有望无望　不让岁月蹉跎
写写人生感悟　无须学富五车
愁事琐事烦事　心上一概不搁
整日胡思乱想　不如找人唠嗑
杞人忧天不必　自寻烦恼几何
坚持就有奇迹　放弃一定没辙
百年疑病罕见　很快就会攻克
保持良好心态　随时奏响凯歌

辑六

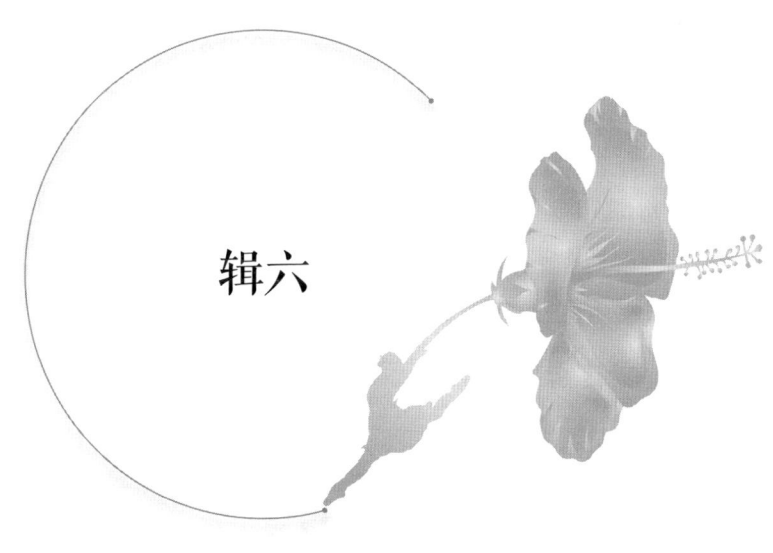

谁说人世间没有天长地久

我相信

在母亲读着父亲从远方寄来的信时

嘴角露出微笑的那一刻

在父亲深情地凝望着

躺在床上戴着呼吸机的母亲的那一刻

就是天长,就是地久

父 亲

作者：阿幽

闪光的未必都是金子，而沉默的也不一定就是石头。我来到"冰语阁"已将近两年，最近迫切感到要写些什么作为纪念，也为即将过去的2019年做完美交代。一想起要写点什么，首先浮出脑海的，就是我的父亲。

父亲说过的话，我始终记得这两句："所有经历过的一切，都不会被浪费的。""正直地做人，凭本事吃饭。"我用钢笔把它们写在台历的扉页。

依然是在5年前，我已经忘了这句话发生的前后语境，大概是大年初七，我在北京弟弟家过完春节，即将赶下午2点的火车回湖北。妈妈在厨房张罗着做饭，弟弟去公司处理业务，弟妹带着小侄女在房间睡觉，女儿低头看书，所有的人都在低头做自己的事。爸爸坐在我旁边，唠叨了一大段内容，话音落下来，几秒钟的静默之后，他缓缓说道："所有经历过的一切，都不会被浪费的。"

忽然我感到一阵暖流从心底升起，抬头望向爸爸，他迎住我的目光，与我对视，周围的人仍旧低着头。我心中的暖流从眼眶涌出，爸爸回我一个温柔且坚定的眼神，像照进岩穴间的日光，细如丝线，却有力量。

也就在那年元旦，家里接踵发生了两件大事：一件是爱人沈瑞存相继在武汉同济、北京协和、北医三院确诊为运动神经元病；另一件则是在读初中的女儿的班主任找我谈话。

生命的豁然总会随着第一缕明媚到来。匆匆吃完一顿无觉咸淡的饭，爸爸执意送我去车站，我内心也是这样想。两个大行李箱，妈妈恨不得

装下一年的零食和衣服,我提一个都累,爸爸拎起就走,我跟在他后面,还要小跑几步才能跟上。我走在他左边,上了地铁。这个时候人不算多,爸爸把箱子放在地上,开始教我认地铁方向,我从小就是路痴,每一次到北京,他都不厌其烦地教我认方向,仿佛对待一个永不长大的孩子,同时,他拿出手帕擦汗,那个手帕已经发黄,但干干净净,被妈妈叠得整整齐齐放在裤子口袋里,在妈妈眼里,爸爸就是一个孩子,正如我在爸爸眼里是孩子那样。车子似乎缓缓前行,其实在箭一般酝酿着巨大的工程,那个工程名字叫"离别"。

"回到家好好照顾自己,别累着,别熬夜,小沈和孩子的事不要过于操心,认清事情本质,快乐最重要,你的身体最重要,其他的不重要。""这次回来看到你的状态,我放心了,听到小沈的情况后,我最放心不下的就是你,你是我的骄傲!""记着你背后有我们,有弟弟在永远支持你。"爸爸开始唠叨,收不住,"哎,我还是送你进站吧,不知道能不能送到站台。""不能进去就别进了,我一个人能行。""不行,我还是进去吧!"一下地铁,爸爸朝售票口方向一路小跑,我没跟上,索性远远望着他的背影。快70岁的人,消瘦的身躯,没有一点驼背,跑步和年轻人一样疾,不带喘,他时常骄傲地说,坚持晨跑25年,风雨雪无阻,创吉尼斯世界纪录不在话下,有人问他图什么,他高八调回答:"为了孩子,尽量不给孩子添负担,不图为自己。"

他头顶稀疏的几根头发不知何时快掉光了,被阳光一照,闪闪发光,形成一道光环,从我出生起,犹如一把温柔的保护伞,时刻庇护着我,没有改变,是的,没有改变。"没有买到,那个犊子不卖站台票。"爸爸的话突然打断了我的思绪,一抬头,他已经立在我的眼前,边愤愤嘀咕着,边擦额头上密密的汗珠。"没事,爸,你回去吧,我能行。"说着,我一把接过行李。"哎,回家了要千万注意身体,你行,家就行。""记住,你是最重要的,你在我眼里是最好的。"……我感到眼里的泪在打转,马上要落下来,赶紧胡乱点了点头,转身走进站口。

回到家不久,接到妈妈的电话,说起爸爸因为逞强提重物伤到手臂和腿的筋骨,疼了很久,那天送我的时候也不说。握着手机,我顿时泪眼模糊,泪光中仿佛又看到父亲坚毅的目光,独有的东北人的爽朗笑声,高八调用整整 25 年的晨跑坚持激励我：正直地做人，凭本事吃饭。

我们要变得更加轻盈和迅速，就像父亲在一句诗里所说的，"像一只鸟儿那样轻，而不是像一根羽毛"，希望可以对你的生活有敏锐的触动和准确的抵达。有趣是我们的一个烙印。我们会挖出生活的地壳里那些幽默的宝藏，镶嵌进我们的表达。其实人世间的挚爱，只有一件事情就可以表达，那就是当我在人生最落魄的时候，有父亲的陪伴。

注射这件小事

作者：阿幽

2015年那年，我很迷恋打针，找到一位在医院工作的护士做老师，向她学会了注射术。

自从我学会了打针，便开始期盼晚上注射高浓度甲钴胺。我备齐针具，严格按照程序一次次操作。

老公得了一种不为人熟知的少见病，各路医生断言无药可治。前些时偶尔听到美国一位名叫吉布的病人说，一种叫"高浓度甲钴铵"的注射液，可以有效缓解病情发展。我顿时欣喜若狂，费尽周折建立个QQ群，兴致勃勃地经历远程看病、美国医生开处方、药房寄药、清关等一系列烦琐程序，终于在一个月后收到堪称"救命解药"的包裹。医院显然对"来路不明"的注射液不感兴趣，更加助长了我学注射术的决心。

来个截图，以兹证明我的满腔热血。

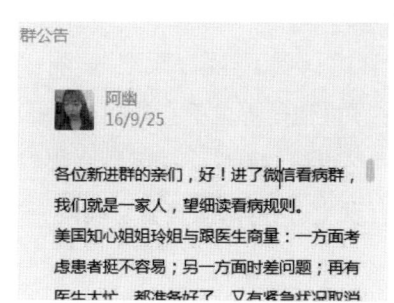
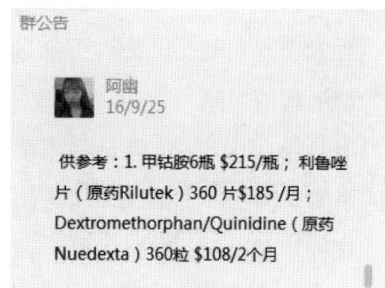

每日下午，我下班回来，便开始专业护士式注射生涯。一连数日，事情进行得都很顺利，我的技术也明显地娴熟起来（这要归功于我从小对护

士姐姐的喜爱）。熟能生巧，巧也能使人忘乎所以乃至贻误眼前的事业。

这天黄昏，我照例开始做着注射前的准备：把针管、针头用纱布包好放进针锅——一个小饭盒（是不是像电视上的镜头令人神往，而今终于实现，我的心都在颤抖！），再把针锅放在燃气灶上煮。煮着针的工夫，我就和老公聊起天来，聊着病友群听到的新闻，聊着病友芙蓉做艾灸效果还不错。不知过了多久，我才突然想起燃气灶上的事。

有句很诙谐的俗语形容人在受了惊吓时的状态，叫作"吓出了一脑袋头发"，这句俗语正好用于我当时的状态。我已意识到我受了很大的惊吓，那针无疑是大大超过了需煮的时间。我飞奔到灶前关掉煤气，打开针锅观看，里面的水已烧干，裹着针管的纱布已微煳，幸亏针管、针头还算完好。

我不想叫老公发现我被吓出的"一脑袋头发"和这煮干了的针锅，装作没事人似的，又开始了我的工作。我把药抽进针管，用碘酒和酒精消过毒，便迅速向眼前那块雪亮的皮肤刺去。谁知这针头却不帮我的忙了，它忽然变得绵软无比。我一次次往下扎，针头一次次变作弯钩。针进不去，我老公的皮肤上，却是血迹斑斑，加上甲钴胺本身是红色液体，四处溢散，像极了"血色青春"。我心跳着弄不清眼前到底发生了什么事，但注射的失败是注定的了。这实在是一个大祸临头的时刻，唯有向老公宣布我的失败，我才能尽快从失败里得以解脱。我宣布了我的失败，半掖半藏地收起我那难堪的针头，眼泪已噼里啪啦地掉下来。

老公显然已知道背后发生了什么事，走到我眼前说："这不是技术问题，是针头退了火。隔一天吧，这药隔一天没关系。"

听老公这样说，我哭得更加凶猛，耳边只剩下"隔一天吧""隔一天吧"，难道真的只隔一天吗？我断定今生今世他是再也不会让我打针了。

但是第二天下午，老公手里多了两支崭新的针头（一定是他背着我向同事要了两支）。他像什么事情也没有发生过一样，微笑着对我说："你看看这种号对不对，六号半。"

这次我当然成功了。一支新的六号半针头，这才是我成功的真正基础。

六年过去了，老公的手臂已经无力举起小小的针头，高浓度甲钴胺也因官宣无效而遗憾搁浅,而每当我因为一件小事的成功而飘飘然时,每当我面对旁人无意中闯下的"小祸"而愤愤然时,眼前总是闪现出老公的微笑和他手里举着的两支六号半针头。

  我深信他从未向旁人宣布和张扬过我那次的过失。一定是因为他的不张扬,才使我真正学会了注射术和认真去做一切事。

父亲母亲的爱情

作者：东方慕蓉

运动神经元病几个字，是父亲在电话里告诉我的。他说："你回来吧，你妈生病了。"我问："什么病，要紧吗？"父亲说："运动神经元病。"我问："这是什么病，怎么名字从来没有听说过？"父亲没有回答我的问题，而是说："你快点回来吧。"我说："最近比较忙，不严重的话你先带我妈看病，等我有空了回去。"父亲一反温和，明显是生气地用很大的声音对我说："都这个时候了，你还说忙，你再忙有你妈重要？"我听父亲的语气不对，马上说："我回来，马上回来。"

挂掉电话，我在手机的浏览器里输入"运动神经元病"六个字，等看清楚解释时，眼前一阵发黑。

接下来，各种检查，各种忧心，各种难过，各种挣扎，各种不甘，各种无奈……母亲的病发展得很快，手不能动了，胳膊不能动了，饭不能吃了，不能自主呼吸了，曾经那么干练、那么无所不能的母亲，后来变得连维持生命最基本的功能都没有了。

我和弟弟不在身边，照顾母亲的任务落在父亲头上。尽管随着母亲病情的加重，家里请了保姆，从钟点工到住家保姆，但父亲从来不甩手。母亲的胃造瘘从做好到护理，都是他一个人，每天用淡盐水清洗，清洗完，都会把瘘管的头细心地系在母亲内衣的扣子上，打完饭也一样，冲洗得干干净净，系得整整齐齐。父亲人胖，清洗的时候要一直弯着腰，好远都听得见他的喘气声。

其实，父亲是一直需要人照顾的人，年轻时他工作忙，回到家里绝对是衣来伸手、饭来张口,是那种连一碗粥都不会煮、油瓶子倒了都不扶的人。到了年老的时候,要承担起照顾一个重病人的任务,实在是太不容易了。

去年有一次回家,我忙这忙那,父亲终于有空歇会儿了。我拖地拖到母亲房间门口,看到父亲躺在母亲旁边,一只手轻轻抚着她的脸,无限爱恋地看着她,我有点呆住了,进也不是,退也不是。

年少时,爱一个人,可能是爱她的容颜,年老时,爱一个人,是真的爱这个人,尤其是在她病成这个样子,已经成为他最大的拖累时,他还能这样看着她,抚摸着她……一瞬间,我有点嫉妒母亲——当然感情中占比例最大的是为母亲得了这个病而感到心酸,一个女人,终其一生,能够得到一个男人这么深情的爱,这一生也算是值了。

年轻的时候,父母相距一百多公里,两个人靠鸿雁传情。父亲用的是单位那种牛皮纸信封,每次收到信,母亲都会用我削铅笔的小刀插进封口的地方,小心地把信封粘的地方剖开,又会在看完信之后,再把其他几个边剖开,尽量不破坏信封,这样她给父亲回信的时候,只要把信封翻过来再粘上,就可以再用了。

祖父、祖母在的时候,父亲把写给老人的信和写给母亲的信装同一个信封。父亲的信纸叠得很讲究,给祖父母的,信纸顺长叠好三折之后,再竖着对折时,两边不能一样长,短的一边只能到长的一边的二分之一位置,表示跪拜的意思,给母亲的信,顺长叠好三折之后再对折时,必须一样长,表示夫妻举案齐眉。

等我慢慢识字以后,母亲就让我给父亲写信,叠信纸时也一样,每次都要叮嘱我一边长一边短,然后又教我怎么把旧信封剖开又糊上,教我怎么写信封……

他们的信中,都是些琐碎的事情:昨天我蒸的包子,豆腐的、软馅的,香得很,你回来,我给你蒸;明天厂里放电影,还是印度电影《拉兹之歌》,那次你和娃来的时候放过,那个歌我都学会了,下次回去,给你和娃唱;你的被子头大概脏了吧,拆下来,撒上洗衣粉,用开水烫,再搓,洗起来就干净了,缝的时候,小心针把手戳了……

此刻,我突然想起木心的《从前慢》:从前的日色很慢,慢得一生只够

爱一个人……父亲和母亲的爱情,就是在这一封一封的信里,一折一叠的信纸上,一字一句的深情里。

父亲这个人,极爱交朋友,退休以后,要么下棋,要么喝酒,或者去参加各种笔会。带了朋友回家,只要吼一嗓子,母亲就会把各种美味的下酒菜端过来……可是,自从母亲生病以后,他把很多东西都戒了,专心在家陪母亲,给母亲穿衣梳头,刷牙洗脸,抱着她洗澡,给她换洗脏了的裤子和床单。

有一次回去的时候,母亲睡了,我一个人坐在客厅的沙发上垂泪,父亲走过来,拍了拍我的肩膀说:"我给你说一个重大的发现,我感觉你妈的病有逆转。"

"啊?怎么会?"我抬起头看着他。

他天真地对我说:"真的,我昨天发现你妈的手指能动了,真的能动了,我们再努力,你妈的病会慢慢好起来的。"

其实,他是比我早知道这个病残酷真相的那个人,可是深陷其中几年之后,他还如此地期待奇迹,相信奇迹,真的让我无语,也让我格外心酸。

就在我写下这些文字的时候,父亲发来一条微信,他说:"我现在心里总是害怕,不是怕死,是怕身体出现意外,不能照顾你妈。"

我想回他,但一直没回,我想说的是:老爸,你是我这辈子遇到的最男人的男人。

谁说人世间没有天长地久?我相信,在母亲读着父亲从远方寄来的信时嘴角露出微笑的那一刻,在父亲深情地凝望着躺在床上戴着呼吸机的母亲的那一刻,就是天长,就是地久。

这个病带给我们的……

作者:宽宽

世间悲哀的事情太多了。比如这个病。

它带来了无尽的痛苦、挣扎和绝望,我们宛如是一对被疾病的绳索紧紧捆绑并系上定时炸弹的夫妻,看着时间慢慢流逝,却无力挣扎……

"世界上只有一种英雄主义,那就是认清生活真相后依旧热爱生活。"

我经常用这句话来勉励自己,既然改变不了,不如少哀怨,多珍惜当下。有时候换个角度来看,这个病的到来,也带来了一些其他的改变。

它像一双眼睛,让我们看清了很多人和事。亲情、友情、爱情,在这个疾病面前,都褪去了伪装。有远离的,有沉默的,有想要趁火打劫的,有鼓励的,有始终伸着双手想要给予帮助的。

那些伸出援手的贴心亲友,让我们有更多的勇气去面对当下;那些消失的人们,让我们感到了一丝丝冰凉,却也激增了"好好活下去"的信念。

同时,我们也在反思:我们以前的为人处世,是否存在不合适的地方。疾病不是全世界都要迁就我们的理由,人人有人人的难处。

它像一双手,拉近了我和老公的距离。以前没有疾病的时候,我们各自忙着工作,一年四季三餐平平淡淡。有时候会因为一些琐事吵架,都在年轻气盛的年龄段,谁也不愿意迁就对方。

现在他病了,在家的时间长了;我回家也积极了。迁就他,爱惜他,维护他,可以为他和婆婆开撕,可以为他和娘家吵架,也会因为他的一点变化或高兴或抑郁。

因为疾病,他说话不太清晰了。但我们之间的交流反而更加心平气

和。我力争读懂他的每一个手势、每一个神情。我有时候感叹：我和他结婚十一年，但现在的感情和默契，怎么也得是几十年的水平了。足够，足够。

面对疾病的这一年，我们学会了知足、珍惜，对健康有了深入骨髓的理解，对生命、别离、孤独，对世间的贪嗔痴慢疑都有了全新的认识和理解。

全力活着——为了孩子。我们对于孩子，就是她的天和地。要为她，好好地活下去，竭力为她拦风挡雨。

活着，就有希望。

做他人生路上的戏精

作者：宽宽

2020年年初，我在医院神经内科病房的走廊上，听着医生和我交代我老公的病情。我只记得医生和我说了很多很多，语速不慢也不快，还举了霍金的例子。但我没有完全听明白她说了些什么，脑子里面乱哄哄的，浑身的血液都在翻腾，眼泪止不住，喉咙像被塞了棉花一样，哽咽地说不出话来。我使劲用双手掐着锁骨的皮肤，以让自己显得冷静一点，听完这残酷的命运宣判。

最早的时候，我是从"冰桶行动"知道了渐冻症，只是浅浅知道，没有去仔细了解过。当时的我就觉得这是多么可怕的疾病，还是不要看到得好。

但是人生就是这么奇妙，今天，我却要不得不认识、面对、接受它。

2020年，也是我和我老公结婚的第十个纪念日。十年里面，我们吵过架，也曾一起抱头痛哭过。在这场疾病面前，曾经的吵闹变得渺小甚至不复存在，曾经的甜蜜时刻变得越发鲜明起来。

我庆幸自己当时和医生说了一句：有什么情况，不要和他说，都和我说。我也很感激医生的保密，她原本可以不用这样。这是一个医生的善意，她刻意的配合，让我的老公到目前为止，还是那么快乐，偶尔会因为吞咽感到烦恼，但不会绝望。"难得糊涂"，有时候也是一味救命的药。

我在走廊里面站了好久，一直到我老公拜托隔壁床叔叔的家属来找我。我擦干眼泪，心里就下了决定：不告诉他，让他快乐一点，快乐是最高的生活质量。我以年底机票紧张为由，定了两张机票，准备和他第三天就

返回山东。在病房的三天两夜,我的眼泪,说掉就掉下来了,让我猝不及防。是啊,这种伤痛,这种绝望,这种噩梦,放在谁的身上都受不了。但是我不能在他面前哭,于是我以打开水、上厕所等为由头,跑出病房,蹲在某个角落,我双手捂着脸,任由悲伤的泪淌满整个脸颊。只要不被他看见,我哭成什么样子都无所谓,因为这个病房里,有太多和我一样偷偷悲伤的人。哭完以后,我擦干眼泪,调整好情绪,走进病房去陪此生最爱的这个男人。

出院回来月余,比起之前刚听到这个消息五天五夜睡不着,吃不进去饭,我已经能够控制我的眼泪不随意流下来。我想情绪带给我的副作用已经开始慢慢过去,我要为他、为我10岁的宝贝女儿考虑,好好吃,好好喝,用健康的身体来照顾他们两个。

我决定一直不告诉他病情,一直让他好好"调养",也没有告诉双方长辈,我不忍心他们在享受美好晚年生活的时候,还遭此巨创。他们知道这个噩耗,并不会有益于病情,只会徒增几个伤心人,既然这样,我不如做个骗子,做个"戏精",用谎言把他和家人包裹起来,保护起来。

殊途同归,死亡是我们最终都要前往的目的地,没有人能够例外,那么早一点晚一点又如何呢?祥林嫂的遭遇让人觉得叫悲,但是频繁的倾诉只会让身边人感到聒噪,痛是自己的,快乐是大家的,还是笑对人生吧,毕竟大家都喜欢乐观的人。

我特别喜欢一句话:有些人即便跋涉过最阴暗的地狱,身上依然泛着最温暖的光。经历这番事,我也对疾病,对身陷苦难、厄运中的人,有了更多的理解和同情。等疫情过后,我要和他一同出去会友、旅行,把人生路铺得厚实一点,不负好时光。

2020年2月25日

愿来生，还是你

作者：萧前学

结婚三十四年纪念日。

亲，一转眼三十四年结婚纪念日又到了，我写三十三年结婚纪念日时，你还痛苦地活在人间，可我写这个纪念日时你却远走高飞了。你知道吗？我是含着眼泪在写着，你走后我也想着和你一道去，连计划都有了。我想买张飞往西藏的机票，到了目的地之后玩几天，然后把身份证扔了，找个山崖跳下去，永远离开人间，让孩子们永远找不到，去和你一起团聚。后来左思右想，觉得这样做对孩子们打击太大，刚失去母亲，又失去父亲，还是放弃了。我心想，还是要振作起来把你未走完的路继续走下去。你是个要脸爱面子的人，在你生病期间连门都不出，怕别人笑话你。所以我要勇敢地活下去，把这个团队带好，争取把企业做大做强。我现在已在老家注册了一个新公司，明年大量投入生产。望你在天堂安息，不要再为我们操心了。你在人间已为我们付出太多了，给了我们很多的恩和爱了，我们永远都不会忘记的，特别是在你快要离开人世的前几天，还想着为我付出，要我把你的首饰和钱收拾起来，你知道当时我是什么样的心情吗？我是以泪洗面，痛苦万分，至今都难以忘怀。现在我已经回到杭州了，把你的东西整理得整整齐齐的，连鞋子都摆得好好的，你以另一种方式活在我心里。我总以为你会回来的，虽然爱不能备份存盘，也不能一键还原，但我总是奢望着奇迹能够出现。总之我们的一切回不到从前了，但你永远活在我们心中。我们要化悲痛为力量，做好你所担心的一切，愿你在天堂安息。三十四年岁月催老了红颜，却吹翻不了情谊的小船；三十四年岁月弹指一

挥间,却留下了记忆的风帆;三十四年岁月风光无限,给我们留下了辉煌的印记。

祝亲在天之灵,永远安息。

致 谢

本书主编 葛敏

2017年创立的"冰语阁"一直以来给了我莫大的精神寄托。在"冰语阁"的工作忙碌而愉悦,减缓了我对死亡的恐惧感;为病友服务,用文字安抚彼此的心灵,让我对生命的价值有了新的认识。结集"冰语阁"文字出版一本书,给病友们一个安慰,是我一直以来的愿望。

2019年4月《因为爱,所以坚持》一书面世。经新闻媒体报道,"冰语阁"病友们得到了社会各级组织和慈善团体的关爱。这4年来,病友们有的在与病魔顽强地抗争后永远地离开了这个世界,也不断有新的病友加入,幸存的"冰友"继续在与病魔角力,在"冰语阁"这个虚拟世界里继续煮字疗疾,互相鼓励、互相慰藉、互相交流,获取生命存续的能量,在困顿中奋力前行。积攒下来又有了20余万字,结集为《因为爱,所以坚持(2)》。

《因为爱,所以坚持(2)》终于付梓,心情无以言表。一路走来,需要感谢的人太多太多。

感谢光明日报出版社对此系列图书被纳入公益图书出版给予的鼎力支持。本系列图书的问世经历了曲折而艰辛的出版过程,因为光明日报出版社的坚持,才让社会各界人士关注渐冻人这一群体,让我们在爱中前行。

感谢上海蒲公英渐冻人关爱中心、长江商学院"又见桃花——长江渐冻人公益项目"、上海古北扶轮社、上海互助公益、惠民康恩、上海市慈善基金会长宁区代表处对本书出版的慷慨解囊,这给予我以及全体"冰语阁"患病作者莫大的支持和鼓励,让我们有勇气做想做的事情。

感谢惠民康恩对"冰语阁"全体患者这几年的关心与支持。就像他们所倡导的那样,做到了让罕见病不再畏惧,让罕见病不再孤单,让产品服务生命,让关怀温暖人心。

感谢南通暖舍慈善联合会自2019年开始为"冰语阁"创建的渐冻人关爱基金。他们4年来不遗余力地帮助患病作者解决生活上的困难,给予贫困患者家庭最实际的帮助。

感谢南通市崇川区幸福街道暖"冻"爱心联盟以及市北护理院的领导们,竭尽所能为渐冻人提供和创造了良好的康复护理条件。

感谢南通德音文化传播有限公司在系列图书出版前资助善款购买图书。

感谢北京市西城区第一文化馆、北京艺海影杰国际文化传播中心、北京市西城区文化和旅游局举办"彩虹剧场'爱·无边'关爱渐冻人,爱心在行动"大型公益活动暨《因为爱,所以坚持》新书发布会。

感谢医学专家——北京协和医院崔丽英医生、301总医院黄旭升医生、北医三院樊东升医生,这3位国内知名的渐冻症专家对"冰语阁"渐冻症病友精心治疗,耐心解答病友的各种疑难问题,并为该书出版欣然提笔赐序。

感谢文艺名家、体育明星等社会人士利用各种媒体为这本书所做的宣传,引起社会各界重视。

最后我想感谢每一位用生命书写此书的渐冻症病友们,是你们用生命的体验展现了这本书最独特深刻的一面:即使在泥泞与低洼处也总有鲜花敢于绽放,正视痛楚,拥抱痛楚,我们才能把生命的一切馈赠,哪怕是厄运也能酿成芬芳的花蜜,把它们留存心底,带着勇气不断前行。